Prolog

DIE ABENTEUER DES FLYNN GIDEON

Alles begann mit einem kleinen Jungen, der vor vielen Jahren an einem weit entfernten Ort lebte. Er war ein besonderer kleiner Junge, mutig und tapfer, und weiser als viele andere, die ihr Leben schon viel länger lebten. Sein Haar war rot, sein Herz groß, und sein Name war Flynn Gideon.

Flynn lebte am Ende des Schattenwaldes, weit hinter den sieben Inseln und nahe den Klippen von Tenebris, wo nie zuvor ein Mensch gewesen war. Sein Zuhause war eine Höhle, die Wände aus Stein, der Boden hart und kalt und ohne eine Menschenseele weit und breit. Es gab nur ihn, seine Mutter und all die wunderbaren Geschichten, die sie ihm erzählte. Geschichten von einer fernen Welt, von Helden und Bösewichten, Städten und Wäldern, Liebe, Kriegen und Menschen. Flynn konnte gar nicht genug bekommen von ihnen. Und während er lauschte, versuchte er, sich jedes Wort, das sie sagte, und jedes Detail im Gesicht seiner Mutter einzuprägen, um es in der Nacht noch vor sich sehen zu können. Vielleicht würde es gegen die Albträume helfen, die ihn dann und wann heimsuchten.

Er dachte dann gerne an ihr braunes Haar, das in samtigen Wellen über ihre Schulter fiel. Ihre Lachfalten und ihre vielen Sommersprossen, die jeden Winter verschwanden und treu im Sommer zurückkehrten wie Zugvögel nach einer langen Reise durch die Welt. Ihre zarten, schmalen Hände, mit denen sie ihm so liebevoll über das Haar strich. Die sattgrünen Augen und ihre Flügel, so markant und mächtig wie die Schwingen eines Adlers.

»Und wenn die beiden nicht gestorben sind, dann fliegen sie noch heute mit den Sternschnuppen um die Wette.« Runa beugte sich über ihren Sohn und drückte ihm einen Kuss auf den Kopf. »Schlaf jetzt, mein Füchslein. Der Mond ist schon aufgegangen, um dir Gesellschaft zu leisten.«

Flynn seufzte.

»Das ist meine Lieblingsgeschichte!«

»Eines Tages wird es *deine* Geschichte sein.« Seine Mutter stupste ihm mit dem Finger auf die Nasenspitze, deckte ihn zu und legte sich neben ihn, ganz dicht, nah und warm. »Du wirst ein Mädchen finden, das so ist wie du, Flynn. Und wenn deine Flügel stark genug sind, dann fliegst du mit ihr durch die Nacht. Und ihr fliegt, fliegt über den Schattenwald, fliegt über den Ozean, fliegt unter einem Himmel aus tausend Sternen.«

Sie nahm seine Arme und breitete sie aus wie Flügel, denn echte Flügel hatte er natürlich noch nicht. Erst wenn er zum Mann werden würde, würden sie wachsen. Flynn lachte.

»Und woher weiß ich, dass sie es ist?« Er schob die Decke beiseite und richtete sich auf. »Das Mädchen aus der Geschichte. Aus *meiner* Geschichte. Wo werde ich sie finden? Woran werde ich sie erkennen?«

Runa schwieg eine Weile – und dann, als er schon nicht mehr daran geglaubt hatte, dass sie ihm antworten würde, sagte sie leise und voller Bedacht: »Wenn du in ihre Augen blickst, dann wirst du es wissen.«

»Und wir werden über den Schattenwald fliegen?«

»Das werdet ihr.«

»Und über den ganzen Ozean?«

»Oh, und wie ihr das werdet!«

»Und unter einem Himmel aus tausend Sternen?«

»Und unter einem Himmel aus tausend Sternen.« Sanft zog sie den Jungen zurück in ihre Arme. »Und die Menschen werden sich deine Abenteuer erzählen. Die Abenteuer des Flynn Gideon. Und wann werden sie das tun, mein Füchslein?«

»Wenn sie dazu bereit sind, Mutter.« Flynn gähnte. Gerade wollte er sich auf die Seite drehen und die Augen

INES VITOULADITIS

NILAH TARO

und der Schwarze Flügel

WORTSCHATTEN VERLAG

IMPRESSUM

1. Auflage 2020

Printed in Germany

Wortschatten Verlag
Verlagsgruppe Mainz
Süsterfeldstraße 83
52072 Aachen

info@wortschatten.de
0049 (0)241 87343413
www.wortschatten.de

Gestaltung, Druck und Vertrieb:
Druckerei und Verlagshaus Mainz
Süsterfeldstraße 83
52072 Aachen

www.verlag-mainz.de

Lektorat:
Julia Huntscha

Umschlaggestaltung:
Nicole Ganser

Abbildungsnachweise:
https://cdn.pixabay.com/photo/2020/06/08/03/37/landscape-5272819__340.jpg
https://cdn.pixabay.com/photo/2020/02/09/09/58/wings-4832546_960_720.png

ISBN-10: 3-96964-002-4
ISBN-13: 978-3-96964-002-9

schließen, als ihn ein Geräusch aufhorchen ließ. Flynns Ohren, hochsensibel durch das Aufwachsen und Leben in der Stille jener Höhle, vernahmen einen leisen, scharrenden Atemzug.

»Mutter, was –«, setzte er an, doch sie unterbrach ihn, indem sie ihm fahrig den Mund zuhielt. Flynn erschrak beinahe zu Tode. So grob hatte sie ihn nie zuvor berührt. Mit vor Schreck geweiteten Augen wandte er sich ihr zu. Kerzengerade saß sie da, wie eingefroren in ihrer Bewegung. Er folgte ihrem Blick, der starr auf den Höhleneingang gerichtet war, und für den Bruchteil einer Sekunde schien sein Herz auszusetzen.

Wenige Meter von ihnen entfernt, dort, wo das Mondlicht in ihr Zuhause flutete, stand eine Gestalt von kräftiger Statur, mit breiten Schultern und schnaubender Atmung. Sie war sicher einen ganzen Kopf größer als seine Mutter und wahrscheinlich auch mindestens doppelt so schwer. Flynn hatte nie zuvor einen gesehen, doch aus den Geschichten seiner Mutter konnte er erahnen, dass es sich bei der Gestalt um einen Mann handelte. Vermutlich um einen menschlichen, denn Flügel hatte er keine.

»Was willst du hier?« Seine Mutter hatte endlich ihre Stimme wiedergefunden, aber sie klang fremd. Heiser und zittrig. Flynn wusste nicht, was ihm mehr Angst bereitete – der unheimliche Fremde, der sich bisher weder geregt noch gesprochen hatte, oder die Reaktion seiner Mutter, die er immer für furchtlos und unerschrocken gehalten hatte.

Langsam, ganz langsam erhob sie sich und stellte sich schützend vor ihren Sohn. Als sie wieder zu sprechen begann, hatte sie die Stimme einer Kriegerin. Ebenfalls fremd für Flynn, aber mutiger und lauter als vorhin, und irgendwie beruhigte ihn das ein wenig.

»Vico Ambrosius, ich habe dich gefragt, was du hier willst!«, wiederholte sie voller Wut. »Verschwinde von hier, wenn dir dein jämmerliches Leben lieb ist!«

Flynn zog sich die Decke bis über die Nase. *Vico Ambrosius?* Nie zuvor hatte seine Mutter diesen Namen erwähnt, nicht ein einziges Mal war er in einer ihrer Geschichten aus der anderen Welt gefallen. Und wie konnte sie ihn überhaupt erkennen, wo doch das Mondlicht gar nicht viel von ihm offenbarte?

Endlich regte der Mann sich. Er ging einen Schritt auf Flynns Mutter zu und lachte höhnisch, als sie alarmbereit die Flügel spreizte. Sein Lachen, kalt und boshaft, durchflatterte die Höhle. Flynns Herz schlug so heftig in seiner Brust, dass er beinahe glaubte, es hören zu können. Wie das Hufgeklapper der galoppierenden Pferde, das seine Mutter ihm schon so oft vorgemacht hatte.

»Runa, Runa, Runa«, der Fremde sprach den Namen so abfällig aus, dass Flynn erschauderte, »wenn du wüsstest, wie viele Berge, Seen, Tage und Nächte ich hinter mir gelassen habe, nur um dich zu finden. Wie lange ist es her, fünf Jahre? Sechs Jahre? Nur mein Begehr nach Rache hat mich am Leben gehalten und hierhergeführt.« Drohend trat er einen weiteren Schritt nach vorn. »Glaubst du, ich habe vergessen, was du getan hast? Glaubst du wirklich, ich würde es jemals vergessen?«

»Und was ist mit dem, was *du* getan hast?« In Runas Stimme lag ein Zittern, das nicht zu überhören war.

Vico Ambrosius schnaubte verächtlich.

»Bestohlen hast du mich! Verraten, belogen, ausgenutzt und dem Gespött der Leute ausgesetzt«, zählte er auf.

Flynns Mutter schüttelte heftig den Kopf.

»Geflohen bin ich! Geflohen vor deiner Gewalt und deiner –«

»Was versteckst du denn da?«, unterbrach er sie spöttisch. »Los, geh beiseite und lass es mich sehen!«

»Niemals«, knurrte sie, doch der Fremde versetzte ihr einen Stoß, sodass sie auf den Boden stürzte, als wäre sie kaum schwerer als eine Feder.

»War mal spektakulärer, gegen dich zu kämpfen. Dürr bist du geworden. Und schwach«, lachte er und hielt etwas vor Flynns Gesicht, woraus eine kleine Flamme sprang, die alles um sie herum ein wenig erhellte. »Was zum Teufel …« Er und Flynn starrten sich mit weit aufgerissenen Augen an. Beide hatten die gleiche Haarfarbe und auffällige, hellbraune Augen. Und plötzlich ahnte Flynn, weshalb seine Mutter ihm nie etwas über seinen Vater erzählt hatte.

»Du … du Hexe«, stieß der Fremde voller Verachtung hervor, ließ den kleinen Gegenstand neben Flynn auf den Boden fallen und versetzte Runa, die sich gerade erst aufgerappelt hatte, einen erneuten Stoß, sodass sie wieder stürzte. »Du warst *schwanger*? Sowas wie du kann sich fortpflanzen? Wieso hast du mir das nicht vorher gesagt?«

»Hättest du mir dann etwa eine Wahl gelassen?«, fragte Runa bitter. Keuchend stemmte sie sich in die Höhe.

Auf einmal fiel Flynn auf, wie dünn und zerbrechlich sie war. Er wollte sie beschützen, wollte ihr zur Hilfe eilen, ihr sagen, dass sie ihre Flügel ausbreiten und mit ihm fortfliegen sollte. Weit, weit fort, durch Tage, Nächte, Sonnenstrahlen und Mondlicht, bis alles Böse sie niemals wieder erreichen würde. Aber er konnte nicht. Er war wie gelähmt.

Vico Ambrosius' höhnisches Lachen flatterte ein weiteres Mal durch die gesamte Höhle wie ein schattenhafter Vogel.

»Umso besser«, sagte er leise und boshaft. »Dann haben wir beide wohl einen Zuschauer.«

Runa atmete lautstark aus. Die Höhle erfüllte sich mit einer unangenehmen, surrenden Stille, die nichts Gutes verhieß. Flynn hielt den Atem an, während Vico Ambrosius gehässig und scheinbar zufrieden lachte.

»Du glaubst doch nicht etwa, dass ich dich mit dem Leben davonkommen lasse?! Nach allem, was du getan hast? Nach all den Jahren der Suche? Nein, Runa Gideon, niemals – ich werde erst ruhen, wenn dein dreckiges Herz nicht mehr schlägt.«

Runa atmete erneut beunruhigt aus. Flynn verstand sie nicht, und je mehr er darüber nachdachte, umso weniger konnte er ihr Verhalten nachvollziehen. Wieso resignierte sie? Wieso tat sie nichts? Wieso lehnte sie sich nicht auf gegen diesen rabiaten Fremden und kämpfte, wie man es von der Heldin Runa Gideon erwarten würde? Flynn schluckte. Waren all ihre Geschichten, in denen sie so stark gewesen war, bloß Lügen?

Vico Ambrosius' Schatten tanzte gespenstig im Licht des Mondes, als er sich Runa mit gemächlichen Schritten näherte. Er schien seine Überlegenheit zu genießen.

»Ich werde nicht kämpfen.« Kapitulierend hob Flynns Mutter die Arme. »Ich mache es dir leicht! Aber verschone meinen Jungen. Ich bitte dich. Er ist ein unschuldiges Kind.«

»Oh, das werde ich.« Vico Ambrosius lachte erneut sein kaltes Lachen. »Er soll elendig verhungern und verdursten in dieser gottverlassenen Höhle und dabei während jedem einzelnen Atemzug daran denken, was für eine Hexe seine Mutter war.«

Runa sackte neben Flynn auf die Knie. Sie tastete nach dem Gegenstand, den ihr Feind hatte fallen lassen, und entzündete atemlos eine winzige Flamme zwischen ihren Gesichtern. Die Wärme wirkte paradoxerweise tröstlich auf Flynn. Schweigend sah er seine Mutter an. Runas Augen, ihre sanften, grünen Augen, waren tiefschwarz geworden. Er hatte schon öfter gesehen, dass sie die Farbe wechselten, aber schwarz waren sie noch nie gewesen.

»Ganz gleich, was geschieht – du wirst über den Schattenwald fliegen, über den Ozean und unter einem Himmel aus tausend Sternen. Das *verspreche* ich dir, Flynn Gideon«, wisperte sie und drückte ihm einen Kuss auf den Kopf. »Und nun schließ die Augen.«

»Mutter, ich…«

»SCHLIEß DEINE AUGEN!«, fuhr sie ihn an, so laut und bestimmend, wie sie nie zuvor mit ihm gesprochen hatte. Sie ließ die kleine Flamme ersticken und wandte sich ruckartig von ihm ab.

Flynn zog die Beine an den Körper, schloss die Augen wie befohlen und presste sich seine Hände so fest auf die Ohren, dass es schmerzte. Vielleicht war es nur ein Albtraum. Vielleicht würde er aufwachen und das Sonnenlicht würde die Höhle erhellen und all die finsteren Träume fortwischen.

Alles begann mit einem kleinen Jungen, der vor vielen Jahren an einem weit entfernten Ort lebte. Sein Haar war rot, sein Herz gebrochen, und sein Name war Flynn Gideon.

Kapitel 1

NILAH

Ein Windzug blies mir all meine Haare ins Gesicht. Ich versuchte, einen tiefen Atemzug zu nehmen, doch eine bleierne Schwere lag auf meinem Brustkorb und schnürte mir die Luft ab. Keuchend strich ich mir die von Nässe schweren, dunklen Locken aus dem Gesicht.

Ein Meer aus schwarzem Wasser umgab mich, und bis zum Horizont war da nichts anderes als das. Meine Kleidung und meine Haut waren feucht.

Ich spürte den kalten Wind mit jeder Faser meines Körpers. Ich wusste weder, wie ich hierher gelangt war, noch wie lange dieses modrige Wrack, in dem ich saß und welches man kaum ein Boot nennen konnte, mich noch tragen würde. Und erst recht wusste ich nicht, wer die Gestalt war, die mir gegenübersaß. Ich hatte sie schon so oft gesehen, aber immerzu wurde sie beinahe gänzlich von einer schwarzen Kutte mit einer übergroßen Kapuze bedeckt. Es war beinahe so, als säße der leibhaftige Tod mit mir im Boot.

Es fühlte sich alles echt an, furchtbar echt sogar – aber das war es nicht. Es war nur ein Traum. Wie jedes Mal. Es war nicht mehr und nicht weniger als das. All dies war nicht wahr, war nicht real und konnte mir nichts anhaben.

Meine Träume waren schon mein ganzes Leben lang realistisch gewesen, lebendig und voller Farbe. Einige waren finster, andere wunderschön. Einige träumte ich nur ein Mal oder wenige Male, andere verfolgten mich schon, solange ich zurückdenken konnte. Und wenn ich träumte, so war es nie wirklich, als würde ich träumen, sondern vielmehr hatte ich das Gefühl, von der einen Realität in die andere einzutauchen. Und egal, was ich tat – ich konnte nicht aufwachen, bevor ich sie bis zum bitteren Ende geträumt hatte. Niemals.

Meine Lippen waren rissig und schmeckten nach Salz. Ich hatte Durst. Alles hier war so intensiv – der Wind, die Kälte, das trockene Gefühl im Hals. Hunderte Male intensiver als das Leben, das ich im Wachzustand lebte. Alles, selbst die Stille. *Vor allem* die Stille. Das Meer schien stumm, selbst die Wellen, die sich schäumend über den Rand des Bootes ergossen, taten keinen Laut.

Es war wie immer; obwohl ich wusste, dass ich träumte, und bei klarem Verstand war, konnte ich nichts tun, um den Verlauf des Traums zu beeinflussen oder gar aufzuwachen.

Den Versuch, zu schreien, unternahm ich gar nicht erst, denn mein Schrei würde von der Stille in tausend Teile gerissen werden. Und so ergab ich mich meinem stillen Schicksal und wartete. Wartete, bis die See rauer wurde, der Wind stärker und der Himmel dunkler.

Allmählich nahm das Wrack, wie von einem unsichtbaren Motor betrieben, an Geschwindigkeit zu. Ich wusste, was das zu bedeuten hatte; wir näherten uns unwiderruflich dem Höhepunkt des Traumes, jenem riesenhaften Strudel, Mittelpunkt dieses schwarzen, stillen Meeres. Er sog alles auf, was ihm in die Nähe kam, und auch wir waren im Begriff, aufgesogen zu werden. Je näher wir dem Strudel kamen und je schneller das Wrack wurde, umso unruhiger wurde mein Gegenüber. Das Wesen, von dem ich nicht zu sagen vermochte, ob es ein Mann oder eine Frau, oder überhaupt der menschlichen Spezies angehörig war, begann am ganzen Leib zu zittern und griff mit seinen kalten Fingern nach mir.

»Sieh. Nicht. Hinein«, brachte es mühsam hervor, und es klang, als würde jedes Wort unendlich viel Kraft kosten.

Angewidert schüttelte ich seine leichenblassen, kalten Hände ab, mit denen es Halt an mir suchte.

»Sieh. Nicht. Hinein.« Seine dumpfe Stimme klang wenig menschlich und erinnerte an ein altes Radio, das eine verzerrte Melodie spielte. »Sieh. Nicht. Hinein.« Zwischen den Worten schnappte es ächzend nach Luft.

Es wiederholte sie wie ein Mantra, immer und immer wieder.

Der Wind wurde mit jeder Sekunde heftiger, das Meer stürmischer und das Wrack war dem Strudel so nah, dass ich in dessen schwarzes, bodenlos scheinendes Auge blicken konnte. Ich wusste, dass es wahnsinnig war, und lebensmüde, und über alle Maßen unklug, und doch wollte ich sehen, musste ich sehen, was da unten war. Also beugte ich mich, wie jedes Mal, dem Strudel entgegen, blendete meinen Gegenüber aus, lehnte mich noch weiter aus dem Wrack, immer weiter … und fiel.

Schweißgebadet wachte ich auf. Noch immer konnte ich das Salz auf meinen Lippen schmecken. Mein Hals war so trocken, dass es wehtat. Ächzend rappelte ich mich auf, doch kaum saß ich im Bett, befielen mich auch noch rasende Kopfschmerzen. Außerdem sah das Bett weder wie mein Bett aus noch das Schlafzimmer wie mein Schlafzimmer. Verunsichert blickte ich mich um.

Ich seufzte. Es handelte sich hierbei eindeutig *nicht* um mein Bett. Das war auch nicht mein Schlafzimmer, nicht mein Zuhause und der spärlich bekleidete Kerl, der schnarchend neben mir lag, war definitiv nicht meiner. Mit einem unterdrückten Seufzer und beiden Händen an meinem schmerzenden Kopf schlich ich unbeholfen aus dem Raum.

Grelles Tageslicht durchflutete die ungewöhnlich chaotische Wohnung, die ich nie zuvor gesehen hatte. Zumindest nicht im so nüchternen Zustand, dass ich mich daran würde erinnern können. Eine bunte Mischung aus den verschiedensten Möbeln erstreckte sich vor mir, außerdem leere Pizzaschachteln auf dem Boden, ein verstaubtes, uralt aussehendes Regal voller Bücher und, oh, mein Kleid! Eilig nahm ich es hoch und schlüpfte hinein. Es roch nach Parfüm und Zigaretten.

Unter einem mit halbvollen Gläsern und Anatomiebüchern beladenem Tisch entdeckte ich meine Handtasche und meine Schuhe. Schwarze High Heels, die ich mir von meiner besten Freundin geliehen hatte, auf denen ich kaum schmerzfrei laufen konnte, die aber unglaublich gut zum Kleid passten. Ich erinnerte mich dumpf daran, sie am Abend zuvor an- und irgendwann ausgezogen zu haben. Wo und weshalb war mir allerdings ein Rätsel.

»Guten Morgen.« Plötzlich stand der wenig bekleidete Kerl von vorhin im Türrahmen, und ich stieß mir vor Schreck den Kopf an der Tischplatte an.

»Morgen«, murmelte ich.

»Normalerweise ist es hier aufgeräumt.« Er grinste verlegen.

»Klar.«

»Willst du 'n Kaffee?« Er fuhr sich mit beiden Händen durch die dunklen Locken. »Oder vielleicht lieber 'ne Aspirin?«

Ich musterte ihn argwöhnisch von Kopf bis Fuß. Eigentlich sah er recht gut aus mit seinen dunklen Augen und der sonnengebräunten Haut. Ein südländischer Typ, groß und schlank mit weißen Zähnen und hübschem Gesicht. Der Haken an der Sache war, dass ich mich tatsächlich beim besten Willen nicht daran erinnern konnte, ihm je zuvor begegnet zu sein.

»Du bist eingeschlafen.« Er zuckte mit den Schultern. »Kurz bevor *irgendwas* passieren konnte.«

»Gott sei Dank«, seufzte ich.

»Ähm … ja.« Er wirkte verunsichert. »Du hast im Schlaf nonstop gesprochen. Ziemlich wirres Zeug. Ich wollte dich wecken, aber hatte vergessen, wie du heißt und … ähm … ich bin Mike. Für den Fall, dass du meinen Namen auch vergessen hast.«

Ich betrachtete ihn fassungslos. Wieso redete er wie ein Wasserfall? Als wäre die Situation so nicht schon unangenehm genug.

»Eigentlich Michael«, fuhr er fort. »Aber meine Freunde nennen mich Mike. Du kannst mich also gern auch Mike nennen, wenn ...« Er verstummte, als er meinen argwöhnischen Blick bemerkte, und räusperte sich. »Ist ja auch egal. Kaffee, namenloses Mädchen?«

»Keine Zeit, ich muss zur Arbeit«, wiegelte ich ab.

»Es ist Sonntag!«

»Ich bin Krankenschwester«, log ich.

»Coole Sache.« Mike grinste. »Ich studiere Medizin. Fünftes Semester.« Lässig deutete er auf die Anatomiebücher auf dem Tisch. »Ein tolles Gefühl, wenn man Menschen helfen kann, oder?«

Ich seufzte.

»Luke«, setzte ich an.

»Mike«, verbesserte er mit einem Gesichtsausdruck, der nun vollends sein Unwohlsein verriet.

»Mike. Logisch.« Mein Kopf hinderte mich daran, auch nur einen einzigen klaren Gedanken zu fassen. »Bitte – wo ist die Haustür?«

Schweigend nickte er in Richtung einer Tür, an der ein paar Postkarten und Fotos klebten. Ich stolperte ohne ein weiteres Wort an ihm vorbei, wobei ich unbeholfen die High Heels überzog. Wie auf Kommando begannen meine Fersen zu schmerzen. *Auch das noch.*

Erst als ich draußen auf dem Gehweg stand und ein lauer Wind mir um die nackten Schultern wehte, wurde mir bewusst, wie unhöflich ich mich ihm gegenüber verhalten hatte. Und zu dem unwohlen Gefühl im Kopf und dem in den Füßen gesellte sich ein unwohles Gefühl im Bauch, das auch so schnell nicht mehr verschwinden sollte.

Ich entdeckte ein Taxi einige Meter entfernt und hatte das Glück, dass es frei war. Erschöpft sank ich auf die Rückbank und lehnte, nachdem ich dem Fahrer meine Adresse genannt hatte, meine Stirn an die Fensterscheibe. Die Kälte tat gut. Sie weckte mich förmlich auf. Ich hatte keine Ahnung, wo ich war. Umso mehr erstaunte es mich, dass das Taxi bereits wenige Minuten später am Ziel anhielt und ich bloß knappe zwanzig Euro zahlen musste.

Für einen Dezembertag war es ungewöhnlich warm, dennoch zitterte ich in meinem dünnen Kleid vor Kälte. Was hatte ich mir nur dabei gedacht? Bei allem. Ich schüttelte den Kopf über mich selbst.

So schnell wie es in diesen unbequemen Schuhen nur möglich war, stieg ich die Treppen zu dem Haus empor, das ich seit zwei Jahren mein Zuhause nannte. Damals war es eigentlich nur als Übergangslösung angedacht gewesen, als die Mutter meiner besten Freundin Emma mir nach einer scheußlichen Trennung deren altes Zimmer vermietet hatte. Meine Eltern waren nach der Scheidung beide zu sehr mit sich selbst beschäftigt, sodass ich bei keinem der beiden hätte wohnen wollen. In einer Nacht- und Nebelaktion war ich aus der gemeinsamen Wohnung meines Exfreundes und mir ausgezogen und war Emmas Mutter bis heute unendlich dankbar dafür, dass sie mich mit offenen Armen aufgenommen hatte.

Ich konnte es kaum erwarten, ins Bett zu fallen und die Kopfschmerzen und das Schamgefühl zu vergessen. Geradezu kopflos zog ich meine Schlüssel aus der Tasche, schloss die Tür auf und stolperte ins Badezimmer.

Mit beiden Händen schöpfte ich mir Wasser ins Gesicht. Die Erfrischung tat gut. Entspannt schloss ich die Augen und tat ein paar ruhige Atemzüge. Als ich aufschaute, fiel mein Blick auf mein Spiegelbild, das mir unsicher entgegensah.

Ich war blass wie eh und je, und mein hellbraunes Haar, das ich gestern Abend noch mit dem Lockenstab zu großen, weichen Wellen geformt hatte, fiel mir platt über die Schultern. Meine grünen Augen sahen ungewöhnlich trüb aus. Seit der Trennung hatte ich das Gefühl, als hätte sich ein grauer Schleier über sie gelegt, was merkwürdig war, denn wissenschaftlich gesehen konnten Augen ihre Farbe bloß im ersten Lebensjahr und keinesfalls noch im Erwachsenenalter ändern. Und es war nicht das erste Mal, dass dies mit mir geschah. Meine Eltern hatten mir erzählt, dass ich als Kind an manchen Tagen blaue und an anderen Tagen grüne Augen hatte, und dass sie, wenn ich krank war, einen lilafarbenen Schimmer trugen. Ich hatte das früher immer für aufregend gehalten, aber irgendwann hatten sie aufgehört, die Farbe zu wechseln und blieben konstant grün, jahrelang, bis schließlich meine Beziehung zerbrach. Ich schluckte.

Zwei Jahre war es her. Zwei Jahre. Und immer noch lag mir diese Trennung schwer im Magen. Ich hatte nie verkraftet, dass er mich für eine andere verlassen hatte, mit der er inzwischen sogar verheiratet war und ein Kind erwartete. Mir hatte er immer gesagt, dass er weder das eine noch das andere wollte. Ich blinzelte die aufsteigenden Tränen fort und versuchte den Kloß hinunterzuschlucken, der in meinem Hals aufstieg, wann immer ich an ihn dachte. Und ich dachte oft an ihn.

Ein abruptes Klopfen riss mich aus meinem Trübsal. Schnell trocknete ich mein Gesicht ab und öffnete die Tür. Ich hatte gedacht, ich wäre alleine zuhause, doch dem war nicht so.

»Nilah!« Emma fiel mir um den Hals und drückte mich, als hätte sie mich seit Jahren nicht gesehen. Wie immer eigentlich. Emma war der herzlichste, quirligste und liebevollste Mensch, den ich kannte, was meistens toll, aber manchmal auch anstrengend war.

»Was machst du hier?«, fragte ich, als sie mich nach einer gefühlten Ewigkeit losließ.

»Ich wohne hier«, antwortete sie.

»Du *wohntest* hier«, korrigierte ich. »Jetzt wohne ich hier.«

Wir lachten. Emmas Mutter pflegte oft scherzhaft zu sagen, dass Emma nun öfter zuhause war als damals, als sie selbst noch hier wohnte.

»Erzähl schon – wie war es?«, Emma sah mich mit erwartungsvollen Augen an.

»Was meinst du?«

»Mike?«, half sie mir auf die Sprünge.

Ach, *sie* wusste, wie er hieß. Ich schüttelte den Kopf.

»Da war nichts, ich bin eingeschlafen«, entgegnete ich ausweichend.

Emma prustete los.

»Dein Ernst?« Sie versuchte, aufzuhören, fing aber direkt wieder an zu kichern. »Du bist echt eingeschlafen? Oh man, Nilah.« Lachend schüttelte sie den Kopf. »Na ja, vielleicht kannst du es später wieder gut machen.«

»Was meinst du?« Alarmiert runzelte ich die Stirn.

»Na, die Silvesterparty. Da kommt er sicher auch. Alle kommen!«

»Oh, es gibt eine Silvesterparty?«, seufzte ich wenig begeistert.

»Nilah! Es ist der einunddreißigste Dezember.« Emma schnalzte mit der Zunge und sah mich an, als wäre ich ein hoffnungsloser Fall. »Natürlich gibt es eine Silvesterparty.«

»Von mir aus. Aber ich werde nicht hingehen. Du überredest mich nicht nochmal.« Ich schob sie beiseite, ging in mein Zimmer und ließ mich auf mein Bett fallen. Endlich. Auf dieses Gefühl freute ich mich schon, seit ich wach war. Zufrieden schloss ich die Augen.

»Nilah?« Emma hatte sich auf meine Bettkante gesetzt. In ihrer Stimme lag ein süßlicher, flehender Tonfall.

»Hör mir gut zu, Emma.« Ich setzte mich auf, senkte meine Stimme und betonte jedes einzelne Wort, als wäre es von größter Bedeutung für den Satz. »Ich. Werde. Da. Nicht. Hingehen.«

Wenige Stunden später fand ich mich auf eben jener Silvesterparty wieder, auf die ich nicht hatte gehen wollen. Natürlich. Emma besaß ein unglaublich großes, geradezu kriminelles Potenzial, Leute zu Dingen zu überreden, die sie eigentlich nicht tun wollten. Ich seufzte. Es gab so viele Orte, an denen ich lieber gewesen wäre. Mein Bett zum Beispiel. Mit einem Glas selbstgemachter Früchtebowle in der Hand und einer derart schlechten Laune, dass sie eigentlich eine mit dem bloßen Auge zu erkennende schwarze Aura um mich bilden müsste, blickte ich mich um.

Da stand ich also und verbrachte mein Jahresende auf irgendeiner Studentenparty im Haus der Eltern eines Kerls, den Emma kannte, woher auch immer. Emma kannte prinzipiell jeden.

Nachdenklich betrachtete ich meine Freundin. Sie wirkte so frei, so glücklich und selbstbewusst. So losgelöst von allem. Mit großem Unbehagen spürte ich Neid in mir aufkeimen. Wieso konnte ich nicht sein wie sie? Wieso fiel es ihr so leicht und mir so unfassbar schwer, loszulassen? Es gab hier weit und breit niemanden, den ich kannte, und dennoch verurteilte ich mich selbst dazu, stumm in der Ecke zu stehen und mürrisch dreinzuschauen. Seit der Trennung fühlte ich mich ständig klein und unbedeutend. Es fühlte sich an, als wären mein Herz und mein Selbstbewusstsein bei meinem Auszug in der alten Wohnung geblieben. Und das, was blieb, war ein Schatten meiner selbst.

Meine Hände umklammerten das Glas, als könnte es mir auf irgendeine Art und Weise Halt geben. Unsicher nippte ich an meiner Bowle. Sie schmeckte furchtbar.

»Amüsierst du dich?«, rief Emma mir zu. Sie tanzte mit einem schlaksigen Kerl, der sie völlig verzückt ansah.

»Aber klar doch«, murmelte ich bitter vor mich hin. »In der Luft liegt der Geruch von guten Vorsätzen, leeren Hoffnungen und Träumen, die sich nie erfüllen werden. Oh, und Kotze, nach Kotze riecht es irgendwie auch. Wer würde sich da nicht amüsieren?« Mit einem gequälten Lächeln nickte ich ihr zu, was ihr offensichtlich genügte.

Lachend wandte sie sich wieder ihrem Fan zu. Irgendwie machte mich ihre Reaktion wütend. Sah sie nicht, wie unwohl ich mich in meiner Haut fühlte? Dabei war es allein ihre Schuld, dass ich hier war.

»Ich muss nur mal kurz raus«, rief ich ihr zu.

»Was?« Emma legte sich eine Hand ans Ohr.

»Nur frische Luft schnappen.« Ich zeigte auf das Fenster.

Ich wollte *wirklich* nur frische Luft schnappen, als ich mir meinen Mantel anzog und leise die Haustür hinter mir schloss. Aber kaum hatte ich das Haus verlassen, als meine Beine wie automatisch zu laufen begannen. Ich wusste nicht einmal, wohin ich lief, aber ich lief und lief, lief über Straßen und um Ecken, bis ich irgendwann völlig außer Atem und zitternd vor Kälte an einer Hauswand im Licht einer Straßenlaterne zum Stehen kam.

Plötzlich machte sich die Wirkung der Früchtebowle bemerkbar. Mir wurde schummrig und in meiner Magengegend rumorte es gewaltig. Ich unterdrückte den langsam in mir aufsteigenden Würgereiz, dann bemerkte ich, dass mir Tränen über das Gesicht liefen. Fahrig wischte ich sie mit dem Ärmel meines Mantels fort, als ich im Augenwinkel plötzlich eine Bewegung registrierte.

Erschrocken wirbelte ich herum und fand mich Auge in Auge mit einem Mann wieder, der mir offenbar lautlos gefolgt war. Er stand nur wenige Zentimeter von mir entfernt, viel zu nah für meinen Geschmack. Doch als ich zurückwich, prallte ich gegen einen zweiten Fremden, der nur einen knappen Meter hinter mir gestanden hatte. Mein ohnehin schon schnell schlagendes Herz begann zu rasen. Ich hatte keine Ahnung, wie die beiden es geschafft hatten, schier aus dem Nichts aufzutauchen.

»Du musst mit uns kommen«, sagte der eine von ihnen, ein hochgewachsener, blasser Kerl mit ungewöhnlich langem Hals und wasserstoffblondem Haar.

»Was?«, brachte ich mit brüchiger Stimme hervor. »Wieso?!«

»Anordnung von ganz oben«, antwortete der andere Mann wichtigtuerisch. Er war ebenso groß und dünn wie der erste und trug sein schwarzes Haar zu einem strengen Zopf zurückgebunden. Sie sahen beide auf irgendeine Art und Weise, die ich mir selbst nicht erklären konnte, komisch aus. Außerdem fiel mir auf, dass sie beide den gleichen merkwürdigen, weißen Anzug trugen, der entfernt an Sportkleidung erinnerte. Ob das eine Art Uniform war?

»Bin ich ... verhaftet?« Plötzlich war ich vollkommen nüchtern.

Die beiden lachten.

»Wir sind keine Polizisten«, erklärte der Wasserstoffblonde.

»Bist du das hier?« Der Dunkelhaarige hielt plötzlich wie aus dem Nichts ein paar Bilder in der Hand und hielt sie mir vor die Nase. Was ich im Schein der Straßenlaterne sah, ließ mich nach Luft schnappen. Fotos von mir. Ich an der Bushaltestelle, ich mit Emma im Restaurant, ich, wie ich verschlafen aus dem Fenster blickte. Ich spürte, wie mir sämtliche Farbe aus dem Gesicht wich.

»Woher habt ihr die?«, brachte ich heiser hervor. Angstgelähmt blickte ich mich um. Doch weit und breit war keine Menschenseele zu sehen. Niemand, der mir hätte helfen können.

»Ob du das bist, habe ich gefragt!« Der Dunkelhaarige wedelte mit den Fotos vor meinem Gesicht.

»Ich ... das ... ja«, stammelte ich. »Ja, das bin alles ich. Sagt mir jetzt mal jemand, was hier vor sich geht?«

Der Wasserstoffblonde nickte dem Dunkelhaarigen fast unmerklich zu, dann hakte sich einer von ihnen links, der andere rechts bei mir unter. Ich hatte keine Chance, zu reagieren. Ihre Bewegungen waren unglaublich schnell und fließend, fast schon unmenschlich.

Und bevor ich auch nur ansatzweise realisierte, wie mir geschah, bog ein gelber Kleinbus um die Ecke und hielt direkt neben uns auf dem Bordstein. Ein kurzer Aufschrei meinerseits, viel zu leise und heiser, als das ihn jemand hätte hören können, und schon hatten sie mich hochgehoben und hineingetragen. Mein Herz raste so schnell, dass es wehtat. Der Fahrer, ein glatzköpfiger, hochgewachsener Mann, trug den gleichen Anzug wie die anderen beiden.

»Das war die Letzte«, sagte er und musterte mich kurz, bevor er losfuhr.

Auf den Sitzen des Kleinbusses saßen mehrere andere junge Menschen, die genauso verängstigt dreinblickten, wie ich mich fühlte.

»Hinsetzen.« Der Wasserstoffblonde schubste mich neben ein dunkelhäutiges Mädchen, das nervös an den Fingernägeln knabberte.

»Melvin«, tadelte der Fahrer. »Merlias hat gesagt, wir sollen nett zu ihnen sein!«

»Ich *bin* nett!« Der Blonde, der also Melvin hieß, blieb im Gang stehen und ließ uns nicht aus den Augen, während der Dunkelhaarige mit dem Zopf sich auf einem der freien Sitze niederließ und die Hände hinter dem Kopf verschränkte.

Vorsichtig blickte ich mich um. Ich konnte kaum fassen, dass mir das gerade wirklich passierte. Es fühlte sich an, als wäre ich in einem verrückten Actionfilm gelandet.

»Hey, du.« Ich berührte das Nägel kauende Mädchen behutsam am Arm, woraufhin sie erschrocken zusammenfuhr. »Weißt du, was die mit uns vorhaben?«

»Ich habe absolut keine Ahnung«, flüsterte sie zurück. Mit ihren weit aufgerissenen Augen sah sie mich an, als würde sie hoffen, dass ich sie retten konnte.

Ängstlich blickte ich mich um und zählte die anderen. Wir waren neun. Männer und Frauen. Wir hatten keine offensichtliche Gemeinsamkeit, außer vielleicht das Alter. Wie ich schienen sie alle etwa Anfang zwanzig zu sein.

»Ich bin Sadie«, wisperte das Mädchen mir zu.

»Nilah.« Ich versuchte, ihr aufmunternd zuzulächeln, aber mein Gesicht tat nicht, was es sollte. Wie könnte ich jemandem Mut machen, wenn ich selbst vor Angst wie gelähmt war? Es war unmöglich.

»Tom«, sagte der Busfahrer und hob seine rechte Hand. Dann deutete er auf den Dunkelhaarigen und den Wasserstoffblonden. »Das sind Alois und Melvin. Ihr kennt uns nicht, aber wir kennen euch. Euch wird nichts geschehen.«

»Und das sollen wir glauben?« Ein junger Kerl aus der hintersten Reihe lachte unfroh. »Wieso habt ihr uns dann unsere Handys geklaut?«

Ich tastete meine Manteltasche ab. Meins war auch weg. Sadie ging es genauso.

»Eine reine Sicherheitsmaßnahme.« Der Fahrer schien völlig gelassen.

Ich hätte nicht sagen können, wie lange die Fahrt dauerte, denn ich hatte sämtliches Zeitgefühl verloren und ein Stück weit resigniert. Womöglich war es bereits nach Mitternacht und Emma suchte überall nach mir, andererseits war mir unterwegs kein Feuerwerk aufgefallen.

Irgendwann bog der Bus in einen Waldweg ein. Wir wurden alle ein wenig unruhig, aber keiner stand von seinem Sitz auf. Sadie griff nach meiner Hand. Ich drückte ihre leicht. Viele Minuten vergingen, in denen der Bus kreuz und quer durch den Wald fuhr. Als wir endlich zum Stehen kamen, konnten wir alle im Licht der Scheinwerfer ein riesenhaftes Gebäude erkennen. Ein Gebäude, schwarz, groß und rustikal, mit unzähligen Fenstern.

Ich konnte kaum fassen, was ich da mit eigenen Augen sah. Etwas an diesem Gebäude ließ eine Empfindung in mir schwingen. Ich kannte dieses Gebäude. Irgendwo hatte ich es schonmal gesehen. Doch die Erinnerung war so schwach, so verwaschen, dass ich sie nicht weiter greifen konnte. Sie hinterließ bloß eine unterschwellige Ruhe in mir.

Tom, der Fahrer, blickte geradezu feierlich zu uns nach hinten.

»Herzlich willkommen beim Schwarzen Flügel«, sagte er, und wir alle spürten, dass hier, gerade in diesem Moment, etwas unfassbar Großes geschah.

Kapitel 2

DER SCHWARZE FLÜGEL

In jener Nacht, die mein ganzes Leben verändern sollte, regnete es. Feiner, winterlicher Nieselregen, der an die Fenster prasselte wie kleine Hände, die nach Einlass verlangten. Keiner von uns sprach ein Wort. Tom, der Fahrer, Melvin, der Wasserstoffblonde, und der tiefenentspannte Alois betraten als erste das Gebäude, das aussah wie ein verwittertes altes Märchenschloss. Offensichtlich machten sie sich keine Sorgen, dass wir fortlaufen könnten. Sadie und ich tauschten einen Blick miteinander. Sie wirkte immer noch unsicher, aber nicht mehr derart verängstigt, wie sie es vorhin im Bus gewesen war. Vielmehr lag ein Ausdruck der Ehrfurcht in ihren dunklen Augen. Irgendwie schienen wir schon zu diesem Zeitpunkt zu spüren, dass das, was uns hier widerfuhr, gut und richtig war. Eine Ruhe hatte sich über uns gelegt, eine Ruhe, die tief aus dem Inneren heraus mit sanfter Stimme flüsterte, dass alles gut werden würde. Dass alles in Ordnung war. Dass wir bleiben konnten, denn an diesem Ort würden wir sicher sein. Es war fast so, als wären wir alle schon einmal dort gewesen. Wie ein Zurückkehren in ein Zuhause, das viele Jahre lang verstaubt tief in der Erinnerung geschlummert hatte. Und kaum betrat man es, sah es, roch es, da fühlte man sich wieder daheim. Ruhig. Angekommen. Stumm nickten wir einander zu, und es war wie ein stillschweigendes Einverständnis zwischen uns, als wir zugleich die marmornen Stufen emporstiegen.

Meine beste Freundin Emma, die letzte Nacht und die Silvesterparty schienen Lichtjahre entfernt. Nach und nach folgten uns auch die anderen, zwar zögerlich und bedachtsam, aber dennoch stetig. Nicht einer blieb zurück. Wir waren wie Motten, die ins Licht flogen, förmlich hypnotisiert von dem Ungewissen, das uns bevorstand. Schritt für Schritt stiegen wir die Treppe empor, bis wir in eine riesige Eingangshalle gelangten. Erst als sich nach dem letzten von uns die Tür wie von Geisterhand wieder schloss, fiel der tranceartige Zustand von uns ab.

Verunsichert blickten wir einander an. Keiner von uns schien auch nur ansatzweise zu erahnen, was gerade mit uns geschah. Wir fanden uns in einem großen, hell erleuchteten Saal wieder, viel größer als ein ganz gewöhnlicher Raum in einem ganz gewöhnlichen Haus. An der Decke prangte ein Kronleuchter. Kerzen brannten auf den altmodischen Kommoden an den Wänden, und der weiße Marmorboden war vor unserer Ankunft sichtlich auf Hochglanz poliert worden. Eine schwarze Wendeltreppe, die ihren Ursprung mittig im Raum hatte, führte hinauf in eine geradezu schwindelerregende Höhe.

Ich blickte mich um. Wo bloß waren die Männer, die uns hergebracht hatten? Ich hätte schwören können, dass sie nur wenige Meter von mir entfernt gewesen waren, dennoch waren die anderen acht Unwissenden und ich nun die einzigen im Raum. Meine Kopfschmerzen vom vergangenen Morgen kehrten zurück. Ich fühlte mich wie in einem Traum gefangen, der noch viel verrückter und surrealer war als alles, was ich je geträumt hatte. Aber irgendetwas sagte mir, dass ich nicht aufwachen würde. Dieses Mal nicht.

Ein unerwartetes »*Herzlich willkommen*« ließ uns alle erschrocken zusammenzucken. Ein kleiner, ältlicher Mann war wie aus dem Nichts vor uns aufgetaucht. Sein Haar war ganz grau und zu einem unordentlichen Dutt gebunden. Seine stahlblauen Augen hatten uns gespannt ins Visier genommen.

»Herzlich willkommen«, wiederholte er mit einer weit ausholenden Geste, die den ganzen Saal umfasste, »im Schwarzen Flügel! Nun«, er lächelte uns gutmütig zu, einem nach dem anderem, »lasst mich euch kurz erklären, mit wem ihr es zu tun habt. Ihr braucht keine

Angst zu haben, Nilah, Damien, Sadie, Dina, Makaio, Joaquin, Morten, Piet und Liron, tretet beruhigt näher!«

Unruhige Blicke wurden ausgetauscht. Es war beängstigend, dass er uns alle zu kennen schien, während wir nicht einmal seinen Namen wussten. Obwohl niemand seiner Aufforderung, näher zu treten, Folge leistetet, lächelte er weiterhin und fuhr fort:

»Wir sind eine kleine Einheit, die sich zusammengetan hat, um nach bestem Wissen und Gewissen unsere Nachfolger zu unterrichten. Wenn ihr so wollt, führen wir also eine Ausbildungsstätte. Wir lehren das, was wir am besten können. Mein Name ist Merlias«, er faltete seine Hände vor der Brust, »und ich bin der Leiter des Schwarzen Flügels, benannt nach einem großen, Flügel tragenden Mann, gutem Freund und Mitbegründer der Akademie.« Er schwieg für einen kurzen Moment. »Nun, man habe ihn selig.«

Ein Flügel tragender Mann? Das wurde ja immer skurriler ...

»Ihr fragt euch sicher, was das mit euch zu tun hat und weshalb ihr hier seid.« Merlias nickte, als würde er sich die Frage selbst beantworten. »Nun – jedes Jahr wählen wir nach einträchtiger Beobachtung und Abstimmung neun junge, vielversprechende Individuen aus und laden sie dazu ein, sich uns anzuschließen.«

»Laden sie dazu ein!« Der junge Mann, der uns vorhin im Bus darauf aufmerksam gemacht hatte, dass unsere Handys fehlten, lachte zynisch. Er hatte die Arme vor der Brust verschränkt. »Das nennen Sie also eine Einladung? Ich nenne das eine Entführung!«

»Nun, Damien, es steht dir frei zu gehen«, sagte Merlias freundlich.

Aufmunternd lächelte er ihm zu, doch Damien rührte sich nicht von der Stelle. Niemand von uns tat das. Zu sehr hatte dieser geheimnisvolle Ort uns schon in seinen Bann gezogen.

»Nun ...« Merlias räusperte sich und strich sich mit der Hand über den silbrig grauen Bart. »Ab sofort ist der Schwarze Flügel euer Zuhause. Ihr werdet hier leben, schlafen, speisen ... vor allem aber werdet ihr euren Körper und euren Geist trainieren. Ihr werdet beides auf eine gänzlich neue Ebene bringen. Ihr werdet Ehrfurcht erlernen. Ihr werdet Demut, Disziplin und Selbstachtung erlernen. Bald schon werdet ihr die stärkste und bestmöglichste Ausgabe eurer Selbst sein.« Er sah uns alle der Reihe nach an, mit einem warmen, väterlichen Blick in den Augen. »Nun – habt ihr Fragen?«

»Was für eine Ausbildung soll das sein?« Damien klang immer noch ein wenig angriffslustig und betonte das Wort »Ausbildung«, als wäre es etwas Schmutziges, das er kaum auszusprechen wagte.

Das Lächeln verschwand auch jetzt noch nicht aus Merlias' Gesicht. Voller Duldsamkeit hörte er Damien zu und sagte dann: »Das fragst du am besten unsere Mentoren selbst.«

Als hätten sie nur auf ihr Stichwort gewartet, schritten in jenem Augenblick drei Männer und eine Frau feierlich die schwarze marmorne Wendeltreppe hinab. Ich hielt den Atem an. Sie sahen unglaublich sportlich und unglaublich wichtig aus.

Alle trugen sie jene merkwürdigen Anzüge, die mir schon bei Alois, Melvin und dem Fahrer Tom aufgefallen waren. Allerdings hatte jeder Anzug seine eigene Farbe. Ihre Mienen waren ernst. Etwas zu ernst für meinen Geschmack. Sie wirkten Respekt einflößend und streng. Auch Sadie sah eingeschüchtert aus.

»Darf ich euch nun unsere Mentoren vorstellen?«, bat Merlias um unsere Aufmerksamkeit. »Sie werden in der nächsten Zeit zu sehr wichtigen und engen Vertrauten für euch werden. Ich gebe jeden einzelnen von euch mit reinem Gewissen in ihre erfahrenen Hände. Euer Wohlbefinden und eure Entfaltung haben für sie alleroberste Priorität.« Merlias faltete seine Hände vor der Brust und machte eine kurze Pause, in der er uns aufmerksam musterte. »Jeder von ihnen gehört einer anderen Gruppierung an«, fuhr er schließlich fort. »Einer anderen Klasse, so wie auch ihr den Klassen noch heute zugeteilt werdet. Ihr müsst dazu wissen, dass wir die Ausbildung im Schwarzen Flügel in vier essentielle Bereiche unterteilen. Es gibt die Beschützer in der Farbe der Nacht, die uns selbst in der dunkelsten Stunde bewachend zur Seite stehen. Die Aufspürer in der Farbe des Nebels, da sie ebenso still und geheimnisvoll sind, und die Kämpfer, grau wie ein kraftvoller Sturm und gesegnet mit der Kraft, Ausdauer und Energie eines Tornados. Und es gibt die Heiler in der Farbe des Lebens, des Bluts, das durch unsere Adern fließt und unser Herz schlagen lässt. Wir haben euch lange und ausgiebig beobachtet. Wir kennen euch. Bereits Monate vor eurer Ankunft haben wir euer Schicksal besiegelt, indem wir euch den Klassen zugeteilt haben.«

Eine Weile verging, in der er die Worte auf uns wirken ließ. Unsicher hob ich die Hand. Merlias lächelte mir ermutigend zu, und auch die Aufmerksamkeit der anderen Schüler und der Mentoren richtete sich kurzweilig auf mich. Ich spürte, wie ich rot anlief.

»Nun, Nilah – du hast eine Frage?«, half Merlias mir.

»Ja.« Ich nickte unmerklich. Meine Wangen glühten. »Meine Frage lautet … Wieso wir?« Meine Stimme war leise und irgendwie zu klein für diese riesige Halle.

»Weil ihr etwas Besonderes seid«, antwortete Merlias so schnell, als hätte er mit exakt dieser Frage aus meinem Mund bereits gerechnet. »Ihr seid anders als all die anderen da draußen. Wenn man es genau betrachtet, seid ihr nicht einmal richtige Menschen.«

»Nicht einmal richtige Menschen?« Ich schluckte verunsichert. »Aber … was sind wir dann?«

»Wir sind anders«, antwortete einer der Mentoren an Merlias' Stelle. Ein muskulöser, selbstsicher aussehender Kerl mit kurzrasiertem, dunklem Haar, der Merlias um einen ganzen Kopf überragte. Sein Anzug war schwarz.

»Besser. Stärker. Intelligenter«, fuhr er fort und sah mich eindringlich an. »Quasi Menschen plus.«

»So eine Art Superhelden?«, fragte Sadie zaghaft.

Der Mentor lachte.

»So eine Art Superhelden! Du hast es erfasst, Kleine.«

Merlias trat neben ihn und legte ihm eine Hand auf die Schulter, wozu er den Arm anheben musste. Die beiden wirkten vertraut miteinander und hatten die gleichen stahlblauen Augen.

»Dies ist mein erstgeborener Sohn Quentin«, erklärte Merlias sichtlich stolz. »Er steht heute stellvertretend für all unsere Beschützer vor euch. Mächtig, tapfer und selbstlos, mit einem starken Körper und einem noch stärkeren Geist. Damien und Liron – tretet vor. Ihr werdet von Quentin zum Beschützer ausgebildet. Möge er euch härter, mutiger und selbstloser machen, als ihr es bereits seid.«

Er und die anderen Mentoren begannen zeitgleich zu applaudieren, als Damien und Liron – ein breitschultriger, blonder Junge im Footballshirt – dem Mentor Quentin die schwarze Marmortreppe hinauf folgten. Ich blickte ihnen nach, bis man sie nicht mehr sehen konnte und der Applaus verebbt war.

»Milla.« Merlias trat zum einzigen weiblichen Mentor hinüber und legte ihr ebenfalls eine Hand auf die Schulter. Ihr braunes, geflochtenes Haar reichte ihr bis zu den Knien. Sie trug einen dunkelroten Anzug und hatte ein schmales, feines Gesicht mit einer spitzen Nase. »Milla ist eine Heilerin. Empathie, Selbstdisziplin und ein außerordentliches Maß an Körperkontrolle zeichnen sie aus. Sadie und Piet – bitte tretet vor. Ihr werdet mit Milla gehen. Möge sie euch erfolgreich beibringen, wie ihr eure Gefährten und euch selbst heilen könnt, wenn es eines Tages von Nöten sein sollte.«

Unter erneutem Applaus, in den dieses Mal auch einige von uns mit einfielen, verließen die drei die Halle und stiegen die Treppe empor. Sadie warf mir noch einen letzten ängstlichen Blick zu, bevor ich sie und die anderen aus den Augen verlor. Ich hoffte inständig, ich würde sie wiedersehen.

»Cato.« Merlias winkte den dritten Mentor zu sich heran, einen enorm großen und enorm dünnen Mann mit strähnigem blondem Haar und einem weißen Anzug. »Er ist einer unserer vielen Aufspürer. Drei davon habt ihr auf eurer Reise hierher bereits kennengelernt. Sie sind schnell, intelligent, haben einen außerordentlich guten Orientierungssinn und zudem die Fähigkeit, sich buchstäblich unsichtbar zu machen. Ein guter Aufspürer kann jeden ausfindig machen und jedem folgen, ohne entdeckt zu werden. Dina und Morten – ich bitte euch, vorzutreten. Geht mit Cato. Er wird euch lehren, noch schneller und unsichtbarer zu sein als der Wind.«

Der Applaus fiel dieses Mal, da die Halle sich langsam leerte, deutlich leiser aus. Dies nahm Merlias aber nicht den Enthusiasmus, laut in die Hände zu klatschten. Während die beiden, die zuletzt aufgerufen worden waren, Cato die Treppe hinauf folgten, musterte ich unauffällig den letzten Mentor. Auf den ersten Blick sah er nicht außergewöhnlich aus, weder besonders groß, noch besonders klein. Sportlich, aber nicht so athletisch wie der Mentor Quentin. Und dennoch – er hatte etwas an sich, das herausstach. Etwas, das ihn einzigartig machte. Nachdenklich musterte ich sein Gesicht, als sich unsere Blicke trafen. Er sah nicht erfreut aus. Ertappt blickte ich zu Boden.

Merlias räusperte sich. Nur drei von uns waren übriggeblieben. Ein hawaiianisch aussehender, zierlicher junger Mann mit mandelförmigen Augen und schwarzem Haar sowie ein verschüchtert dreinblickender Brillenträger, dessen wirre, dunkle Haare wie ein Vogelnest aussahen. Wie Kämpfer – und das war, wenn ich Merlias richtig verstanden hatte, die letzte Klasse – sah nun wirklich keiner von uns aus.

»Nun«, fuhr Merlias in eben diesem Augenblick feierlich fort, »Nilah, Joaquin und Makaio – ihr werdet von meinem zweiten Sohn Flynn angeleitet werden.«

Flynn sah weder Merlias noch Quentin auf irgendeine Art und Weise ähnlich. Ich konnte mir kaum vorstellen, dass sie tatsächlich miteinander verwandt waren.

»Flynn ist ein Kämpfer«, erklärte Merlias und legte ihm eine Hand auf die Schulter. »Temperament, Mut, Entschlossenheit, Haltung und sowohl die Stärke des Körpers als auch die des Charakters zeichnen einen guten Kämpfer aus. Eure Ausbildung wird die härteste von allen sein. Flynn ist ein unerbittlicher Lehrer, aber loyal und gerecht. Möge er euch zu den stärksten Kämpfern formen, die der Schwarze Flügel jemals hervorgebracht hat.«

Schweigend folgten wir dem uns zugeteilten Mentor die Wendeltreppe hinauf, während Merlias allein in der großen Halle verblieb, um uns Beifall zu klatschen. Mein Blick war fest auf die glänzend schwarzen Marmorstufen gerichtet. Ich war wie in Trance. Meine Beine liefen die Treppe einfach hinauf, ohne dass ich etwas dagegen hätte tun können.

So lange hatte ich mir einen Neuanfang herbeigesehnt, und nun war er da – aufregend, unwirklich und abrupter, als ich es mir je hätte erträumen können. Ich vermochte zu diesem Zeitpunkt noch nicht zu sagen, ob diese plötzliche Wandlung meines Lebens positiv oder negativ war. Viel zu viele Eindrücke, Informationen und Reize waren auf mich eingeprasselt und versuchten, verarbeitet zu werden. Doch noch war dieser Tag nicht vorbei.

Die Etage, die wir nun am Ende der Treppe erreichten, erinnerte mich an das Berufskolleg, das ich während meiner Ausbildung besucht hatte. Vor uns erstreckte sich ein langer Flur mit weißen Türen zu beiden Seiten.

»Die Unterrichtsräume«, sagte Flynn knapp und nickte nach links. »Und die Schlafräume.« Er nickte nach rechts. »Eure Namen stehen an den Türen.«

Im Vorbeigehen las ich die Gravierungen an den Türschildern.

Cato Akuma – Klasse der Aufspürer

Milla Grey – Klasse der Heiler

Quentin Animo – Klasse der Beschützer

Mein Blick schweifte nach rechts.

Damien & Makaio

Sadie & Nilah

Nur allzu gerne hätte ich einen Blick in unser Zimmer geworfen, traute mich aber nicht, den einschüchternden Flynn zu fragen. An der letzten Tür auf der linken Seite blieb er stehen.

Flynn Gideon – Klasse der Kämpfer

Er öffnete die Tür ein Stück weit, ließ uns aber nicht eintreten.

»Wartet.« Er ging hinein und kam mit drei grauen Kleiderpaketen, die mit einer Kordel zusammengebunden waren, wieder hinaus. Nacheinander überreichte er Makaio, Joaquin und mir je eins. Sie waren leicht und kühl. »Geht jetzt in eure Zimmer, macht euch frisch und zieht euch um. Ich erwarte euch in zehn Minuten in meinem Raum.«

Ohne ein weiteres Wort zog er die Tür hinter sich zu und ließ uns verdutzt auf dem Flur zurück.

»Nett«, witzelte der junge Mann namens Makaio kopfschüttelnd.

Dann wandten wir uns voneinander ab und suchten unsere Zimmer auf dem Flur. Ich hatte mir gemerkt, auf welcher Tür mein Name stand, und fand sie auf Anhieb wieder. Behutsam malte ich mit meinem Finger die geschwungenen Buchstaben meines Namens nach, bevor ich eintrat. Sadie war bereits da. Sie trug ihren Anzug, der aus einer dunkelroten Hose, einem T-Shirt und Turnschuhen bestand, alles Ton in Ton. Im Schneidersitz saß sie auf ihrem Bett. Sie sah viel agiler und fröhlicher aus als vorhin.

»Die haben sich wirklich Mühe gegeben«, raunte sie mir zu. »Hast du gesehen, dass unsere Namen in die Türschilder *eingraviert* wurden?«

Ich blickte mich um. Das Zimmer war klein und spartanisch eingerichtet, aber hübsch und sehr sauber. Mein Bett war grau bezogen, Sadies dunkelrot. Selbst die Teppiche vor unseren Betten trugen die Farben unserer Klassen. Es gab außerdem einen Tisch mit zwei Stühlen, ein paar abstrakte Gemälde an der Wand und eine Durchgangstür, die wahrscheinlich ins Badezimmer führte.

»Gefällt es dir nicht?«, fragte Sadie.

»Doch, doch.« Ich lächelte zaghaft. »Und dir?«

Sadie nickte.

»Ich mag es.«

»Heißt das, du willst bleiben?«

»Du etwa nicht?«

Ich zuckte mit den Schultern.

»Weißt du, Nilah, es ist wahrscheinlich nichts Besonderes für euch alle … aber für mich ist es das schönste Zuhause, das ich jemals hatte.« Sadie erhob sich vom Bett, drückte meinen Arm und verließ das Zimmer.

Und plötzlich hatte ich einen Kloß im Hals. Wie traurig musste ihr Leben gewesen sein, wenn sie ein kleines Zimmer mit einer Handvoll unpersönlicher Gegenstände als Zuhause empfand? Ich setzte mich auf die Bettkante. Mir war schummrig zumute. *Vielleicht wurden wir deshalb ausgewählt,* schoss es mir in den Kopf, *vielleicht haben sie sich nicht für neun vielversprechende Individuen entschieden, sondern für neun junge Leute, die nichts zu verlieren hatten?* Ein Gefühl der Mutlosigkeit stieg in mir auf, und ich war wieder jene hilflose, einsame Nilah, die zwei Jahre zuvor weinend durch den Regen gelaufen war. Ohne Ziel, ohne Orientierung, ohne irgendetwas, für das es sich zu leben lohnte, in der dunkelsten Nacht ihres Lebens.

Blind vor Tränen stürzte ich ins Bad und wusch mir die Hände und das Gesicht. Das Wasser war eiskalt, aber ich spürte es kaum. Als ich keine Tränen mehr hatte, zog ich mich aus, faltete meine Kleidung und legte sie auf mein Bett. Dann öffnete ich das Kleiderpaket, das Flynn

Gideon mir gegeben hatte. Man hatte an alles gedacht; selbst Unterwäsche, Strümpfe, Sportschuhe und ein Haarband im selben Grauton waren dabei. Erstaunt zog ich alles an und band mir die Haare mit dem Haarband zu einem hohen Zopf zusammen.

Der zweiteilige graue Anzug hätte perfekter nicht sitzen können. Die Hose und das kurzärmlige T-Shirt saßen wie angegossen. Das Material war dehnbar und angenehm kühl auf der Haut, wie Sportkleidung, aber dennoch irgendwie anders.

Als ich mich nun im Spiegel betrachtete, sah ich völlig verändert aus, und obwohl es das dunkle Gefühl in meinem Inneren nicht nehmen konnte, so linderte es es zumindest ein wenig.

Als Letzte betrat ich den Raum mit der Aufschrift *Flynn Gideon – Klasse der Kämpfer*. Obwohl ich Flynn bisher nicht besonders gut kannte, sah ich ihm sofort an, dass er wütend über mein zu spätes Erscheinen war.

»Das war das letzte Mal, dass du zu spät in meinen Klassenraum gekommen bist! Beim nächsten Mal bleibt die Tür für dich verschlossen«, knurrte er und warf mir einen kleinen, weichen Gegenstand zu, den ich geistesgegenwärtig auffing.

Es waren graue, lange Handschuhe. Als ich aufblickte, sah ich, dass Makaio und Joaquin sie bereits trugen. Ohne zu wissen wofür, zog ich sie über meine Hände. Sie fühlten sich genau wie der Rest der Kleidung an, kühl und glatt.

»Erste Regel – und deshalb werdet ihr diese Handschuhe *immer* tragen – ihr berührt niemals euren Mentor.« Flynn marschierte vor uns auf und ab wie ein Offizier. Direkt vor mir blieb er stehen und musterte mich herablassend. »Es sei denn, euer oder mein Leben hängt davon ab.«

Als er so nah vor mir stand, sah ich zum ersten Mal sein Gesicht aus der Nähe. Er war attraktiv, aber sah aus, als ob er niemals lächelte. Seine Bartstoppeln hatten denselben intensiven Rotstich wie sein Haar. Er hatte hohe, markante Wangenknochen und ausdrucksstarke Augen. Nie zuvor hatte ich solche Augen gesehen. Sie waren karamellbraun. Eine ungewöhnliche Farbe. Ich blickte hinein und konnte nicht anders, als mich darin zu verlieren.

»Ob wir uns verstanden haben!« Flynn Gideons Augen verengten sich zu schmalen Schlitzen. Offenbar hatte er etwas zu mir gesagt, während ich ihn wie paralysiert angestarrt hatte.

»Ja«, antwortete ich hastig.

»Ja was?«, knurrte er.

»Ja … Sir?« Ich wusste nicht, was er von mir wollte.

Kopfschüttelnd wandte er sich von mir ab, während Joaquin und Makaio belustigt glucksten. Flynn schnippte mit den Fingern und deutete auf den Boden.

»In meiner Klasse wird nicht gekichert. Zwanzig Liegestütze«, verlangte er kühl. »Und du, Nilah«, er wandte mir den Rücken zu und blickte aus dem Fenster, »du machst dreißig.«

Es war die längste und härteste Unterrichtsstunde meines Lebens. Eine Mischung aus Sport, Erniedrigung und so vielen Regeln, dass mir der Kopf wehtat. Ich wusste nicht, was es mit der Ausbildung auf sich hatte, aber es konnte wohl kaum bedeuten, dass wir uns von nun an täglich wie im Fitnessstudio abrackern sollten, während ein Mentor uns herumkommandierte, der besser Offizier bei der Bundeswehr geworden wäre. Oder etwa doch? Ich seufzte leise.

Als unser Mentor uns nach einer gefühlten Ewigkeit entließ, damit wir den Schlaf der vergangenen Nacht nachholen konnten, war ich verschwitzt, durstig und müde wie nie zuvor. Ohne ein Wort schleppte ich mich an der bereits dösenden Sadie vorbei ins Badezimmer, um zu duschen. Im Regal neben dem Waschbecken lag ein neues Kleiderpaket für mich. Wäre ich wacher gewesen, hätte ich mich sicher gefragt, wo es herkam, aber in dieser Nacht schlüpfte ich einfach gähnend in einen neuen grauen Anzug und ging ins Bett. Kaum hatte mein Kopf das Kissen berührt, fiel ich in einen tiefen, traumlosen Schlaf.

Kapitel 3

VON GABEN UND BEGABUNG

Als der Morgen über den Schwarzen Flügel hereinbrach, fühlte ich mich ungewöhnlich erholt. Es war die erste Nacht seit einer geraumen Zeit, in der ich tatsächlich durchgeschlafen hatte und sogar von all meinen dunklen Träumen verschont worden war. Gähnend räkelte und streckte ich mich, bis ein donnerndes Klopfen erklang. Es dauerte einen Augenblick, bis ich realisiert hatte, wo ich war. Bruchstückhaft blitzten Bilder der letzten Nacht in meinem Kopf auf. Die Silvesterparty. Alois und Melvin in ihren weißen Anzügen, wie sie aus dem Nichts auftauchten und mir den Weg versperrten. Der Schwarze Flügel. Glänzende Marmorstufen. Flynn Gideons karamellbraune Augen.

»Steh schon auf, Nilah!« Mit vom Schlaf verschwommenem Blick erkannte ich, dass Sadie sich über mich beugte. Sie band sich gerade die dichten, schwarzen Locken zu einem Dutt zusammen. »Sie klopfen schon zum *dritten* Mal. Wir sollen zum Frühstück in den großen Saal kommen. *Jetzt!*«

Mit einem Male war ich hellwach. Nicht noch einmal würde ich mir vor Flynn Gideon die Blöße geben, irgendwo als Letzte zu erscheinen. Eilends huschte ich ins Badezimmer, spritzte mir etwas kaltes Wasser ins Gesicht und schob mir das graue Band wie einen Reif in die Haare. Ich würde sie heute einfach offen tragen. Da ich mit nassen Haaren eingeschlafen war, fielen sie mir in Wellen über den Rücken. Mit meiner rechten Hand bürstete ich grob durch die Längen, mit der linken putzte ich mir die Zähne, während ich zugleich durch den Raum lief und in meine grauen Turnschuhe schlüpfte.

Gemeinsam mit den sieben anderen neuen Schülern eilten wir die schwarze Marmortreppe hinab in den großen Saal. Dort erwarteten uns bereits Merlias, die Mentoren und einige andere Personen in verschiedenfarbigen Anzügen an einer großen Frühstückstafel.

»Guten Morgen, alle miteinander.« Merlias, der am Kopf der Tafel saß, erhob sich und begrüßte jeden von uns namentlich. »Nun, ich freue mich, euch zu sehen, Dina und Morten.« Er lächelte den beiden weiß tragenden Schülern der Aufspürerklasse zu. »Sadie und Piet, nehmt gerne Platz, wo ihr wollt.« Er nickte in Richtung der beiden auszubildenden Heiler mit ihren dunkelroten Anzügen. »Guten Morgen, Nilah, Joaquin und Makaio.« Nun galt sein Lächeln uns. »Und auch euch, Liron und Damien, begrüße ich recht herzlich.« Er lächelte den schwarz tragenden Schülern der Beschützerklasse zu und wartete, bis wir alle an der großen Tafel Platz genommen hatten.

Noch immer fand ich es befremdlich, dass er uns scheinbar in- und auswendig kannte, während wir beinahe nichts über ihn wussten. In diesem Moment knurrte mein Magen vernehmlich. Sadie und ich sahen uns an, bevor wir zaghaft damit begannen, uns an den vielen aufgetischten Speisen zu bedienen. Es gab Joghurts, frisches Brot, Müsli und jede Menge Rohkost. Alles sah sehr gesund aus.

Unauffällig riskierte ich zwischen einem Bissen Früchtemüsli und einem Schluck Orangensaft einen Blick zu Flynn Gideon hinüber, der zwischen den Mentoren Quentin Amino und Milla Grey saß und einen Apfel aß. Das kurzärmlige, graue T-Shirt, das er – wie wir alle – trug, offenbarte einen Blick auf seine muskulösen Arme. Ich biss mir auf die Unterlippe. Was zum Teufel fesselte mich bloß so an ihm? Er war ein fieser, arroganter, gemeiner Mensch und mochte mich kein Stück. Mit gesenktem Kopf und gehemmtem Appetit löffelte ich mein Müsli weiter.

»Nun, ihr habt euch nach eurer nächtlichen Ankunft bereits einen ersten Eindruck vom Unterricht und von euren Mentoren machen können«, sagte Merlias. »Heute werden wir alle den Unterricht miteinander verbringen. Alle Klassen, alle Mentoren und ich. Wir möchten sehen, was ihr könnt, und inwieweit ihr es bereits beherrscht – oder es euch.« Er schmunzelte, als hätte er einen besonders guten Witz gemacht.

Makaio und ich tauschten über die Tafel hinweg einen überraschten Blick miteinander aus. Auch Joaquin sah von seinem Brot auf und blickte uns beide fragend über den Rand seiner Brille hinweg an. Was genau wollte Merlias sehen? Erwartete er bereits Lernerfolge? Nach einer Unterrichtseinheit? Flynn hatte nichts anderes mit uns getan, als uns zu Liegestützen, Bauchmuskeltraining und Kurzstrecken-Wettlaufen im Klassenraum zu animieren. Gelernt hatten wir dabei nicht wirklich etwas.

Merlias erhob sich erneut und blickte erwartungsvoll in die Runde.

»Nun – ich bitte alle Schüler darum, ihre Klassenräume aufzusuchen für den normalen Unterrichtsbeginn. In einer Stunde treffen wir uns, wie bereits erwähnt, zum gemeinsamen Unterricht. Dieser wird heute in der Klasse der Kämpfer stattfinden. Es wird während eurer gesamten Ausbildung immer mal wieder ein gemeinsamer Unterricht erfolgen, den wir im Wechsel in den verschiedenen Klassenräumen ausführen werden.«

Eine allgemeine Aufbruchsstimmung trat ein. Ich stand auf und schob meinen Stuhl zurück, traf aber damit versehentlich Damien, der gerade an mir vorbeigehen wollte, am Schienbein.

»Tut mir leid«, sagte ich schnell.

»Aufpassen, Prinzessin.« Seine schmalen Lippen kräuselten sich zu einem hämischen Grinsen, und völlig unerwartet schob er den Stuhl zu mir zurück, sodass ich den Halt verlor und über ihn stolperte.

Kurz zuvor hatte sich, wie der Zufall es so wollte, auch Flynn Gideon von seinem Platz erhoben und kam in eben jenem Augenblick an mir vorbei, als ich haltsuchend nach hinten taumelte. Instinktiv griff ich nach ihm und er nach mir. Für den Bruchteil einer Sekunde starrten wir einander erschrocken an. Dann legten sich seine Hände ein Stück weit zu fest um meine Schultern, als er mich entschieden von sich schob.

»Danke«, murmelte ich verlegen.

»Pass gefälligst auf«, zischte er und ließ mich los, als hätte er sich verbrannt. »Und trag deine Handschuhe, wenn du in meiner Nähe bist!«

Er hatte Recht, ich hatte sie in der Eile am Morgen im Zimmer liegen lassen. Sadie biss sich auf die Lippen.

»Na, der ist ja liebenswert«, wisperte sie mir zu und verdrehte die Augen, bevor ich mich beeilte, vor Makaio und Joaquin die Marmortreppe hinaufzulaufen. Immerhin musste ich noch in mein Zimmer, um meine Handschuhe zu holen.

Wenige Minuten später standen meine beiden Klassenkameraden und ich aufrecht und stumm in Flynn Gideons Raum. Es war ein karger Raum mit kaum mehr als einem Lehrerpult und ein paar Bücherregalen an den Wänden. Der Boden bestand aus dunklem Parkett. Nicht einmal Stühle gab es, doch als Makaio dies angesprochen hatte, hatte Flynn ihm nur mit erhobener Augenbraue geantwortet, dass wir keine Stühle benötigen würden, und hatte Makaio zehn Liegestütze machen lassen.

»Heute wollen wir über eure Gabe sprechen.« Flynn schlenderte durch den Klassenraum der Kämpfer. »Keiner von euch ist hier, weil er durchschnittlich ist. Ihr alle könnt etwas, das sonst niemand kann. Auch wenn ihr es vielleicht euer ganzes Leben lang vor euch selbst verleugnet habt.«

»Und was kannst *du?*«, hörte ich mich selbst fragen, bevor ich überhaupt darüber nachdenken konnte. Ich hätte mir auf die Zunge beißen können.

Ich spürte, wie Makaio und Joaquin neben mir die Luft anhielten. Eine unangenehme Stille trat ein. Flynn schlenderte weiterhin durch den Raum, bis er vor mir zum Stehen kam. Schier angewidert betrachtete er mich von Kopf bis Fuß, als wäre es unter seiner Würde, mir zu antworten.

»Unterrichten«, sagte er dann kühl. »Ich kann unterrichten.«

Ich starrte auf meine Schuhe und atmete erleichtert aus, als er sich nach einer gefühlten Ewigkeit von mir abwandte.

»Es kann positiv sein, sich von der Masse abzuheben. Aber auch negativ«, fuhr er fort. »Ihr müsst euch nicht weiter an die Menschen und ihre eingeschränkten Fähigkeiten anpassen. Solange ihr euch an meine Regeln haltet, könnt und sollt ihr euch im Schwarzen Flügel frei entfalten. Ich möchte, dass ihr mir alle eure Gabe nennt, auch wenn sie euch noch so klein erscheinen mag. Wir werden sie formen. Joaquin, du beginnst.«

Joaquin errötete. Er zog seine Brille aus, putzte sie auf eine umständliche Art und Weise mit seinem T-Shirt und setzte sie wieder auf. Dies dauerte mehrere Minuten. Offenbar wollte er Zeit schinden, oder aber er war einfach vollkommen unbeholfen. Makaio und ich musterten ihn gespannt, während Flynn eher ungeduldig dreinblickte. Joaquin erinnerte mich an einen Jungen aus meiner Schulzeit. Alle hatten ihn einen Streber gerufen und wenn er dem Lehrer eine Frage hatte beantworten sollen, war er jedes Mal knallrot geworden und hatte zu stottern begonnen. Mir fiel nicht einmal mehr sein Name ein.

»Ich … ich weiß nicht, ob man es wirklich eine *Gabe* nennen kann«, sagte er verschüchtert. Er holte tief Luft, als müsste er sich dazu überwinden, weiterzusprechen. Dann flossen die Worte wie ein Wasserfall aus seinem Mund. »Ein Vogel fliegt gegen das Fenster, Nilah erschreckt sich, Makaio klatscht.«

In diesem Moment knallte es und ich zuckte erschrocken zusammen. Es war tatsächlich ein Vogel an die Scheibe des Klassenraums geflogen. Makaio warf Joaquin einen anerkennenden Blick zu, hob die Hände und ließ sie dann wieder sinken.

»Ich hätte eigentlich wirklich geklatscht«, sagte er tonlos. »Alter … du kannst in die *Zukunft* sehen?!«

Joaquin zuckte mit den Schultern. Seine Wangen glühten förmlich.

»Es geht nicht immer, und es sind auch nur wenige Sekunden«, wiegelte er ab.

»Okay. Gut.« Flynn schien als einziger von uns völlig unbeeindruckt. »Makaio, du bist an der Reihe.«

Der junge Hawaiianer ließ seine Finger knacken und räusperte sich ein paarmal, als würde er seinem Auftritt mehr Spannung verleihen wollen. Joaquin hatte immer noch einen roten Kopf. Er stand offenbar genauso ungern im Mittelpunkt wie ich. Und plötzlich bekam ich Angst vor dem Augenblick, in dem Flynn mich nach meiner Gabe fragen würde. Denn ich hatte keine. Mir wurde kalt und warm zugleich. Er würde Merlias holen und die beiden würden feststellen, dass es ein riesiger, enttäuschender Fehler gewesen war, mich mit in den Bus zu stecken. Sie hatten jemand Besonderen haben wollen und jemanden wie mich bekommen. Charlie hatte Recht gehabt; mich würde niemals jemand haben wollen. Mein Herz begann zu rasen, meine Hände waren jäh ganz kalt und zittrig und mir wurde schwarz vor Augen. Das letzte, das ich spürte, war das Wegsacken meiner Beine.

Als ich wieder zu mir kam – ich hätte nicht sagen können, ob ich Sekunden, Minuten oder Stunden bewusstlos gewesen war – kniete Flynn neben mir. Er sah genervt aus.

»Was soll das? Du hast doch gefrühstückt?!«, fragte er vorwurfsvoll.

»Ja«, wimmerte ich.

»Was ist dann das Problem – gibst du auf? Ist es dir jetzt schon zu viel? Willst du nach Hause?«, fragte er so streng, dass meine Augen sich mit Tränen füllten.

»Wieso bin ich hier?«, flüsterte ich.

»Weil du auserwählt wurdest.«

»Das weiß ich schon! Aber *wieso* wurde ich auserwählt?«

»Woher soll ich das wissen.« Flynn griff entschlossen nach meinen in Handschuhen steckenden Handgelenken, offenbar bedacht darauf, mich bloß nicht mehr als nötig zu berühren, und zog mich mit einem Ruck auf die Beine. »Du bist schwach, ungeschickt und ängstlich. Aber Merlias hat sich noch nie geirrt. Zumindest bisher nicht.« Er verschränkte die Arme vor der Brust, ohne von mir zu weichen. »Also, Nilah, was hast du für eine Gabe? Was ist deine Besonderheit? Kannst du irgendetwas außer stürzen?«

Ich kam nicht umhin, den sarkastischen Tonfall in seiner Stimme zu bemerken.

»Oh, es … es ist wahrscheinlich gar nicht so besonders.« Sein Blick brannte auf meinem Gesicht. Es fiel mir schwer, ihm standzuhalten. »Also meine Augen …«

Der Ausdruck in seinem Blick ließ mich verstummen. Hatte ich etwas Falsches gesagt?

»Was tun sie?«, drängte er.

»Ihre Farbe. Sie … sie verändert sich.« Es klang albern, als ich es aussprach, und ich erwartete, dass er in Gelächter ausbrechen würde. Aber er tat es nicht.

»Nein. Das ist unmöglich.« Flynn sprach so leise, dass ich ihn kaum verstehen konnte. Kopfschüttelnd wich er zurück. »Unmöglich, dass du bist wie sie.« Ein Ausdruck, den ich nicht zu deuten vermochte, trat in seine Augen. War es Feindseligkeit? Furcht? Schmerz?

Eine fürchterlich unangenehme Stille senkte sich über den Raum, bis sie von einem Klopfen an der Tür unterbrochen wurde. Im selben Moment trat Merlias ein, gefolgt von den anderen Mentoren und Schülern. Flynn wandte sich von mir ab.

»Du hättest es mir sagen müssen«, schleuderte er Merlias entgegen und stürmte kopflos aus dem Raum.

»Wie hätte ich dir einen Grund geben können, Vorurteile zu entwickeln, wo kein Platz für selbige ist?« Merlias schien mit sich selbst zu sprechen, denn dass Flynn ihn schon längst nicht mehr hören konnte, hätte ihm klar sein müssen.

Makaio, Joaquin und Sadie warfen mir fragende Blicke zu, aber ich konnte nur mit den Schultern zucken und schwach lächeln. Ich wusste selbst nicht, was in Flynn gefahren war. Dass er eine Abneigung gegen mich hegte, hatte ich längst bemerkt, aber was ich nun schon wieder falsch gemacht hatte, war mir ein Rätsel.

»Lass mich mal sehen.« Merlias lächelte sanftmütig, hob mein Kinn an und blickte mir in die Augen. »Nun, das ist selten, Nilah. Sehr, sehr selten. Du bist etwas ganz Besonderes.«

»Ich bin nicht besonders«, murmelte ich unwillkürlich.

Merlias ignorierte meine Antwort.

»Der Grauschleier wird bald verschwinden, keine Sorge. Sobald du richtig angekommen bist. Sobald du wieder richtig lebst. Man nennt die Augen nicht umsonst die Spiegel der Seele.«

»Und was bedeutet das?«, brachte ich leise hervor.

»Ganz einfach: Veränderung.« Merlias hatte eine tiefe, beruhigende Stimme. Eine Welle der Zuneigung überrollte mich. Er ließ mein Kinn los und tätschelte mir den Arm. »Ein Farbwechsel bedeutet immer eine Veränderung. Je positiver die Veränderung und dein damit verbundenes Empfinden, umso intensiver ist die Farbe. Wenn deine Seele satt und zufrieden ist, nun, dann ist auch die Farbe deiner Augen satt und zufrieden. Lila beispielsweise steht für Trauer, Verlust, Krankheit oder Schwäche. Grau«, er deutete auf meine Augen, »kann Resignation bedeuten, Kapitulation oder gar Selbsthass. Liebe, Hass, Furcht, all das werden deine Augen dir in allen Farben des Regenbogens beim Blick in den Spiegel zeigen.«

Im Augenwinkel sah ich, dass die Mentoren aller Klassen sich mit den Schülern befassten und ihre Gaben testeten. Das blasse, hochgewachsene Mädchen namens Dina schwebte wenige Zentimeter über dem Parkettboden. Damien stemmte Joaquin und Makaio mit einer Hand in die Luft und setzte sie völlig mühelos wieder ab. Der mit Sommersprossen übersäte, braunhaarige Junge namens Piet nahm wie ein menschliches Chamäleon an einigen Körperstellen die Farbe des Parkettbodens an, und der blonde Liron, der mich an einen Footballspieler erinnerte, sprang wie ein Gummiball durch den Raum. Es war völlig surreal, aber nichts davon machte mir Angst. Langsam richtete ich meine Aufmerksamkeit wieder auf Merlias, der geduldig gewartet hatte.

»Aber«, setzte ich an, auf der Suche nach den richtigen Worten, »wozu soll das gut sein?«

»Wozu soll was gut sein?«

»Diese *Zauberaugen*?«

»Zauberaugen.« Merlias schmunzelte. »Nun, Nilah, richtig eingesetzt können deine Augen dich stärker machen als alle anderen hier im Raum zusammen sind. Nenn es Telepathie oder vielleicht sogar Manipulation, aber das ist so ein schäbiges Wort.« Er verzog das Gesicht, als hätte er in eine Zitrone gebissen. »Deine Gabe ist ein Gesamtpaket. Sie beinhaltet alles, was mit Denken, Träumen, Hypnose und Prophezeiungen zu tun hat. Und noch vieles, vieles mehr. Kopfsachen, wenn du so magst. Ich weiß, das ist sehr schwer zu verstehen, und so ganz wirst du das auch erst innerhalb der nächsten Monate, wenn diese Gabe dir ihre ganze Kraft offenbart. Nenn es also, wie auch immer du es nennen möchtest. Du kannst es, es ist in dir. Du musst nur lernen, es zu beherrschen.« Mit einem aufmunternden Lächeln wandte er sich von mir ab und trat zu Morten hinüber, der seine Hände an die Wand gelegt hatte und einen knallroten Kopf vor Anstrengung bekam. Offensichtlich versuchte er, sie zu verschieben.

Bis zum späten Mittagessen im großen Saal sah ich so vieles Unglaubliches. Ich sah, dass Makaio außergewöhnlich gelenkig war, dass der Mentor Cato Akuma die Wände hinauflaufen konnte und dass Morten – der sich selbst Mo nannte und darauf bestand, dass wir es ebenfalls taten – seine Fingerkuppen durch das geschlossene Fenster stecken konnte, ohne das Glas dabei zu beschädigen. Nur Flynn … Flynn sah ich nicht mehr.

Kapitel 4

FLYNNS GEHEIMNIS

»Regel Nummer eins: Berühre niemals den Mentor. Es sei denn, dein oder sein Leben hängt davon ab!

Regel Nummer zwei: Bleibe im Wald immer auf dem Pfad!

Regel Nummer drei: Gehorche deinem Mentor!

Regel Nummer vier: Behandle deinen Körper zu jedem Zeitpunkt mit Achtung, du hast nur den einen!

Regel Nummer fünf: Sprich nur, wenn du dazu aufgefordert wirst!

Regel Nummer sechs: Trainiere! Trainiere stets, hart und konsequent – deinen Körper und deinen Geist!« Seufzend ließ ich den grauen Zettel sinken. »Ich könnte ewig so weitermachen, Sadie. Eine Rückseite gibt es übrigens auch noch.«

Sadie saß im Schneidersitz auf ihrem Bett und hörte mir mit großen Augen zu. Mit jeder Regel, die ich vorlas, schienen ihre Augen noch größer zu werden.

»Meine Güte, Nilah. Ich bin so froh, dass ich eine Heilerin bin. Ich glaube, als Kämpferin hätte ich schon längst das Handtuch geworfen.« Mitleidvoll betrachtete sie meine mit blauen Flecken übersäten Arme und wunden Handknöchel. »Dieser Flynn geht nicht gerade zimperlich mit euch um, hm?«

Ich schwieg. Merlias hatte Recht gehabt mit seiner Prophezeiung, dass Flynn ein unerbittlicher Lehrer sein würde. Fast sechs Wochen waren vergangen, seit wir im Schwarzen Flügel angekommen waren, und während Sadie zusehends aufblühte, hatte ich das Gefühl, Tag für Tag auf der Stelle zu treten. Joaquin und Makaio erging es nicht viel anders. Flynn ließ uns gegen Sandsäcke boxen, mit denen er die Wände vollgestellt hatte. Er ließ uns an Seilen emporklettern, die er an der Decke des Klassenraums befestigte und forderte uns regelmäßig zum Zweikampf heraus – die einzige Zeit des Tages, an der Regel Nummer 1 außer Kraft gesetzt wurde –, in dem wir nicht annähernd eine Chance gegen ihn hatten.

Für jedes falsche Wort, für jedes Zeichen von Ungehorsam oder Schwäche bekamen wir Strafen, meist in Form von Liegestützen, aufgebrummt. Und wenn es dunkel wurde und nur noch das fahle Mondlicht den Weg erhellte, joggten wir durch den Wald, stundenlang, bis es sich anfühlte, als würden unsere Beine zerbrechen und unsere Lungen kollabieren.

»Er will uns nur härter machen«, sagte ich leise.

»Härter? Er macht euch *kaputt*, Nilah.« Sadie war aufgestanden und hatte sich lautlos neben mich gesetzt. Behutsam strich sie mir über den Rücken. »Wir sollten mit Merlias sprechen. Vielleicht bist du doch nicht dazu geboren, eine Kämpferin zu sein.«

»Was soll ich denn sonst sein? Eine Heilerin etwa? Eine Beschützerin? Eine Aufspürerin?« Unfroh schüttelte ich den Kopf. Ich war ohne jeden Zweifel nichts davon.

Sadie nahm die Hand von meinem Rücken.

»Du hast Recht«, sagte sie. »Du bist eine Kämpferin. Und du wirst es diesem blöden Flynn Gideon schon noch zeigen! Soll ich dir etwas von meiner Energie geben, bevor du gehst?«

Hilfsbereit streckte sie mir ihre Hände entgegen. Meine Pause war beinahe vorbei und ein wenig Energie hätte mir sicher gutgetan, denn von meiner war kaum noch etwas übrig. Doch ich lehnte ab.

»Nicht nötig, danke.« Ich rang mir ein Lächeln ab. Sadies Gabe war ein Segen, aber ich fühlte mich wie eine Betrügerin, ständig davon zu profitieren und nichts zurückgeben zu können. Meine komischen Zauberaugen hatten immer noch nicht ihre Farbe geändert, geschweige denn, irgendetwas getan, das man als Gabe hätte bezeichnen können.

Auf dem Weg zum Klassenraum zog ich meine Handschuhe an und band mir die Haare zum Dutt zusammen, was wehtat, denn ich hatte sowohl Muskelkater in den Armen als auch im Nacken. Vor dem Beginn dieser Ausbildung hatte ich nicht einmal gewusst, dass man Muskelkater im Nacken haben konnte. Seufzend öffnete ich die Tür.

Flynn hatte gerade, wie schon so oft, Joaquin in den Schwitzkasten genommen. Die Matte, auf der sie miteinander rangen, hatte zusammen mit den Seilen, den Sandsäcken und den Gewichten unseren leeren Klassenraum nach und nach gefüllt. Nun sah er aus wie eine merkwürdige, alte Sporthalle. Oder aber, wie Makaio zu sagen pflegte, wie eine Folterkammer.

»Zu spät, Nilah Taro.« Flynn blickte nicht einmal auf. »Zwanzig Liegestütze!«

Joaquins Gesicht nahm eine ungesunde Farbe an, irgendwas zwischen dunkelrot und blau. Er schien kaum Luft zu bekommen.

»Nein«, murmelte ich.

»Was hast du gesagt?« Flynn ließ Joaquin los, der mit einem keuchenden Atemzug von der Matte krabbelte.

»Ich habe Nein gesagt«, wiederholte ich leise. Ich seufzte und rieb mir mit dem Handrücken über die Augen. »Ich bin müde, Flynn, wir sind alle müde. Vom Laufen, vom Boxen, vom ständig für alles Bestraftwerden.« Die Worte purzelten einfach so aus meinem Mund. Ich sah mir von außen förmlich dabei zu, wie forsch ich ihm entgegentrat, und hatte dabei keinerlei Einfluss auf das, was ich sagte. Normalerweise hätte ich mich all das niemals getraut.

»Herkommen.« Flynn deutete auf mich und dann auf die Matte. »Ihr anderen beiden – raus mit euch.«

Mit einem mulmigen Gefühl im Bauch sah ich Joaquin und Makaio dabei zu, wie sie den Raum verließen, nicht ohne mir noch einen mitleidigen Blick zuzuwerfen. Die Verbundenheit zwischen uns war gewachsen in den letzten Wochen, aber sie war nicht annähernd so groß wie der Respekt, den sie Flynn zollten. Langsam näherte ich mich meinem Mentor. Kaum stand ich neben ihm, als Flynn mir urplötzlich die Beine wegzog und mich auf die Matte drückte. Sein rechter Arm fixierte meinen Oberkörper, der linke hielt meine Hände über meinem Kopf fest. Ich konnte mich keinen Zentimeter von der Stelle bewegen.

»Pass bloß auf, wie du mit mir redest«, sagte er einschüchternd.

»Ich habe keine Angst vor dir«, entgegnete ich.

»Das solltest du aber.« Seine Augen funkelten vor Wut.

»Nein.« Ich schüttelte den Kopf, zumindest die wenigen Zentimeter davon, die ich noch bewegen konnte. »Du würdest mir nicht wehtun, das weiß ich.«

Wir starrten einander an. Er voller Zorn, ich mindestens ebenso wütend. Plötzlich fiel ein breiter Schatten auf die Matte, und wie aus dem Nichts stand Quentin Amino neben uns. Er wirkte amüsiert. Keiner von uns hatte bemerkt, dass er den Raum betreten hatte. Sofort ließ Flynn mich los und sprang mit einem Satz von der Matte. Elegant landete er neben Quentin.

»Ich wollte nur mal sehen, wie es bei dir so läuft, Bruder.« Quentin legte Flynn eine Hand auf die Schulter.

»Sehr gut, danke der Nachfrage.« Flynns Brustkorb hob und senkte sich immer noch unregelmäßig und schnell, was mir nicht entging, auch wenn er versuchte, Ruhe und Gelassenheit auszustrahlen. Er deutete auf mich. »Nur die hier ist etwas schwierig.«

»Eine Rebellin, hm?« Quentin schien belustigt. »Vielleicht braucht sie einen anderen Lehrer? Vielleicht sollte ich sie mal unterrichten?«

»Lass sie in Ruhe, sie ist meine Schülerin.« Flynn reichte mir seine Hand, half mir auf und deutete mir, den Raum zu verlassen.

Mit einem mulmigen Gefühl im Bauch lief ich in mein Zimmer. Was war bloß los mit mir? Wieso reizte ich meinen Mentor, wieso trieb ich ihn in die Enge? Und plötzlich fiel es mir wie Schuppen von den Augen: Ich *wollte* ihn provozieren. Es gefiel mir irgendwie.

»Irgendwas stimmt echt nicht mit dir«, sagte ich kopfschüttelnd zu meinem Spiegelbild. Ich wusch mir das Gesicht mit kaltem Wasser und betrachtete mich nachdenklich. Ich sah anders aus. Ein Schauer lief mir über den Rücken, als ich erkannte, was sich verändert hatte – meine Augen. Der Grauschleier war verschwunden. Sie strahlten nunmehr in einem hellen, zarten Grün. Ein überwältigendes Gefühl der Freude wuchs in meinem Inneren. Eilig lief ich aus dem Zimmer, um es Flynn zu zeigen. Vielleicht würde er seine Meinung über mich ändern, wenn er sehen würde, dass sich bezüglich meiner Gabe endlich etwas tat.

Doch als ich Flynn und Quentin immer noch leise miteinander diskutieren hörte, verlangsamte ich meine Schritte. Ich schlich bis zur Tür von unserem Klassenraum und verharrte dort lautlos.

»Aber sie ist die einzige, die keine Fortschritte macht«, sagte Quentin gerade.

Flynn räusperte sich.

»Sie hat Feuer, glaub mir. Sie hat es bloß noch nicht entfacht.«

Ich hörte wohl nicht recht. Flynn argumentierte *für* mich?

»Lass sie uns zurückbringen, Bruder! Niemand wird davon erfahren. Es ist nicht das erste Mal, dass jemand die Ausbildung abbricht und nachts einfach verschwindet.« Quentins Stimme hatte nunmehr einen drängenden Unterton. »Wir können uns keinen weiteren Klotz ans Bein binden. Wir sind die Elite! Die Menschen plus! Die gottverdammten Superhelden, die diese Welt so dringend braucht!«

Flynn schwieg. Ich hielt den Atem an. Mein Glücksgefühl war mit einem Wimpernschlag verpufft.

»Weiß Vater, dass du dich hier als Chef aufspielst?«, fragte Flynn stoisch.

»Ich bin kein Kind mehr, Flynn. Ich brauche seine Erlaubnis nicht. Wenn seine Zeit gekommen ist, werde ich den Schwarzen Flügel sowieso übernehmen«, sagte Quentin überheblich.

Ich hatte ihn immer gemocht, aber seine sympathische, lockere Art war offensichtlich nur aufgesetzt gewesen. Sein wahres Ich war arrogant und berechnend.

»So weit ist es zum Glück noch nicht«, beendete Flynn das Gespräch, und irgendjemandes Schritte näherten sich mir.

So leise und so schnell ich konnte, lief ich zurück über den Flur und in mein Zimmer. Mein Herz raste. Ich ging ins Badezimmer, um meine Vorahnung zu bestätigen, und tatsächlich – meine Augen trugen wieder denselben Grauschleier wie zuvor.

Es war der nächste Morgen, als ich den Entschluss fasste, Emma zu besuchen. Jeder Muskel in meinem Körper tat mir weh, und ich sehnte mich danach, von jemandem in den Arm genommen zu werden. Von jemandem, der keine Ahnung von Gaben, Regeln, Mentoren und dem ganzen Schwarzen Flügel hatte.

Ich hatte herausgefunden, dass Tom regelmäßig mit dem Bus in die nächste Stadt fuhr, um Lebensmittel zu kaufen. Bei unseren allabendlichen Läufen durch den Wald und um das Gebäude herum hatte ich entdeckt, wo der gelbe Kleinbus geparkt stand, und am Tag zuvor hatte ich Merlias sagen hören, dass Tom am nächsten Morgen schon vor dem Frühstück fahren und frisches Obst vom Markt mitbringen würde.

Es fühlte sich falsch an, mich an der schlafenden Sadie vorbei zu schleichen, ohne mich zu verabschieden, aber ich befürchtete, dass sie versuchen würde, mich aufzuhalten. Lautlos band ich mir die Haare zum Zopf, schlüpfte in meine Schuhe und schlich aus dem Zimmer.

Alle im Schwarzen Flügel schienen noch zu schlafen. Es war dunkel und still ohne die Schüler und Mentoren, die geschäftig durch die Gänge liefen. Auf Zehenspitzen eilte ich die schwarze Marmortreppe hinab, durchquerte den großen Saal und trat durch die Tür hinaus in die Kälte, nicht ohne noch einen letzten Blick hinein zu werfen. Als ich ging, wusste ich nicht, ob ich zurückkehren würde.

Es hatte geschneit in der Nacht. Fröstelnd schlang ich die Arme um mich und ging mit großen Schritten zum Bus. Ich hatte Glück, er war nicht abgeschlossen. Vorsichtig stieg ich ein und kauerte mich im Fußraum vor den hintersten beiden Sitzen zusammen. Dann begann das große Warten. Obwohl es wahrscheinlich nur eine knappe halbe Stunde war, kam es mir vor wie eine Ewigkeit, und als Tom endlich einstieg und den Motor startete, wunderte es mich, dass er meine Zähne nicht klappern hörte. Mein Herz blieb beinahe stehen, als ich hörte, dass Tom mit jemandem sprach. Normalerweise fuhr er allein.

»Nett von dir, dass du mich begleitest«, sagte er munter.

»Kein Problem.« Flynn Gideon. Ausgerechnet! »Ich werde dir beim Tragen helfen.«

Ich biss mir auf die Lippen. Wieso zum Teufel hatte er sich ausgerechnet diesen Tag ausgesucht, um ein netter Mensch zu sein? Ich schloss die Augen und versuchte, an nichts zu denken. Die Fahrt kam mir viel länger und vor allem holpriger vor als die vor sechs Wochen. Aber irgendwann hatten wir doch endlich das Ziel erreicht und Tom parkte den Bus. Ich wartete einige Minuten, um sicherzugehen, dass sie nicht zurückkamen, dann schlich ich mich hinaus.

Obwohl es so früh war, waren schon eine Menge Menschen unterwegs. Ich fiel auf in meinem grauen Ganzkörperanzug und beschloss, zu joggen, damit man es nur für ein ausgefallenes Sportoutfit und mich nicht für einen kostümierten Freak hielt. Erstaunt stellte ich fest, dass ich eine wirklich gute Kondition bekommen hatte. Ich lief, bis ich eine Haltestelle erreichte, und fuhr mit der Straßenbahn in die Heimatstadt von Emma und ihrer Mutter. Je näher ich meinem Ziel kam, umso aufgeregter wurde ich. Erst jetzt wurde mir bewusst, wie sehr ich meine beste Freundin vermisst hatte. Hoffentlich war sie nicht allzu wütend auf mich. Aus ihrer Sicht musste es so wirken, als wäre ich einfach sang- und klanglos verschwunden.

Endlich stand ich vor dem Haus und meine Beine zitterten wie Espenlaub. Ich klingelte. Als Emmas Mutter die Tür öffnete, brachen wir beide in Tränen aus. Sie umarmte mich und rief Emma dazu, die ebenfalls zu weinen begann.

»Wir dachten, du wärest tot«, schniefte Emma an meine Schulter. »Bis dieser Brief kam. Aber Sorgen habe ich mir trotzdem gemacht, das war so untypisch für dich und …«

»Brief?« Ich runzelte die Stirn. »Was für ein Brief?«

»Na der, den du mir geschrieben hast, du Dummchen. Der, in dem stand, dass du jemanden kennengelernt hast und mit ihm eine Weltreise antreten willst, und dass ich mir keine Sorgen machen und nicht nach dir suchen soll. Deine Eltern haben ja fast denselben bekommen.« Emma lachte und weinte zugleich.

»Ach, *dieser* Brief«, sagte ich dumpf.

Merlias und die anderen hatten wirklich an alles gedacht. Beeindruckend.

Emma und ihre Mutter führten mich ins Wohnzimmer und machten mir einen Pfefferminztee. Wie ich so dasaß, aus dem Fenster blickte und an meiner Tasse nippte, fühlte ich mich so wohl wie schon lange nicht mehr. Der ganze Ballast der letzten sechs Wochen schien langsam, aber sicher von mir abzufallen. Ich kuschelte mich in den Sessel, in dem ich schon so oft gesessen hatte, und lauschte Emma, die eine Menge Geschichten von allem, was ich verpasst hatte, zum Besten gab. Nachmittags aßen wir Butterkuchen und sahen uns alte Fotos an. Es fühlte sich an, als wäre ich jahrelang fort gewesen.

»Du siehst anders aus«, sagte Emma mit einem Stück Kuchen im Mund.

Ich lächelte.

»Ich fühle mich auch anders.«

»Ist dieses Outfit Teil deiner … Veränderung?«, fragte sie mit einem Blick auf meine komplett graue Kleidung.

»Ja, irgendwie schon.« Ich zuckte mit den Schultern.

»Und wirst du bleiben?«, erkundigte sie sich leise.

Ich war auf diese Frage vorbereitet gewesen, wusste aber dennoch keine Antwort. Ohne sie anzusehen, zerpflückte ich meinen Kuchen und steckte mir betont langsam ein Stück in den Mund, obwohl ich längst satt war. Ich dachte an Emma und Emmas Mutter, an das Zuhause, das sie mir boten, an den leckersten Butterkuchen und die wärmsten Umarmungen. Aber ich dachte auch an Sadie, an Merlias' väterliches Lächeln und an den wachsenden Zusammenhalt zwischen Makaio, Joaquin und mir. An Flynn Gideons karamellbraune Augen und den Ausdruck in seinem Gesicht, als er mich auf die Matte gedrückt hatte.

»Nein«, antwortete ich dann, und es fühlte sich richtig an. »Das hier wird immer mein Zuhause sein. Aber ich habe jetzt ein neues Zuhause … eine Aufgabe und Menschen, die sich auf mich verlassen.«

»Okay«, sagte Emma nur.

Als wir uns voneinander verabschiedeten, ging die Sonne bereits unter. Mit einem warmen, beschwingten Gefühl schlenderte ich den Weg zurück zur Haltestelle, als mir schlagartig klar wurde, dass ich nicht weit genug gedacht hatte – ich hatte absolut gar keine Ahnung, wie ich zurückkommen sollte. Der Bus mit Tom und Flynn musste seit Stunden zurück zum Schwarzen Flügel gefahren sein. Ich verlangsamte meine Schritte. Ein Gefühl von Panik breitete sich in mir aus.

Quentin Amino würde sicher triumphieren, Merlias und Sadie hingegen würden zutiefst enttäuscht von mir sein. Ich sah ihre Gesichter bildlich vor mir. Ich blieb stehen. Was, wenn sie dachten, dass ich aufgegeben hätte? Ich drehte mich um. Ich hätte nicht einmal ansatzweise sagen können, in welcher Richtung der Wald lag, durch den wir gefahren waren. Aber ich war felsenfest dazu entschlossen, ihn zu finden.

Orientierungslos begann ich, loszulaufen. Die Straße hinauf, über eine Ampel, in eine dunkle Seitengasse hinein, in der nur eine Straßenlaterne für Licht sorgte. Außer Atem blieb ich stehen. Das fing ja nicht gerade gut an.

»Na, Bus verpasst?«, fragte eine dunkle Stimme hinter mir.

Erschrocken wirbelte ich herum. Es war Flynn. Ich war so erleichtert, dass ich ihm beinahe um den Hals gefallen wäre, aber ich unterdrückte diesen Impuls, als ich sein wütendes Gesicht sah.

»Was hast du dir dabei gedacht?«, fragte er leise. »Hältst du es für okay, dich ohne ein einziges Wort davonzuschleichen? Dich im Bus zu verstecken und mit in die Stadt nehmen zu lassen?«

»Warte – du wusstest, dass ich im Bus war?«

»Wäre ich sonst mitgefahren? Habe ich Tom je zuvor beim Lebensmittelkauf begleitet?«, fragte Flynn, und dann beantwortete er sich seine Frage selbst: »Nein, das habe ich nicht!«

»Woher –«, setzte ich an, doch Flynn unterbrach mich wieder.

»Du hast Spuren im Schnee hinterlassen, Nilah.«

Ich seufzte laut auf. Wie dumm von mir.

Wir starrten einander an. Die Straßenlaterne surrte.

»Es … es tut mir leid, Flynn.« Ich senkte den Blick. »Ich wollte einfach mal wieder unter Menschen gehen. Unter normale, nicht in Klassen unterteilte, gewöhnliche Menschen. Ein normales Leben haben, wenn auch nur für einen Tag. Das hat mir gefehlt.«

Flynn hatte mir mit abwartendem Blick zugehört. Seine Arme hatte er vor der Brust verschränkt, seine Augen wirkten ernst im Licht der Straßenlaterne.

»Das wirst du nie wieder tun.« Er machte einen Schritt auf mich zu. »Nie wieder. Okay?«

»Okay«, flüsterte ich.

»Und jetzt bringe ich dich nach Hause.« Flynn blickte sich noch einmal ausgiebig um, dann zog er sein T-Shirt aus und offenbarte riesige, schwarze Flügel.

Kapitel 5

VOM FLIEGEN UND FALLEN

Es war mir ein Rätsel, wie Flynn es geschafft hatte, diese gigantischen Flügel die ganze Zeit über vor uns zu verstecken. Sie bildeten einen geradezu absurden Kontrast zu seinem nackten, muskulösen Oberkörper und tauchten die Gasse in einen dunklen Schatten. Instinktiv wich ich einen Schritt zurück.

»Hab keine Angst.« Flynn streckte mir seine Hand entgegen.

»Ich … ich trage aber doch gar keine Handschuhe!«, stammelte ich. Es hatte sich bereits so in meinen Kopf eingebrannt, dass wir unseren Mentor ohne Handschuhe nicht berühren durften, dass es mir verboten vorkam, es doch zu tun.

»Ich weiß, ich weiß. Es ist okay, Nilah.« Abwartend musterte er mich. Seine Hand hatte sich keinen Zentimeter von mir fortbewegt. Als ich sie nach kurzem Zögern ergriff, zog er mich bestimmend an sich heran.

»Und jetzt halt dich fest.« Er schlang meine Arme um seinen Hals und hob mich hoch, als wäre ich so leicht wie ein kleines Kind. Ich quietschte erschrocken auf. Hätte ich es nicht besser gewusst, so hätte ich den Anflug eines Lächelns in seinem Gesicht erahnt. Aber das war unmöglich, denn Flynn Gideon lächelte nie.

»Dein erster Flug?«, fragte er.

»Der erste mit einem Flügel tragenden Menschen«, antwortete ich schüchtern.

Mit einem kräftigen Sprung schwang er sich in die Höhe und sauste gen Himmel. Der Wind zerzauste mir das Haar. Ich verbarg mein Gesicht an Flynns Hals und krallte mich fest. Ganz ohne Handschuhe. Und es fühlte sich kein Stück weit falsch an.

Als wir nicht weiter an Höhe gewannen und Flynns Flügelschläge ruhiger und langsamer wurden, riskierte ich einen Blick über seine Schulter. Und das, was ich sah, raubte mir beinahe den Atem. Wir glitten in schwindelerregender Höhe über die Häuser der Stadt hinweg.

»Wir fliegen über die Stadt, Flynn«, hauchte ich überwältigt.

»Ja.« Flynns Stimme war leise und nah an meinem Ohr. »Über die Stadt, über den Schattenwald, über den Ozean und unter einem Himmel aus tausend Sternen.«

Ich hatte keine Ahnung, wovon er sprach, aber es klang irgendwie schön, und es schien, als hielte er mich noch ein wenig fester als zuvor. Obwohl die winterliche Abendluft so kalt war, strahlte Flynn eine ungewöhnliche Körperwärme aus. Stille umgab uns. Aber es war keine unangenehme Stille, sondern eine behagliche, harmonische Stille. Nur das Schlagen der Flügel durchbrach sie gelegentlich mit seinem monotonen Rhythmus.

»Wen hast du besucht?«, erkundigte er sich schließlich mit einem leisen Anflug von Ungeduld in der Stimme. »Wer war es wert, dem Schwarzen Flügel, deinem Mentor und all deinen Mitschülern den Rücken zu kehren? Hattest du überhaupt vor, wieder zu uns zurückzukehren?«

»Natürlich«, sagte ich entsetzt.

Aha, dachte ich, *da ist er ja wieder. Der mir wohlbekannte, unhöfliche Flynn Gideon, der keine Gelegenheit auslässt, mich unter Druck zu setzen.*

»Familie. Ich habe meine Familie besucht«, erklärte ich leise. »Was ist mit dir, Flynn? Gab es nie jemanden, den du vermisst hast in der normalen Welt? Jemanden, der es wert war, ein Risiko einzugehen?«

Der Wind pfiff uns um die Ohren. Ich begann zu zittern.

»Ich habe niemals in dieser Welt gelebt, die du die normale Welt nennst. Es gab nie jemanden, der sich etwas aus mir gemacht hat, außer Merlias.« Er sagte das ohne jede Emotion, aber ich hatte das Gefühl, dass es ihn tief in seinem Inneren dennoch traurig machte.

»Nie?«, wiederholte ich vorsichtig. Das konnte nicht sein. Es war unmöglich, dass Flynn nie geliebt worden war.

»Doch. Aber das ist sehr, sehr lange her. Und jetzt hör auf zu fragen.« Flynn gewann wieder an Höhe und das Schlagen seiner Flügel wurde schneller. Offenbar wollte er die Zeit, die er mit mir allein in völliger Stille verbrachte, so schnell wie möglich beenden.

»Deshalb bist du so«, rutschte es mir heraus. Ich biss mir auf die Zunge, aber er hatte es nicht übergehört.

»Wie bin ich denn?«, harkte er nach, als von mir keine weitere Ausführung kam.

Ich suchte nach den richtigen Worten, was gar nicht so leicht war, denn ich wollte ihn unter gar keinen Umständen verärgern.

»Abweisend. Hart. Unnahbar.« Nach jedem Wort machte ich eine kleine Pause und dachte nach, ob mir noch eines in den Sinn kam. »Kühl. Streng. Eigen.«

Daraufhin schwieg Flynn so lange, dass ich schon nicht mehr mit einer Antwort rechnete. Enger als eigentlich nötig drückte ich mich an ihn. Er war so warm. Und er roch so gut. Nach Zedernholz, Honig und Abenteuern.

Es tut mir Leid, dachte ich mit einem Kloß im Hals, *es tut mir Leid, Flynn, ich wollte dich nicht verletzen.*

Wir flogen über den Wald. In der Ferne konnte ich die Silhouette des Schwarzen Flügels erahnen. Mein Zuhause. Ich freute mich und wurde zugleich traurig. Gleich würde ich ihn loslassen müssen.

»Warum ich so bin, ist eine lange Geschichte«, sagte Flynn schließlich trocken, klang dabei jedoch unwillig.

»Ich habe Zeit!«, behauptete ich schnell.

Flynn schnaubte.

»Es ist eine lange und traurige Geschichte.«

»Ich LIEBE traurige Geschichten«, sagte ich eine Spur zu eifrig.

Flynn seufzte vernehmlich.

»Du gibst nicht auf, hm?«, fragte er sanfter als erwartet.

Wir hatten unser Ziel erreicht. Flynn segelte gen Erdboden. Ich hätte noch Tausende von Kilometern mit ihm fliegen können. Behutsam setzte er mich vor der Eingangstür des Schwarzen Flügels ab und nahm nach einer Weile des Wartens meine Arme von seinem Hals, als ich es nicht selbst tat.

»Oh«, machte ich und errötete.

»Hör mir zu, Nilah.« Vorsichtig legte er seine Hand unter mein Kinn und hob es an, bis ich ihm in die Augen sehen musste. »Du fragst nach meiner Geschichte? Meine Geschichte ist eine lange, traurige, brutale, verwirrende und finstere Geschichte und ich werde sie dir nicht erzählen.« Er kam näher und senkte seine Stimme zu einem Flüstern. »Und bitte, Nilah, tu mir einen Gefallen – nimm dich vor Quentin in Acht. Er hält nicht viel von dir.«

»Ich weiß«, flüsterte ich zurück.

»Ich weiß, dass du es weißt«, sagte Flynn. Und dann lächelte er.

Es war das erste Mal, dass ich ihn wirklich lächeln sah. Ein warmes, sanftes Lächeln, das sein ganzes Gesicht erhellte und seine Augen wie flüssiges Karamell erstrahlen ließ. Für einen winzigen Augenblick erinnerte er mich mit seinen Flügeln und dem hübschen Gesicht an einen Engel. Doch genauso plötzlich, wie das Lächeln gekommen war, verschwand es auch wieder. Er brachte schnell etwa einen halben Meter Distanz zwischen uns, blickte streng drein und sagte kühl: »Und Nilah – das hier«, dabei spreizte er seine Flügel mit einem peitschenartigen Geräusch, »ist nie passiert!«

Ohne ein weiteres Wort öffnete er mir die Tür, schob mich hinein und schloss sie hinter mir. Wohin er ging, traute ich mich nicht zu fragen. Vielleicht wollte er durch den Wald joggen, um den Kopf frei zu bekommen. Vielleicht hatte er vor, noch ein wenig zu fliegen – allein.

Aber vielleicht war er auch einfach nur furchtbar genervt von mir, trotz seines Lächelns und der ungewohnten Körpernähe, und hatte es nicht abwarten können, mich abzusetzen.

Mutterseelenallein stand ich in der großen Halle. Es war nur ein Tag vergangen, seitdem ich von hier fortgegangen war, und dennoch schien die Halle sich irgendwie verändert zu haben. Es war warm und – bis auf ein paar vereinzelnd leuchtende altertümliche Holzlaternen an den Fenstern – ziemlich dunkel. Plötzlich hörte ich Schritte.

»Immer, wenn einer unserer Schützlinge da draußen allein unterwegs ist, lasse ich die Laternen brennen, damit er oder sie den Weg zu uns zurückfindet.« Es war Merlias. Mit gemächlichen Schritten stieg er die Marmortreppe hinab. »Aber du, meine Liebe – du warst gar nicht allein da draußen, habe ich recht?«

»Nein, ich …«, begann ich, doch dann erinnerte ich mich an Flynns Worte und biss mir auf die Unterlippe.

Und Nilah – das hier ist nie passiert!

Es wäre nicht richtig gewesen, ihn zu verraten, aber es fühlte sich ebenso falsch an, den Leiter des Schwarzen Flügels zu belügen. Ich beschloss, einfach gar nichts zu sagen. Wer schwieg, konnte niemandem schaden.

»Nun, du bist nicht gezwungen, zu antworten, Nilah«, sagte Merlias, als hätte er meine Gedanken gelesen. »Flynn ist also tatsächlich mit dir geflogen.« Es klang wie eine Frage, aber da er gesagt hatte, ich müsse nicht antworten, tat ich es nicht. »Er ist nie zuvor mit jemandem geflogen. Du musst wissen, Flynn ist eine gute Seele. Aber eine, die viel durchgemacht hat. Wir fanden ihn vor etwa zwanzig Jahren neben dem Leichnam seiner Mutter und seines Vaters.«

»Oh Gott, das ist schrecklich.« Mein Herz krampfte sich zusammen. Der arme Flynn.

»Wahrhaftig, das ist es.« Merlias lächelte traurig. »Er war damals ungefähr fünf oder sechs, vielleicht auch schon sieben Jahre alt. Schwer zu sagen. Er sprach ja kaum. Ich weiß bis heute nicht ganz genau, was da geschehen ist, aber diese beiden Menschen waren tot, und er muss eine ganze Weile lang allein in dieser Höhle gewesen sein. Das macht so einiges mit einem Kind.«

Merlias sah mich an, als würde er wissen wollen, wie seine Worte auf mich wirkten. Mein Herz schlug mir bis zum Hals, und ich war kurz davor, in Tränen auszubrechen. Niemandem auf der Welt gönnte ich ein solch grausames Schicksal. Und schon gar nicht Flynn. Plötzlich sah ich ihn mit ganz anderen Augen. Er war nie boshaft oder arrogant gewesen, er war einfach nur innerlich zerbrochen.

»Nun, Nilah.« Merlias räusperte sich. »Flynn war immer wie ein Sohn für mich. Vom ersten Tag an. Quentin war damals gerade vier, die beiden waren von Anbeginn wie Feuer und Wasser.« Er schmunzelte und schüttelte den Kopf bei der Erinnerung daran. »Flynn ist genauso sehr mein Sohn wie Quentin. Ich habe nie einen Unterschied zwischen den beiden gemacht. Nicht, als sie Kinder waren und auch nicht, als sie zu den beiden unterschiedlichen Männern herangewachsen sind, die sie nun zu sein pflegen. Ich liebe Flynn. Aber Flynn hat mich nie geliebt. Er ist gar nicht fähig dazu. Und das ist nicht seine Schuld. Ich glaube, sein Herz ist damals in dieser Höhle in all seine Einzelteile zersprungen und nie wieder geheilt.«

So langsam fragte ich mich, wieso er mir all das erzählte. Mir, einer kleinen, unbedeutenden Schülerin, die er seit gerade mal sechs Wochen kannte. Und die ihn zudem gerade noch mit einer völlig unerwarteten Fluchtaktion enttäuscht hatte.

»Du fragst dich sicher, weshalb ich dir das alles erzähle?«, fragte er.

Ob das Merlias' Gabe war? Gedanken zu lesen? Die Vorstellung war mir unangenehm.

»Keine Sorge, ich kann keine Gedanken lesen«, erklärte er. »Ich bin einfach nur sehr, sehr aufmerksam. Nun, Nilah, der Grund ist … ich glaube, diese Einzelteile, in die sein Herz zersprungen ist, die setzen sich gerade irgendwie wieder zusammen. Und selbst ich, der an so vieles glaubt, und stets Hoffnung hegt, habe das nie für möglich gehalten, wirklich nicht.« Er sprach mit einem Male sehr langsam und nachdenklich, als würde es ihn selbst überraschen, was er da sagte. »Ich glaube, dass der Grund, weshalb sie sich zusammensetzen, du bist.«

»Ich?«, wiederholte ich fassungslos.

»Du.« Merlias lächelte. »Du hast Flynn erreicht. Auf einer Ebene, auf die es nie zuvor jemand geschafft hat. Auf die er sicher auch nie jemanden erwartet hat. Ich spüre das. Es sind sehr intensive«, er schien nach dem richtigen Wort zu suchen, »Schwingungen, wenn du so willst.«

»Oh«, war alles, was ich antworten konnte. All das, was er sagte, erschien mir surreal. Aber ich hatte mal gehört, dass Merlias sich niemals irrte. Vielleicht war also doch ein Funke Wahrheit daran?

Merlias gähnte betont.

»Nun, es ist spät. Du wirst müde sein. Ich gehöre auch längst ins Bett. Da jetzt endlich alle zuhause sind, kann ich beruhigt schlafen.« Merlias ging langsam an allen Fenstern vorbei und löschte die Lichter der Laternen. Nur eine ließ er an und nahm sie mit, als er die Marmorstufen wieder hinaufstieg. Am Fuß der Treppe warf er mir einen letzten Blick zu. »Das, was da geschieht, ist sehr intensiv. Und gerade deshalb ganz sicher auch mit dem ein oder anderen schmerzlichen Rückschlag verbunden. Ich hoffe, dessen bist du dir bewusst.« Er atmete tief ein und wieder aus. »Ich bitte dich nur darum, vorsichtig zu sein, Nilah. Mit seinem Herz – und auch mit deinem.«

Kapitel 6

DUNKLE VERGANGENHEIT

Dass dies kein Traum war wie jeder andere, spürte ich sofort. Dabei war dieser Traum nicht weniger real als die, die ich normalerweise hatte: Der Wind auf meiner Haut, die Kälte, die mich erschaudern ließ, all das fühlte sich an wie immer. Aber ich befand mich in keiner meiner Traumwelten. Welten, die nie jemand vor mir betreten hatte und die nie jemand außer mir betreten würde. Tief in meinem Inneren wusste ich, dass dies ein echter, reeller Ort war, ein Zuhause. Dies war kein Traum, dies war eine Erinnerung. Aber es war nicht meine Erinnerung, sondern die eines anderen.

Ich befand mich am Eingang einer großen, steinernen Höhle. Zuerst hielt ich sie für die Höhle eines Bären, aber dann drang eine Stimme zu mir vor. Eine weibliche, menschliche Stimme, die mir fremd und zugleich auf eine merkwürdige Art und Weise vertraut schien. Wie ein Lied aus vergangener Zeit, das man längst vergessen hatte. Vorsichtig schlich ich näher.

Die Höhle war überschaubar, aber dennoch größer als gedacht. Das Mondlicht erhellte das Innere nur wenig. Ich trug eine von Merlias' altmodischen Holzlaternen bei mir und erleuchtete mir damit den Weg. An den Wänden prangten Zeichnungen. Keine, wie sie von den Steinzeitmenschen hinterlassen worden waren, sondern wahre Meisterwerke. Ein Sonnenaufgang, Sterne, ein Feuerwerk, eine Wildpferdherde – jedes von ihnen schien eine Geschichte zu erzählen.

Je weiter ich in die Höhle kam, umso dunkler wurde es. Die weibliche Stimme war nun ganz nah und ich erkannte eine Gestalt, die am Ende der Höhle in eine Decke eingekuschelt dalag. Ich verstand nicht ganz, wovon die leise Stimme sprach, bis ein Satz fiel, der mich aufhorchen ließ, weil er mir bekannt vorkam.

»Und ihr fliegt, fliegt über den Schattenwald, fliegt über den Ozean, fliegt unter einem Himmel aus tausend Sternen.«

Die Gestalt bewegte sich und eine helle Kinderstimme lachte auf. Mein Herz schien einen Schlag lang auszusetzen. Das konnte nicht möglich sein. Mit einer mulmigen Vorahnung trat ich um die zugedeckte Gestalt herum und im Licht meiner Laterne bestätigten mir meine Augen das, was mein Kopf schon wusste. Zuerst sah ich nur sie. Runa. In dem Augenblick, in dem ich sie sah, kannte ich ihren Namen, und ich kannte sie, kannte diese Kriegerin, diese Flüchtige, diese Heldin, diese Mutter. Dann sah ich ihn, einen kleinen Jungen mit rotem Haarschopf. Sein Anblick traf mich mitten ins Herz. Und ich spürte die Liebe mit jedem Atemzug, die Liebe, die diese karge, kalte Höhle vor langer Zeit in ein Zuhause verwandelt hatte. Ich spürte sie so innig, als wäre es meine eigene Erinnerung.

»Und woher weiß ich, dass sie es ist? Das Mädchen aus der Geschichte. Aus meiner Geschichte. Wo werde ich sie finden? Woran werde ich sie erkennen?«, fragte der kleine Junge.

»Wenn du in ihre Augen blickst, wirst du es wissen.«

»Und wir werden über den Schattenwald fliegen?«

»Das werdet ihr.«

»Und über den ganzen Ozean?«

»Oh, und wie ihr das werdet!«

»Und unter einem Himmel aus tausend Sternen?«

»Und unter einem Himmel aus tausend Sternen. Und die Menschen werden sich deine Abenteuer erzählen. Die Abenteuer des Flynn Gideon. Und wann werden sie das tun, mein Füchslein?«

»Wenn sie dazu bereit sind, Mutter!«

Sie waren mir so nah, dass ich sie hätte berühren können. Doch ich starrte sie bloß an, unfähig, mich auch nur einen Zentimeter zu rühren. Und dann, urplötzlich, lag Gefahr in der Luft. Auf einmal war da ein Mann, ein kräftiger, rothaariger Mann. Er sah aus wie Flynn, war aber größer und auffallend ungepflegt. Ich wusste sofort, dass er nichts Gutes im Sinn hatte. Er gehörte hier nicht her. Auch wenn er eindeutig Flynns Vater war, so war dies hier nicht sein Zuhause, das spürte ich. Obwohl ich wusste, dass all das nicht wirklich geschah – zumindest nicht just in diesem Augenblick – stieg Panik in mir auf.

»Was willst du hier?«, fragte Runa. »Vico Ambrosius, ich habe dich gefragt, was du hier willst! Verschwinde von hier, wenn dir dein jämmerliches Leben lieb ist!«

Flynn zog sich die Decke bis über die Nase, als der Rothaarige einen Schritt auf seine Mutter zutrat. Alles, was ich wollte, war, diesen Jungen zu beschützen. Ich wollte ihn in den Arm nehmen, ihm durch das Haar streichen und ihm sagen, dass alles gut werden würde. Dass bald jemand kommen würde. Dass ich ihn finden würde, sobald es an der Zeit war. Aber meine Hand glitt durch ihn hindurch.

»Runa, Runa, Runa, wenn du wüsstest, wie viele Berge, Seen, Tage und Nächte ich hinter mir gelassen habe, nur um dich zu finden. Wie lange ist es her, fünf Jahre? Sechs Jahre? Nur mein Begehr nach Rache hat mich am Leben gehalten.«

Ich hielt die Luft an. Wenn ich all dies nur irgendwie verhindern könnte! Wenn ich dieses Schicksal ändern, diesen Schmerz, der Flynns Herz in tausend Teile zerbrochen hatte, bloß ungeschehen machen könnte. Aber ich konnte nicht. Ich war bloß eine Zuschauerin.

»Was versteckst du da? Los, geh beiseite und lass es mich sehen!«

»Niemals«, verteidigte Runa ihr einziges Kind, aber der Fremde versetzte ihr einen Stoß und sie stürzte zu Boden.

Erschrocken sah ich dabei zu, wie er Flynn entdeckte. Er war mir so nah, dass mir sein heißer, stinkender

Atem ins Gesicht schlug. Rasierwasser, Bier und Zigarettenqualm. Ich musste den Kopf zur Seite drehen, wollte aber nicht von Flynns Seite weichen.

Offensichtlich erschüttert taumelte der große Mann zurück und schrie Runa an. Er hatte nicht von dem Kind gewusst und machte ihr auf höchst aggressive Weise Vorwürfe. Ich wusste, dass es gut war, dass Runa die Schwangerschaft geheim gehalten hatte. In diesem Menschen schlummerte vieles, aber mit Sicherheit keine Liebe, kein Anstand und kein Respekt.

»Umso besser. Dann haben wir beide wohl einen Zuschauer«, sagte er schließlich boshaft.

Alles um mich herum verschwamm kurz zu einem zitternden Bild, wie ein Film, den man vorspulte. Vielleicht war die Erinnerung nicht ganz klar, vielleicht hatte Flynn verdrängt, was als nächstes geschehen war, und ich konnte nur das sehen, was er selbst sah. Als sich alles um mich herum wieder festigte, zerriss ein gellender Schrei die Stille. Eine schrecklich lange, schrecklich leere Stille, die nichts Gutes verhieß.

Der Junge, der mit geschlossenen Augen zusammengekauert vor mir saß, erhob sich plötzlich und sah mehr denn je wie der erwachsene Flynn Gideon aus, den ich kannte. Er ballte die Hände zu Fäusten und zog die Nase hoch. In seinem Blick lagen mehr Hass, Wut und Entschlossenheit, als ich es je bei einem Kind gesehen hatte.

Wieder hatte ich den Drang, ihn zu berühren, ihn in den Arm zu nehmen, zu beruhigen und zu trösten. Ich dachte darüber nach, einfach bei ihm zu bleiben und auf ihn aufzupassen, bis Merlias kam, um ihn mit in den Schwarzen Flügel zu nehmen. Aber es kam anders. Der junge Flynn Gideon stampfte durch mich hindurch, und ich fiel, fiel durch den Grund der Höhle, fiel durch ein schwarzes Nichts, bis ich schweißgebadet und mit rasendem Herzen in meinem Bett aufwachte.

Das Mitgefühl für diesen armen, kleinen Jungen schien mich innerlich zu zerreißen. Blind vor Tränen schlug ich die Bettdecke beiseite, schlüpfte in meine Schuhe und schlich mich lautlos aus dem Zimmer, um die schlafende Sadie nicht zu wecken. Ich brauchte frische Luft, um mich zu beruhigen und um mir einen Reim auf das Ganze machen zu können. Es war unmöglich, dass ich diesen Traum nur gehabt hatte, weil Merlias mir davon erzählt hatte. Dazu war es zu echt gewesen, zu detailliert, zu wahr. Es musste eine wirkliche Erinnerung von Flynn sein, aber wieso war sie nicht in seinem Kopf, sondern in meinem?

Ich hatte so viele Fragen, und diese war nur eine einzige davon. Flynn Gideon war wie ein riesiges Puzzle, dessen Teile sich nur nach und nach zu einem Ganzen zusammenfügen ließen. Doch je mehr Teile ich aneinanderlegte, umso komplizierter wurde das Puzzle.

Ich hatte keinerlei Zeitgefühl, aber es schien mitten in der Nacht zu sein. Es war kalt und windig, typisch für den Februar, und eisiger Schneeregen fiel vom Himmel. Ich begann, durch den Wald zu joggen, um mich ein wenig aufzuwärmen. Ich kannte die Waldwege längst in- und auswendig, wahrscheinlich hätte ich sie sogar mit verbundenen Augen entlanglaufen können.

Ich lief, bis meine Beine mich keinen Meter weiter hätten tragen können, und ließ mich schließlich erschöpft auf den Waldboden fallen, als der Himmel langsam von einer zarten Morgenröte überzogen wurde. Gedankenverloren blickte ich in den Himmel. Alles drehte sich. Sogar die Baumkronen über mir schienen förmlich zu tanzen.

»Nilah?« Aus dem Nichts heraus beugte sich Flynn über mich. Sein erster Impuls schien es zu sein, mich hochzuheben, doch dann besann er sich und verschränkte die Arme, die er bereits nach mir ausgestreckt hatte, vor der Brust. »Steh auf! Was ist passiert?«

»Gar nichts ist passiert.« Immer noch völlig außer Atem und leicht benommen rappelte ich mich auf und klopfte Erde, Moos und Schnee von meinem grauen Anzug.

Flynn betrachtete mich, als hätte ich vollends meinen Verstand verloren.

»Was, in den Namen aller Aufspürer, Beschützer, Heiler und Kämpfer, die je gelebt haben, tust du hier?!«

»Das könnte man dich genauso fragen!«, gab ich ungehalten zurück. »Bist du mir etwa gefolgt?«

»Aber natürlich.« Für Flynn schien das völlig selbstverständlich zu sein. »Kein Mentor des Schwarzes Flügels hätte bei seinem Schüler anders reagiert. Immerhin sind gerade mal 24 Stunden vergangen, seit du ausgeflippt und in die Stadt geflohen bist, und schon rennst du mitten in der Nacht wie von Sinnen hinaus in den Wald! Es kann gefährlich da draußen sein, Nilah! Und es ist verdammt nochmal nicht meine Aufgabe, auf dich aufzupassen!«

»Und dennoch tust du es«, sagte ich leise.

Wir starrten einander wütend an, dann seufzte ich resignierend.

»Ich konnte einfach nicht schlafen, deshalb wollte ich ein wenig laufen. Zum Trainieren und um den Kopf frei zu bekommen. Und du? Wieso warst du wach, als ich mich rausgeschlichen habe? Ich war ziemlich leise.«

»Ich kann nie schlafen. Und jetzt lass uns zurückgehen, sonst kommen wir zu spät zum Frühstück.«

Schweigend gingen wir nebeneinander her zum Schwarzen Flügel. Der Schneeregen hatte aufgehört. Unter unseren Schuhen knackten Zweige. Unauffällig musterte ich Flynn. Er trug wieder sein graues T-Shirt, dasselbe, das ich auch trug, und von seinen Flügeln war nichts mehr zu sehen. Ich fragte mich, wie das möglich war. Skeptisch erwiderte Flynn meinen Blick, als er bemerkte, dass ich ihn musterte.

»Deine Flügel.« Ich deutete auf seinen Rücken. »Wo … wo sind die?«

»Sie sind genau da, wo sie immer sind. Du kannst sie nur gerade nicht sehen«, antwortete er, und fügte, als er meinen fragenden Blick bemerkte, hinzu: »Es ist eine

Art Magie. Ein Schutzzauber von Merlias. Man kann die Flügel nur sehen, wenn ich will, dass man sie sieht. Ich habe die Blicke, die sie auf sich ziehen, nie sonderlich gemocht.« Und kaum hatte er es ausgesprochen, da waren sie da, zwei mächtige, schwarze Schwingen, die aus dem Rücken seines T-Shirts herausragten.

»Wahnsinn«, war alles, was mir dazu einfiel.

Merlias war also ein Zauberer. Und Flynns Flügel waren nicht abnehmbar oder kunstvoll zusammengefaltet, sondern einfach übergangsweise unsichtbar. Ein weiteres Puzzleteil, das sich zum großen Ganzen hinzufügte. Aber plötzlich fiel mir etwas ein. Ich blieb stehen.

»Warte … das heißt, es war gar nicht nötig, dein Shirt auszuziehen?«

»Nicht wirklich.« Flynn lachte. Ein ungewohntes Geräusch, weich und melodisch. »Aber irgendwie passte es gut zur Situationsdramatik.«

Ich kicherte in mich hinein, bis wir den Schwarzen Flügel erreicht hatten. Kurz vor der Tür griff ich nach dem Arm meines Mentors.

»Flynn? Ich muss dir noch etwas sagen. Ich habe gelogen vorhin.«

»In Bezug auf was?«, fragte er ruhig.

»In Bezug auf das Nicht-schlafen-Können.« Nervös zupfte ich an meinem Anzug herum, obwohl er perfekt saß. »Ich hatte einen Traum.«

»Okay.« Flynn schien unbeeindruckt.

»Von einem Jungen mit … mit rotem Haar. Von dir. Ich war in eurer Höhle. Ich schätze, es war eine Erinnerung von dir, die sich irgendwie – wie auch immer – auf mich übertragen hat. Jedenfalls habe ich …«

Flynn schüttelte meinen Arm ab. Sein Gesicht versteinerte sich.

»Flynn?« Plötzlich war ich verunsichert. Ob es so gut war, ihn an den schlimmsten Tag seines Lebens zu erinnern? Aber dann musste ich an das denken, was Merlias gesagt hatte. Dass Flynns Herz damals in all seine Einzelteile zersprungen war und dass ich es wieder zusammensetzen könnte. Das würde nicht funktionieren, ohne über das zu sprechen, was geschehen war.

»Ich habe Runa gesehen«, sagte ich zaghaft, fast flüsternd. »Sie war wunderschön.«

Flynn packte mich am Handgelenk.

»Woher kennst du ihren Namen? Merlias hat mit dir gesprochen, richtig?« So wütend hatte ich ihn nie zuvor gesehen.

»Ja! Nein, ich meine, ja …« Mir wurde klar, dass ich einen riesigen Fehler gemacht hatte. Statt mich ihm zu nähern, hatte ich Distanz zwischen uns gebracht. Ich versuchte, tief durchzuatmen und ruhig zu bleiben. »Er *hat* mit mir gesprochen, du hast Recht! Aber ich habe so vieles mehr gesehen als das, was er mir erzählt hat.«

»Was redest du denn da?!« Flynn raufte sich schier verzweifelt das Haar. »*Wie viel* hast du gesehen?« Sein Griff festigte sich, sein Blick jagte mir allmählich Angst ein.

»Flynn, du tust mir weh! Was meinst du damit, wie viel ich gesehen habe?«

»Wann bist du aufgewacht?«, fragte er bedrohlich leise.

Ich überlegte kurz.

»Ich habe einen Schrei gehört«, erinnerte ich mich. »Dann nichts mehr … bloß Stille. Du bist aufgestanden, mit so unglaublich viel Entschlossenheit im Blick … dann bin ich aufgewacht.«

»Gut.« Flynn ließ mein Handgelenk los. »Träum das nie wieder!«

Kopfschüttelnd ließ er mich stehen. Das war geradezu lächerlich.

»Tut mir sehr leid, aber ich habe keinen Einfluss auf das, was ich träume!«, rief ich ihm nach.

Flynn blieb stehen, machte kehrt und kam zu mir zurück. Ich rieb mir das schmerzende Handgelenk. In seinen Augen konnte ich sehen, dass es ihm leidtat. Er schluckte.

»Nilah, hör mir zu«, sagte er beherrscht. »Bleib einfach aus meinem Kopf raus. Sei froh, dass du diesen Traum nicht bis zum Ende geträumt hast. Sonst würdest du nicht hier stehen und mit mir reden. Du würdest fortlaufen.«

»Flynn ...« Ich griff nach seiner Hand, doch er zog sie weg.

»Du würdest fortlaufen«, wiederholte er und machte kehrt. Ich konnte seinen Rücken sehen, nicht aber seine Flügel.

Mit der Zeit wurden wir besser. Es gingen Tage ins Land, Wochen und schließlich Monate. Der Frühling kam. Die Läufe im Wald waren länger geworden und das Training im Klassenraum anstrengender, aber es machte uns nicht mehr so viel aus. Wir waren härter geworden, diszipliniert und beherrscht. Es gab keine Wochenenden, keinen Urlaub, keine freien Tage für uns. Wir lebten für den Unterricht, lebten für den Schwarzen Flügel, lebten füreinander. Wir waren eine Einheit geworden, so wie Merlias es bereits zu Anfang prophezeit hatte. Nur Damien, der angehende Beschützer, stiftete Unruhe, wo immer er konnte. Er nannte uns Kämpfer Grauträger, die Heiler Kräuterhexen und die Aufspürer Freaks. Ihm war nichts und niemand heilig.

Flynn und ich hatten nie wieder unabhängig vom Unterricht miteinander gesprochen, und auch seine Flügel waren für mich nicht mehr sichtbar geworden. Ich gab mein Bestes, um ihn als seine Schülerin zu beeindrucken. Ich trainierte am Härtesten, legte beim Laufen die weitesten Strecken in der kürzesten Zeit zurück und besiegte Makaio und Joaquin längst im Zweikampf. Merlias hatte mich um Geduld gebeten, und, so schwer es mir auch fiel, ich brachte sie auf.

Es war Mai, als ich Flynn zum ersten Mal im Zweikampf besiegte.

»Nilah, du hast gewonnen! Du kannst mich jetzt loslassen«, keuchte er und windete sich mit sichtlichem Unbehagen unter mir auf der Matte.

Makaio und Joaquin hatte es gänzlich die Sprache verschlagen. Es war das erste Mal, dass einer von uns unseren strengen Mentor besiegte. Bisher waren wir nicht einmal ansatzweise in der Nähe eines Sieges gewesen. Triumphierend starrte ich Flynn an. Ich spürte förmlich das Glühen meiner Augen, die inzwischen mittelgrün waren, mit einem auffälligen dunklen Kreis um die Iris. Je intensiver die Farbe wurde, umso stärker wurde auch ich.

»Nilah!« Flynn wurde langsam wütend. »Es reicht jetzt!«

Ich kicherte.

»Da ist es jemand nicht gewohnt, zu verlieren«, konnte ich mir nicht verkneifen zu sagen. Ich warf Joaquin und Makaio einen triumphierenden Blick zu, doch genau dies war mein Fehler. Sofort nutzte Flynn meine Unaufmerksamkeit und befreite sich. Ehe ich mich versah, war ich diejenige, die auf die Matte gedrückt wurde.

»Lass dich niemals ablenken«, warnte er. Ohne mich loszulassen, wandte er sich meinen Mitschülern zu. »Ihr habt drei essentielle Stärken: Eure Gabe, euren Körper und euren Geist. Keine davon funktioniert allein. Um zu gewinnen, müsst ihr sie miteinander vereinen.« Er nahm eine seiner Hände, die mich festgehalten hatte, und strich sich damit über das Kinn. Trotzdem gelang es mir nicht mehr, mich zu befreien. »Ich habe euch immer Kontrolle gelehrt. Hierfür benötigen wir jedoch etwas anderes. Wir müssen loslassen. Lasst es zu. Lasst zu, dass eure Gabe euch anleitet. Dass sie Besitz von euch ergreift. Ihr seid bereit dazu, diesen nächsten Schritt eurer Ausbildung zu gehen.«

Hochkonzentriert versuchte ich, das zu tun, was er sagte. Es gelang mir, eine meiner Hände zu befreien. Damit griff ich nach Flynns Kinn, wendete es mir zu und starrte ihm direkt in die Augen. Ein merkwürdiges Gefühl ergriff von mir Besitz. Ein Gefühl von unendlicher Macht, von Kontrolle und Stärke.

Du hast keine Chance gegen mich, Flynn Gideon. Deine Beine tun weh, deine Arme schaffen es nicht mehr, mich zu halten. Lass mich los. Lass. Mich. Los.

Ich stieß ihn von mir. Kraftlos sackte Flynn neben mir auf die Matte. Ich drückte ihn hinunter, aber das wäre gar nicht nötig gewesen, denn er wehrte sich nicht. Es waren nur wenige Sekunden, dann ließ der Spuk nach. Erschrocken über mich selbst sprang ich von der Matte. Flynn blieb noch einen Augenblick sitzen, bevor er sich sichtlich überrumpelt erhob.

»Es tut mir leid«, beeilte ich mich zu sagen. Das, was da gerade passiert war, hatte mir selbst Angst eingejagt. Dieses merkwürdige Gefühl der Macht, das sich in mir ausgebreitet hatte … Ich hatte mich geradezu unbesiegbar gefühlt. Und ich hatte nur einen winzigen Hauch der Kraft eingesetzt, die in diesem Augenblick durch meinen Körper geströmt war. Ich hätte Flynn verletzen können.

»Es tut mir leid«, wiederholte ich.

»Das muss es nicht.« Er sah mich nicht an. »Genau das ist der Grund, weshalb du hier bist. Du bist stark.« Zögerlich hob er den Blick, bis seine karamellbraunen Augen die meinen fanden. »Ich meine, *wirklich* stark. Und besonders.«

»Ich bin nicht besonders«, entgegnete ich kleinlaut.

»Wieso sagst du das immer?« Flynn runzelte die Stirn.

Ich zuckte mit den Schultern, als wüsste ich es selbst nicht. Dabei wusste ich es. Natürlich wusste ich es. Unsicher zupfte ich an meinem Anzug und zog die Handschuhe zurecht, obwohl sie wie immer wie eine zweite Haut saßen. All der Triumph und die Selbstsicherheit, die ich vor einer Minute noch gespürt hatte, war von mir abgefallen. Ich fühlte mich wieder wie die Nilah, die ich war, bevor meine Ausbildung hier begonnen hatte.

»Ihr könnt eine Pause machen«, sagte Flynn gönnerhaft. Als ich Makaio und Joaquin folgen wollte, hielt er mich am Arm fest. »Du nicht.«

Fragend blickte ich ihn an. Er schloss die Tür.

»Wieso glaubst du nicht daran, etwas Besonderes zu sein?«

Ich zuckte erneut mit den Schultern. Es war das erste Mal seit der kalten Nacht im Februar, dass wir allein miteinander waren.

»Nilah … wieso?«

»Weil er es gesagt hat!«, stieß ich zwischen zusammengebissenen Zähnen hervor, was mir schon ewig auf der Seele brannte.

Flynn schien verwirrt.

»Er? Wer ist er?«

»Mein Freund.« Ich schüttelte den Kopf und korrigierte mich: »Mein Exfreund.«

»Oh.« Flynn schwieg eine Weile, dann fragte er: »Wie lautet sein Name?«

»Charlie.« Es war ein befremdliches Gefühl, seinen Namen laut auszusprechen. Und dann geschah das, was immer geschah, wenn ich in Flynns Augen blickte – ich sprach, ohne nachzudenken. Wie ein Wasserfall sprudelten die Worte aus mir heraus. »Er sagte, irgendetwas würde nicht mit mir stimmen. Dass ich nicht klug genug für ihn sei. Nicht hübsch genug, nicht witzig genug und nicht interessant genug. Einfach nicht besonders. Dass ich langweilig sei, und dass mich niemals wieder jemand würde haben wollen.«

Vor Schmerz kniff ich die Augen zusammen. Diese Worte haben tiefe Narben auf meiner Seele hinterlassen, die immer noch brannten. Flynn hatte mir schweigend zugehört.

»Und du glaubst ihm?«, fragte er.

Ich runzelte die Stirn. Diese Frage hatte sich mir nie gestellt. Natürlich hatte ich ihm geglaubt. Immerhin hatte er eine Frau gefunden, die klüger, hübscher, witziger und interessanter war als ich. Eine, die besonders war. Erinnerungsfetzen blitzten wie Bilder vor meinem inneren Auge auf. Ich sah mich selbst wieder in jener Nacht, in der der Grauschleier sich über meine Augen gelegt hatte. Wie eine Furie hatte ich alles, was mir in die Hände gelangt war, nach ihm geworfen, in unserer teuren, perfekt eingerichteten kleinen Wohnung. Ich hatte geschrien und geweint. Schließlich hatte ich mich an sein Bein geklammert und ihn angefleht, mich nicht zu verlassen. Ein erniedrigender Anblick ohne jegliche Würde. Dann der Schlag. Ich spürte ihn fast immer noch in meinem Gesicht. Nachbarn, die sich eingemischt hatten. Blaulicht. Eine einfühlsame Polizistin. Emma und eine Tasse heißer Tee mit Honig. Die Tatsache, dass ich ihm trotz allem auf der Stelle vergeben hätte. Und dann nichts als Schmerz und Einsamkeit.

Ich versuchte, den Kloß herunterzuschlucken, der sich in meinem Hals gebildet hatte, doch es gelang mir nicht. Es fühlte sich an, als wäre es gerade erst passiert – und nicht schon vor zwei Jahren.

Flynn stand immer noch schweigend vor mir. Er hatte kein einziges Wort gesagt, fast so, als hätte er gewusst, dass ich in meinen Gedanken gefangen war. Als ich ihm mit Tränen verschleiertem Blick in die Augen sah, fuhr er sich mit beiden Händen durch das rote Haar. Er wirkte hilflos.

»Ich bin nicht sehr gut in sowas«, erklärte er leise. »Reden, zuhören und Empathie zeigen sind nicht gerade meine Stärken.« Verlegen strich er sich mit der Hand über den Nacken. »Aber Nilah, eines weiß ich – wenn dieser Charlie dich hat gehen lassen, dann war er derjenige, der nicht besonders war.«

Und dann tat er etwas Merkwürdiges. Er legte den Arm um mich. Erleichtert schmiegte ich mich an ihn, verbarg mein Gesicht an seinem Hals. Er roch immer noch nach Zedernholz, Honig und Abenteuern, und ich musste mir eingestehen, dass es mir gefehlt hatte, ihn zu berühren. Obwohl wir in den letzten Monaten wie Fremde zueinander gewesen waren, war da immer noch etwas, das uns miteinander verband. Etwas Unsichtbares und Unerklärliches. Etwas ganz und gar Magisches.

»Meine Mutter hat mir immer eine Geschichte von einem fliegenden Helden erzählt. Du erinnerst mich an ihn«, raunte er mir aus dem Nichts heraus ins Ohr.

Ich hielt den Atem an. Es war das erste Mal, dass er mir gegenüber seine Mutter erwähnte, ja, wahrscheinlich sogar das erste Mal überhaupt, dass er von sich aus über sie sprach. Ich bekam eine Gänsehaut, die über meinen gesamten Körper kroch. Es war eine Ehre und eine Bürde zugleich.

»Oh, Flynn …« Meine Stimme war kaum mehr als ein Flüstern. Vorsichtig zog ich meine Handschuhe aus und griff nach seiner Hand. Dieses Mal zog er sie nicht weg. Er nahm sie in seine, hob sie an seinen Mund und drückte einen Kuss darauf.

Kapitel 7

DIE MÄCHTIGSTE GABE

»Mo hat es geschafft, seinen kompletten Arm durch die Wand zu stecken!« Dinas seidiger, brauner Zopf wippte von einer Seite auf die andere, als sie völlig außer Atem in unseren Klassenraum stürzte.

»Toll«, erwiderte Flynn unbeeindruckt. Er war sichtlich verärgert über die Störung seines Unterrichts, zumal sie weder angeklopft noch um Einlass gebeten hatte. Sein einschüchternder Blick, der uns Schülern schon wohlbekannt war, durchbohrte sie förmlich.

»Naja«, entweder ignorierte sie sein Verhalten, oder aber sie bemerkte es tatsächlich nicht, »nicht ganz so toll. Er steckt da jetzt fest.«

Im Klassenraum der Aufspürer hatte sich bereits eine Traube aus Schülern und Mentoren um Mo herum gebildet, der mit unglücklichem Gesichtsausdruck an der Wand lehnte. Von seinem Arm war nur noch die Schulter zu sehen, der Rest davon schien förmlich in der Wand eingemauert zu sein.

»Idiotischer Freak«, feixte Damien.

»Sei still«, rügte sein Mentor Quentin ihn, aber dessen blitzend blauen Augen und das Kräuseln seiner Mundwinkel verrieten, dass er dasselbe gedacht hatte.

»Eigentlich musst du nur das Gleiche machen wie vorhin. Bloß … naja … bloß andersherum«, empfahl Dina, die uns aufgeregt hergeführt hatte.

»Toller Tipp, danke. Dass ich da nicht selbst drauf gekommen bin.« Mo verdrehte die Augen.

»War das Sarkasmus?«, erkundigte Dina sich.

»Nein.« Mo lehnte seinen Kopf an die Wand. »*Natürlich* war das Sarkasmus! Wenn ich wüsste, wie ich ihn da rein bekommen habe, würde ich ihn auch wieder da rausbekommen!«

Hilfesuchend blickte er in die teils ratlosen, teils amüsierten Gesichter, die ihn umgaben. Dann blieb sein Blick an mir hängen.

»Kannst du nicht deinen Zauberblick einsetzen?«, fragte er mit einem hoffnungsvollen Unterton in der Stimme.

»Au ja, Nilah! Mach doch, dass die Wand sich verschiebt oder so«, freute Dina sich.

Plötzlich waren alle Augen auf mich gerichtet. Ich errötete.

»Nein, nein! Ich habe keinen Zauberblick«, wiegelte ich ab. »Ich kann einen menschlichen Gegner beeinflussen … gewissermaßen … manchmal … aber keine Gegenstände! Und auch keine Wände. Tut mir leid.«

Enttäuschung breitete sich in Mos Gesicht aus.

»Schade«, seufzte er.

Ich senkte den Blick.

»Wir könnten ihn einfach zu dritt oder zu viert rausziehen«, schlug Makaio nach einem fachmännischen Blick auf die Wand vor.

»Oder die Wand einreißen!«, rief Piet.

»Wenn er den Arm dabei verliert, können wir dann versuchen, ihn zu heilen?«, dachte Sadie laut.

»Das ist so makaber«, empörte ihre Mentorin Milla sich.

»Könnte man ihn nicht einfach mit Butter einreiben und dann …«, setzte Dina an und machte mit ihren Händen eine Geste, die aussah, als würde sie jemanden eincremen. Als sie die zunehmend verwirrten Blicke bemerkte, verstummte sie.

In diesem Moment trat Quentin in den Mittelpunkt des Geschehens und machte allein mit seiner Präsenz auf sich aufmerksam.

»Also *ich*«, begann er überheblich, »ich würde ihn einfach so stehenlassen.« Seine stahlblauen Augen blitzten auf vor Vergnügen. »Irgendwann bekommt er Hunger und Durst.«

»Oder muss pinkeln«, warf Damien ein.

»Irgendwann ist der Anreiz groß genug.« Quentin nickte bestätigend, so als hätte er selbst schon einmal mit dem Arm in einer Wand gesteckt und sich aus eigener Kraft wieder befreit. »Und wenn es soweit ist, wird er seine Gabe genauso anwenden, wie er es getan hat, um sich in diese Lage zu bringen, und er wird das Problem alleine beheben können. Doppelter Lerneffekt: Erstens wird er sich darin geübt haben, seine Gabe zu beherrschen und zweitens wird er gelernt haben, dass man nichts, aber auch rein gar nichts einfach so tut, wenn man es nicht draufhat.« Er zuckte mit den Schultern. »Ich meine ja nur. Wenn er *mein* Schüler wäre, würde ich ihn stehenlassen.«

»Ist er aber nicht.« Cato stemmte die Hände in die Hüften und baute sich vor Quentin auf, was geradezu lächerlich aussah. Cato erinnerte mich immer an eine Spinne. Er war spindeldürr und unheimlich schnell, und oft erschrak man sich vor ihm, weil er plötzlich in einer Ecke stand oder auf einer Stufe saß, ohne dass ihn jemand vorher bemerkt hätte. Außerdem hatte ich immer, wenn ich ihn sah, das Gefühl, er wäre ein wenig größer und ein wenig dünner geworden. Seine glatten, blonden Haare hingen ihm strähnig ins Gesicht, wie ein Vorhang, der nur halb beiseitegeschoben war. Kampflustig musterte er Quentin, der gegen ihn wie ein Bodybuilder mit übermäßig viel Muskelmasse aussah.

»Richtig, er ist nicht mein Schüler.« Quentin lächelte und entblößte dabei zwei Reihen perfekter weißer Zähne. »Denn wäre er mein Schüler, würde er da nicht feststecken. Er würde vermutlich sogar schon durch die Wände laufen, ohne überhaupt zu bemerken, dass welche da sind.«

»Das ist ja … das ist ja an Dreistigkeit nicht zu überbieten«, regte Cato sich auf, und feine, weiße Spuckfäden flogen aus seinem Mund.

In dem ganzen Tumult fiel mir erst nach einer Weile, in der ich mich irgendwie beobachtet gefühlt hatte, auf, dass Merlias' Blick weder auf die Streithähne noch auf den immer unglücklicher aussehenden Mo gerichtet war, sondern einzig und allein mir galt. Er lächelte und formte mit seinen Lippen ein überdeutlich betontes »Du kannst es«. Unsicher schüttelte ich den Kopf. Doch Merlias nickte. Ich sah zu Flynn hinüber, der unserer einseitig verlaufenden Konversation mit gerunzelter Stirn gefolgt war. Schützend trat er hinter mich und legte mir die Hände auf die Schulter.

»Du musst das nicht machen«, raunte er mir leise zu.

»Glaubst du denn, dass ich es kann?«, fragte ich.

»Aber natürlich kannst du es.« Ein kleines Lächeln umspielte seine Mundwinkel, bevor er wieder den bestimmenden Mentorenblick aufsetzte. »Also – tust du es jetzt oder tust du es nicht?«

Anstatt zu antworten, nahm ich all meinen Mut zusammen und trat an den Schaulustigen und Diskutierenden vorbei, bis ich Angesicht zu Angesicht vor Mo stand. Ein wenig ängstlich musterte er mich.

»Wirst du die Wand hypnotisieren?«, murmelte er.

»Nein, nur dich.« Ich legte ihm die Hand auf die Schulter. »Du musst aber stillstehen. Es funktioniert nur, wenn du mir ganz genau und unmittelbar in die Augen blickst.«

»Wird das … wehtun?«, fragte er.

»Keine Ahnung.« Ich zuckte mit den Schultern und blendete alles um mich herum aus. Nach und nach verschwand jede Person, jedes Geräusch, jeder Reiz, der mich umgeben hatte. Ich sah nur noch Mos Augen. Ängstliche, dunkelbraune Augen mit auffallend langen Wimpern und stillstehenden Pupillen, die meine wie erstarrt fixierten. Und wieder brach dieses Gefühl wie ein Unwetter über mich herein, dasselbe, das ich im Zweikampf gegen Flynn verspürt hatte. Ein Gefühl von unendlicher Macht, unendlicher Stärke und etwas wie Überlegenheit. Überlegenheit all jenen gegenüber, die mit mir im Raum waren. Sie waren nichts gegen mich. Keine ihrer Gaben konnte auch nur ansatzweise mit meiner mithalten.

Das Gefühl, Morten Gulliver, das du hattest, als du deinen Arm in diese Wand gesteckt hast, das ist wieder da. Die Kontrolle über deine Gabe ist wieder da. Du kannst dich befreien. Tu es. Jetzt!

Mos Arm fiel aus der Wand und klatschte wie ein nasser Sack gegen seinen Körper.

»Eingeschlafen«, stellte er tonlos fest, bevor er sich die Schulter rieb und mich ansah. »Danke, Nilah. Das war ziemlich cool. Und gruselig, wirklich, wirklich gruselig.«

Verwirrung und aufrichtige Dankbarkeit lagen in seinem Blick. Doch ich entdeckte noch etwas in seinen Augen. Etwas, das ich mir mit dieser Geste offensichtlich erarbeitet hatte – Respekt. Auch die anderen starrten mich an, als wäre ich ein Weltwunder. Niemand sagte ein Wort. Schließlich begann Merlias als erster, in die Hände zu klatschen. Alle anderen fielen mit ein. Errötend blickte ich mich nach Flynn um. Er war bemüht darum, unparteiisch dreinzublicken, aber ich sah den Stolz in seinen Augen.

»Gar nicht mal so schlecht, deine kleine Rebellin, Bruder.« Quentin sah erst mich, dann Flynn an. »Vielleicht kann sie ja doch noch eine Kämpferin werden.«

»Sie war schon immer eine Kämpferin«, antwortete Flynn, ohne den Blick von mir abzuwenden.

Am Abend liefen wir unter Flynns Führung durch den Wald. Obwohl wir tagtäglich viele Kilometer liefen, entfernten wir uns nie weit vom Schwarzen Flügel. Wir zogen endlose Runden um das Gebäude und rannten immer wieder und wieder denselben Pfad entlang, der schon längst eine plattgewalzte Furche im Waldboden war.

Es war ein warmer Abend und die Sonne schien immer noch, obwohl es bereits recht spät sein musste. Meine Füße trugen mich, ohne dass ich das Laufen wirklich spürte. Es war wie Fliegen. Fast wie Fliegen. Sehnsuchtsvoll beobachtete ich Flynn, der vor mir lief.

Joaquin und Makaio hatten wir bereits einmal überrundet. Ich begann, schneller zu laufen, überholte Flynn und überrundete meine Mitschüler ein zweites Mal. Als sie außer Sichtweite waren, eilte Flynn mit großen Schritten an mir vorbei, drehte sich um und blieb so abrupt stehen, dass ich ihm geradewegs in die Arme lief.

»Hey«, kicherte ich.

»Hey«, sagte er sanft, und so schnell, dass ich vor Schreck den Atem anhielt, packte er mich und zog mich vom Pfad herunter in den Wald hinein. Hinter einem großen, mit Moos bewachsenen Baum blieb er stehen.

»Was hast du vor?«, flüsterte ich atemlos. Nur allzu gern hätte ich ihn umarmt, aber wie immer hielt er einen Abstand zu mir ein. Ob er damit mich oder sich selbst schützen wollte, vermochte ich nicht zu sagen.

»Lass uns sehen, wie lange Joaquin und Makaio laufen, bis sie bemerken, dass wir nicht mehr vor ihnen sind«, schlug er vor.

Ohne den Blick von ihm abzuwenden, zog ich meine Handschuhe aus und ließ sie auf den Waldboden fallen.

»Wieso tust du das?«, fragte er verwundert.

»Weil ich dich gerne berühren würde«, antwortete ich leise.

»Wieso willst du das?« Flynn wirkte unsicher. Hinter der mit den Jahren aufgebauten Härte in seinem Blick lag so viel unausgesprochener Schmerz, soviel Unsicherheit, soviel Verletzlichkeit.

Und dann gab ich mir einen Ruck und sagte es einfach. Sagte, was mir schon lange auf der Seele brannte.

»Du warst es. Du hast ihn getötet.«

Er sah mich an, unfähig, auch nur ein Wort zu erwidern.

»Deinen Vater«, ergänzte ich. »Du hast deinen Vater getötet in jener Nacht.«

Der Schreck in seinen Augen und sein Schweigen bestätigten mir meinen Verdacht.

»Ich weiß das längst, Flynn.« Ich bemühte mich, besänftigend und ruhig zu sprechen, so als wäre er wieder

der kleine Junge, den ich im Traum gesehen hatte. »Merlias hat nicht die leiseste Ahnung. Aber mir ist es direkt klar gewesen.«

Flynn versuchte, sich an mir vorbei zu drängen. Seine Körperhaltung war mit einem Male wieder verschlossen, seine Mimik wie erstarrt.

»Flynn Gideon!« Entschlossen stellte ich mich ihm in den Weg. »Lauf nicht weg! Es ist okay. Ich weiß es und es ist okay. Er war ein sehr, sehr böser Mensch und er hat etwas sehr, sehr Schlimmes getan.«

Flynn schob mich grob beiseite, aber ich war stärker geworden und ließ es nicht zu. Entschlossen schlang ich meine Arme um seinen Hals. Mit aller Kraft, die ich aufbringen konnte, hielt ich ihn fest. Irritiert hielt er inne, dann spürte ich seine Hände auf meinem Rücken. Eine gefühlte Ewigkeit lang hielten wir einander fest.

»Meine Augen waren geschlossen … ja, sie hatte mir befohlen, sie zu schließen.« Stockend begann er zu erzählen, während wir uns aneinanderpressten. »Als ich sie wieder öffnete, war sie bereits tot. Und dann kam die Wut. Sie verschlang all die Angst, all die Traurigkeit, alles was je an Emotionen in mir gewesen war. Da war nichts … nichts anderes mehr als diese rasende, blinde Wut.« Ich hörte ihn schlucken. »Das habe ich noch nie jemandem erzählt, Nilah. Und ich hatte nicht vor, es je zu tun.«

»Ich weiß«, flüsterte ich.

»Runa war eine gute Mutter«, fuhr Flynn fort. »Und eine noch bessere Lehrerin. Wir hatten viel Zeit in unserer Höhle bei den Klippen von Tenebris. Sie hat mir beigebracht, mich zu verteidigen. Aber leider … leider habe ich mich erst dazu entschlossen, mein Erlerntes anzuwenden, als es schon zu spät für sie war. Ich konnte einfach nicht, Nilah. Ich war … ich war wie gelähmt.«

Das Schuldgefühl in seiner Stimme war unüberhörbar. Sie zitterte schier vor Wut und Schmerz.

»Du warst ein Kind, Flynn! Du hättest nichts tun können«, sagte ich sanft.

Flynn nahm einen tiefen Atemzug.

»Sie ist in jener Nacht gestorben. Sie ist gestorben, um mich zu retten.«

»Und dafür werde ich ihr auf ewig dankbar sein«, ergänzte ich behutsam.

Sachte nahm er meine Arme von seinem Hals und hielt meine Hände in seinen. Wir sahen einander tief in die Augen, als ganz in der Nähe Stimmen erklangen.

»NILAH!« Es war Makaio. »NILAH, WO BIST DU?«

Ich biss mir verärgert auf die Unterlippe. Wieso kamen die beiden ausgerechnet jetzt auf die Idee, nach mir zu suchen? Flynn legte einen Finger auf seine Lippen und deutete mir, zurück auf den Pfad zu laufen. Obwohl ich mich ungern aus seiner Nähe entfernte, tat ich, was er verlangte. Ich zog meine Handschuhe wieder an und schlich mich zurück an den Wegesrand. Dort wartete ich hinter einem kräftigen Baum und sprang mit einem »BUH!« unmittelbar vor Makaio und Joaquin auf den Pfad, die sich schier zu Tode erschreckten.

»Flynn ist zurück zum Schwarzen Flügel gelaufen«, erklärte ich. »Er hat gesagt, wir dürfen unseren wohlverdienten Feierabend antreten und dass wir heute alle sehr fleißig waren.«

»Das soll Flynn Sklaventreiber Gideon gesagt haben?« fragte Makaio ungläubig.

»Klingt wirklich nicht nach ihm«, pflichtete Joaquin ihm bei.

Ich lachte innerlich im Wissen, dass Flynn ganz in der Nähe war und jedes Wort mit anhören konnte. Der Spitzname, den wir für ihn hatten, war nicht gerade schmeichelhaft.

»Aber natürlich hat er das gesagt! Wortwörtlich!« Ich tat, als wäre ich entrüstet darüber, dass sie mir nicht glaubten. »Außerdem sagte er, dass er sehr stolz auf uns drei ist und uns schrecklich gern hat.«

Joaquin und Makaio prusteten los. So etwas würde unser Mentor tatsächlich im Leben nicht sagen. Ich sah

Flynns genervten Blick förmlich vor mir. Lachend liefen wir zurück zum Schwarzen Flügel.

Wenig später lag ich im Bett und dachte an Flynn. Immer wenn ich die Augen schloss, sah ich das Gesicht seines jungen Ichs vor mir. Seine Seele hatte so sehr gelitten. Nicht nur mit dem Tod seiner geliebten Mutter, dem einzigen Menschen, den er je gekannt hatte, hatte er leben müssen, sondern auch mit dem Wissen, dass er jemandes Leben beendet hatte. Bei der Vorstellung, was seine zarte Kinderseele hatte ertragen müssen, wurde mir schlecht. Ob ich es schaffen würde, ihn aufzufangen? Ihn zu verstehen? Seine geschundene Seele zu heilen?

»Nilah, ist alles in Ordnung?« Sadie, von der ich gedacht hatte, dass sie längst schlief, tippte mir unerwartet auf die Schulter.

Erschrocken fuhr ich in die Höhe. Meine Zimmergenossin kniete vor meinem Bett. Sie hatte die Nachttischlampe angeschaltet und beäugte mich besorgt.

»Ist alles in Ordnung?«, wiederholte sie. »Hast du schlecht geträumt? Es hat sich so angehört, als würdest du weinen.«

Eilig schüttelte ich den Kopf.

»Ich habe nur an jemanden gedacht. Jemanden, den ich sehr mag«, antwortete ich. Ihre Besorgnis rührte mich. Emma fehlte mir, aber in Sadie hatte ich eine tolle, sensible Freundin gefunden, die immer ein offenes Ohr für mich hatte und der ich blind vertraute.

»An einen Mann?«, hauchte sie. Ihre Augen blitzten auf vor Neugierde.

Ich nickte.

»Lebt er im Schwarzen Flügel?«, bohrte sie weiter nach.

Ich zögerte, doch dann nickte ich erneut. Viele Männer lebten im Schwarzen Flügel.

»Seid ihr ein Paar?«, flüsterte sie stattdessen.

»Nein.« Ich zuckte mit den Schultern.

»Habt ihr euch geküsst?«

»Nein.« Ich schüttelte den Kopf.

»Ist es … Damien?!«

»Großer Gott, *nein*!« Ich warf Sadie ein Kissen ins Gesicht.

Kichernd ließ sie sich zur Seite fallen.

»Ein Glück! Ich hätte ansonsten nämlich meine ganze Energie in diese Hand«, zur Veranschaulichung hob sie ihre rechte Hand, »geschickt, nur um dir die deftigste Ohrfeige deines Lebens zu verpassen.«

Ich prustete los. Wir tauschten einen fragenden Blick miteinander, als es an der Tür klopfte. Milla, Sadies Mentorin, steckte ihren Kopf in unser Zimmer. Ihr Blick wanderte von Sadie, die mit erhobener Hand und einem Kissen im Arm auf dem Boden saß zu mir hinüber, die prustend im Bett hockte. Dann legte sie sich einen Finger auf die Lippen und erinnerte uns so an die Nachtruhe. Kaum hatte sie die Tür wieder zugezogen, sprang Sadie zurück in ihr Bett und wir kicherten in unsere Kopfkissen, bis wir einschliefen.

Der nächste Tag stand bereits am Morgen unter keinem guten Stern. Damien schien aus irgendeinem Grund besonders schlechte Laune zu haben und sorgte bereits beim Frühstück im großen Saal für Unruhe.

»Na, ihr Grauträger«, hetzte er, gerade so laut, dass wir ihn hören konnten, die Mentoren aber nicht. Er setzte sich neben Joaquin und schob die Schale mit Erdnüssen beiseite, sodass dieser, der gerade danach gegriffen hatte, sie nicht erreichen konnte. Mit provokantem Blick steckte Damien sich eine Handvoll davon in den Mund und kaute genüsslich. Ich sah, wie Makaio unter dem Tisch die Hände zu Fäusten ballte. Damien nahm sich eine Erdbeere.

»Ihr drei seid sicher die ersten, die in diesem Jahr rausfliegen«, raunte er uns zu.

»Was willst du damit sagen?!«, fragte Makaio.

»Naja.« Damien grinste. »Die behalten hier nur die besten. Denkt doch mal nach. Wenn jedes Jahr neun Schüler ausgewählt, hergebracht und unterrichtet werden … wo sind die dann alle? Checkt ihr nicht, was hier läuft?«

»Nein. Du etwa?«, entgegnete ich.

»Leg dich nicht mit mir an, Prinzessin«, warnte Damien mit einem Glas Orangensaft am Mund.

»Er hat Recht«, sagte Joaquin nachdenklich.

»Er hat *nicht* Recht«, zischte ich.

»Hör besser auf deinen Freund, Prinzessin. Er wird nämlich der erste sein, den es trifft.« Damien blickte sich kurz nach den Mentoren um und goss Joaquin den Rest seines Orangensafts über die Hose, als er sich unbeobachtet fühlte. »Seht doch, wie ungeschickt er ist.«

Joaquin blieb mit gesenktem Kopf sitzen, ich jedoch sprang empört auf. Meine Wangen glühten vor Wut.

»Halt deine Klappe, Damien!«, sagte ich so laut, dass alle Gespräche am Tisch verstummten. »Du läufst hier tagaus, tagein mit dem größten Ego herum, das ich je gesehen habe und hältst dich für den abgeklärtesten, coolsten Typen aller Zeiten. Soll ich dir was verraten? Du bist nicht cool. Niemand hier mag dich! Und wenn es wahr ist, was du behauptest, … wenn es wahr ist, dass hier bald Schüler rausfliegen werden, dann hoffe ich von ganzem Herzen, dass du der erste bist, der gehen muss!«

Absolute Stille herrschte an der großen Tafel. Selbst Merlias hatte es die Sprache verschlagen. Damien starrte mich an, als hätte ich ihm eine Ohrfeige verpasst, während einige der anderen Schüler zu klatschen begannen. Damien schob seinen Stuhl zurück und sprang auf, gleichzeitig erhob sich Flynn am anderen Ende der Tafel.

»Du kriegst schon noch dein Fett weg, Prinzessin«, knurrte Damien und stürmte mit hochrotem Kopf aus dem Saal.

Flynn setzte sich wieder. Offenbar hatte es seinen Beschützerinstinkt angekurbelt, mich von Damien bedroht zu wissen. Er tauschte einen Blick mit Merlias, der daraufhin auch Quentin und die anderen Mentoren ansah. Eine merkwürdige, beinahe knisternde Stille trat ein.

»Ich glaube, es ist an der Zeit«, sagte Merlias schließlich und räusperte sich vernehmlich. »An der Zeit, ihnen die ganze Wahrheit zu sagen.«

Kapitel 8
MAIREGEN

Merlias bat uns, nach dem Frühstück gemeinsam mit unseren Mitschülern und Mentoren den Raum der Beschützer aufzusuchen. In gespannter Erwartung eilten wir als geschlossene Gruppe aus dem großen Saal die Marmortreppe hinauf und zu den Klassenräumen.

Ich hatte den Raum der Beschützer nie gemocht. Von allen Unterrichtsräumen, die es gab, war er der einzige, den ich ungern betrat. Wenn wir alle gemeinsam trainierten – was etwa einmal in der Woche vorkam – und die Räume im Wechsel nutzten, bevorzugte ich den der Heiler. Dieser war im selben warmen Rotton gehalten wie der ihrer Kleidung. Es gab Zimmerpflanzen, Sitzkissen, Tee und manchmal sogar Musik. Es war geradezu gemütlich. Ein inspirierender, ruhiger Ort, an dem wir lernten, unseren Geist wahr- und anzunehmen.

Der Raum der Aufspürer war wie der Mentor Cato selbst: Groß, farblos, irgendwie unheimlich, aber harmlos. Wir lernten dort, stiller, flinker und geschickter zu sein, als wir es von Grund auf waren.

Der Raum der Beschützer war kühl und hatte eine klare Struktur. Die Fenster standen immer offen, zu jeder Jahreszeit und bei jeder Witterung. In einer Ecke des Raums wurde hart körperlich trainiert, in einer anderen standen prall gefüllte Bücherregale und Stühle. Und dann gab es da noch einen großen Glaskasten, der etwa ein Drittel des Raumes einnahm und so groß war, dass mehrere erwachsene Menschen aufrecht darinstehen und sich bewegen konnten. Sie nannten es die Kammer, ich nannte es insgeheim einen Käfig. Quentin nutzte es, um die Gaben einzelner Schüler vor aller Augen zu drillen.

In der Mitte des Raums stand Quentin meist selbst und dirigierte seine Schüler. An diesem Tag hatte Merlias Quentins Platz eingenommen. Damien betrat den Raum als Letzter. Sein Blick war auf den Boden gerichtet, aber seine Körperhaltung verriet, dass er immer noch wütend war.

Die Mentoren gesellten sich zu ihren jeweiligen Schülern und Merlias faltete die Hände vor seinem Bauch, um mit einem geduldigen Lächeln darauf zu warten, dass die Unruhe im Raum sich legte. Als ihn schließlich alle schweigend, aber aufmerksam musterten, begann er mit sanfter Stimme zu sprechen.

»Nun. Es hat einen Grund, dass ihr hier seid. Der Schwarze Flügel ist nur der Anfang. Es gibt ein Dorf, etwa einen Tagesmarsch von hier entfernt, einen gefährlichen Tagesmarsch – denn der Weg dahin ist nicht ohne Gefahren.« Merlias blickte uns der Reihe nach an, als würde er unsere Reaktionen abwarten, dann fuhr er fort: »Im Dorf leben die Antari. Auch ihr werdet eines Tages zum Antari werden, dies ist das Ziel eurer Ausbildung, die ein Jahr andauern wird. Einige werden zu den Menschen zurückkehren und ein zurückgezogenes Leben in der gewöhnlichen Zivilisation leben. Sie werden ihre Gaben nicht mehr nutzen, sie verkümmern lassen und eines Tages ganz vergessen.«

Damien schnaubte verächtlich Luft durch die Nase.

»Nun, das ist der Lauf der Dinge.« Merlias hob seine Hände und bewegte sie wie eine pendelnde Waage hoch und herunter. »Alles hat sein Gleichgewicht und es passiert, was passieren soll. Darauf vertraue ich.« Er lächelte. »Einige Schüler bleiben uns als Lehrer erhalten oder stellen ihre Dienste anderweitig dem Schwarzen Flügel zur Verfügung. Wir brauchen immer wachsame Aufspürer, um die Neuankömmlinge in der Silvesternacht abzuholen und zu begleiten. Wir brauchen Heiler, um gesund zu bleiben, brauchen Beschützer, um sicher zu sein und brauchen Kämpfer, um unseren Mut zu wahren. Wir brauchen Zauberer, die sogenannten *Alba,* um in die Fußstapfen der Ältesten zu treten und die Schutzzauber aufrecht zu erhalten, die im Laufe der Zeit erschaffen wurden.«

Ich wandte mich zu Flynn um, der hinter mir stand. Ohne Merlias' Schutzzauber könnte er seine Flügel nicht verstecken. Flynn bedachte mich mit einem kurzen, ernsten Blick, bevor er mich an der Schulter wieder umdrehte, damit ich Merlias zuhörte.

»Ein Großteil aber wird zu den Antari gehen und dort ein wunderbares Leben führen«, fuhr Merlias mit einem Unterton in der Stimme fort, der an Feierlichkeit grenzte. »Ein Leben in Einklang von Natur und Magie. Meine Vorfahren haben das Dorf gegründet zu Zeiten, als die Hexenverfolgung noch an der Tagesordnung war. Sie stellten fest, dass es nahezu unmöglich war, dass Menschen und unsereins friedlich nebeneinander lebten. Und so sonderten sie sich ab. Aus Flucht und Selbstschutz heraus entstand eine schnell wachsende Gemeinde, in der sie wieder frei leben und so sein konnten, wie sie geboren wurden. Die ältesten Magier bildeten einen Schutzzauber, der sich um das Dorf legte wie eine unsichtbare Kuppel. Diese Kuppel«, Merlias legte die Fingerspitzen seiner beiden Hände so aufeinander, dass es aussah, als würde er einen Ball halten, »und ihr Inhalt sind für das normale menschliche Auge nicht sichtbar und für den normalen menschlichen Verstand nicht auffindbar. Mit den Jahren weitete sich der Schutzzauber aus, nahm Teile des Waldes mit ein und schließlich nach dessen Errichtung auch den Schwarzen Flügel. Der Zauber wird von Generation zu Generation weitergegeben und auf ewig beibehalten. Habt ihr euch nie gefragt, weshalb der Schwarze Flügel von Menschen nicht entdeckt wird? Dies ist der Grund. Dieser Teil des Waldes war, ist und bleibt nur für jene zugänglich, die von uns auserwählt wurden, sich unserem elitären, übersinnlichen Kreis anzuschließen.«

Merlias machte eine bedeutungsschwere Pause und ließ das Gesagte auf uns wirken. Er bemerkte, dass Damien die Hand hob, wartete aber eine ganze Weile, bis er ihn schließlich mit einem Nicken gewähren ließ.

»Wir haben also die Wahl, hier zu bleiben, in unser altes Leben zurückzukehren oder in dieses Dorf zu gehen, in dem wir uns dann gegenseitig die Haare flechten und Zaubertränke brauen werden, bis wir alt und grau sind«, fasste Damien grimmig zusammen.

Merlias lächelte.

»Nun, Damien, wie die Frisiertalente der Antari sind, wirst du selbst herausfinden müssen. Aber im Großen und Ganzen hast du Recht.«

»Ihr bereitet uns hier also tagtäglich auf einen Krieg vor, der nie stattfinden wird?«, fragte Damien.

»Nein.« Merlias schüttelte bedächtig den Kopf. »Aber wir wollen gewappnet sein. Die Antari haben früh damit angefangen, sich in Gruppen zu unterteilen. Eines Tages wird die Welt die Aufspürer brauchen, sie wird die Beschützer brauchen, die Heiler und die Kämpfer. Eines Tages wird die Welt dafür bereit sein. Die Menschen haben sich bereits verändert, sie sind offener geworden und neugieriger, aber bereit für uns sind sie noch nicht. Ihr müsst wissen, dass Menschen einen stark eingeschränkten Horizont haben. Sie haben nur fünf Sinne im Gegensatz zu uns. Wir besitzen ganze sechs. Ja, unsere Begabung ist sozusagen unser sechster Sinn. Das unterscheidet uns von ihnen. Aber unsere Zeit wird kommen.« Er lächelte Damien zu, und danach jedem einzelnen im Raum. »Wir haben noch viel vor mit euch bis zum Ende eurer Ausbildung. Ihr müsst vorbereitet werden auf das Leben im Dorf, und vor allem auf den Weg dahin. Wälder, die einem magischen Schutzzauber unterstehen, haben oft die Eigenschaft, selbst magisch zu werden – und gefährlich. Unser Wald birgt Geheimnisse. Geheimnisse, von denen ein gewöhnlicher Sterblicher nicht einmal zu träumen wagt. Das ist mit ein Grund, weshalb ihr den Waldpfad nicht verlassen dürft.« Merlias nickte bedeutungsschwer. »Ihr seid jetzt seit fast fünf Monaten ein Teil von uns und ihr habt euch unglaublich gut entwickelt, jeder einzelne von euch. Wir alle stehen voll und ganz hinter euch und werden euch unterstützen, ganz gleich, welche Entscheidung ihr auch treffen werdet.«

Merlias entließ uns nach einem Applaus, der allein uns galt. Wir waren in einer merkwürdigen Stimmung, aufgeregt und überwältigt zugleich. Tief in meinem Inneren hatte ich immer geahnt, dass der Schwarze Flügel nicht alles sein konnte. Dass es mehr geben musste, mehr solcher Orte, mehr Magie, mehr von uns. Doch welchen Weg ich letztendlich gehen würde, vermochte ich noch nicht mal ansatzweise zu sagen.

Wir hatten keine Zeit mehr, großartig miteinander über all das zu sprechen, denn der Unterricht stand bevor. Ich eilte in mein Zimmer, um meine Handschuhe für das Training zu holen und mir schnell die Zähne zu putzen. Um Zeit zu sparen, ließ ich die Zimmertür und auch die des Badezimmers offenstehen, was sich wenig später jedoch als fataler Fehler herausstellen sollte.

Ich spritzte mir gerade noch etwas kaltes Wasser ins Gesicht, als mein Blick auf mein Spiegelbild fiel. Erstaunt verharrte ich in meiner Bewegung und musterte mich von Kopf bis Fuß. Mein Körper hatte sich verändert. Ich schob mein T-Shirt ein Stück weit hoch und betrachtete meinen Oberkörper. Ich war immer schlank gewesen, aber jetzt zeichneten sich Muskeln auf meinem flachen Bauch ab, meine Beine waren straff, meine Arme muskulös und mein Po … anerkennend nickte ich meinem Spiegelbild zu. In diesem Körper steckten Unmengen an Arbeit, Schweiß und Tränen. Schnell zog ich mein T-Shirt wieder herunter, als plötzlich ein Pfiff erlang, gefolgt von einem johlenden Lachen.

»Nicht schlecht, nicht schlecht, Prinzessin!« Es war Damien. Offensichtlich hatte er auf dem Weg zum Unterricht einen Blick in mein Zimmer geworfen und mich entdeckt.

Schamesröte trat in mein Gesicht. Ich spürte sie heiß in meinen Wangen brennen.

»Na los, mach weiter! Ich werde dich nicht stören.« Leise schloss er die Tür hinter sich und kam mit vor der Brust verschränkten Armen näher, um mir den Ausweg zu versperren. Seine Stimme war ernst und hatte einen leisen, aber bedrohlichen Unterton. Abwartend lehnte er sich an die Badezimmertür. Damien war einen guten Kopf größer als ich, um Längen kräftiger und offensichtlich zu allem bereit. Sein grimmiger Gesichtsausdruck flößte mir Angst ein.

»Nein!« Instinktiv trat ich einen Schritt zurück, berührte aber mit meinem Rücken bereits das Waschbecken. Ich konnte hier nicht weg. Ich saß in der Falle.

»Zwing mich nicht, es ein weiteres Mal zu sagen«, flüsterte Damien. In seinen zu schmalen Schlitzen verengten, dunkelblauen Augen lagen Wut und Entschlossenheit.

»Zwing du mich lieber nicht, dir die Nase zu brechen«, entgegnete ich und ballte angriffsbereit die Fäuste, auch wenn ich mich in diesem Moment ganz und gar nicht mutig fühlte. Wo war meine Gabe, wenn ich sie brauchte? Ich versuchte es wieder und wieder, schaffte es aber partout nicht, mich zu fokussieren, um sie gegen ihn einzusetzen. Ich zitterte inzwischen am ganzen Körper.

»Zeig mir was«, befahl Damien. Er war nun so nah, dass ich seinen Atem auf meinem Gesicht spüren konnte. Seine Hand legte sich auf meine Schulter.

»NEIN!«, schrie ich, so laut ich konnte, und mit einer Kraft, die ich mir in diesem Augenblick gar nicht zugetraut hatte, schlug ich seine Hand weg, sodass er vor Schreck kurz taumelte. Für wenige Sekundenbruchteile war es so still, dass ich glaubte, er müsste mein Herz rasen hören. Damien war wie erstarrt. Mit weit aufgerissenen Augen sah er mich an. Schwer atmend erwiderte ich seinen Blick. Stille erfüllte den Raum. Doch dann verwandelte sich der Schreck in seinem Gesicht in unverhohlene Wut.

»Du kleine …«, begann er mit hochrotem Kopf.

Das Öffnen der Zimmertür, die dabei mit einem ohrenbetäubenden Knall an die Wand donnerte, unterbrach ihn.

Und plötzlich war Flynn da. Er musste meinen Schrei gehört haben. Mit einem gezielten Schlag streckte er Damien nieder.

»Geht es dir gut?«, fragt er mich.

Aber ich konnte ihm nicht antworten. Ich stand immer noch mit dem Rücken an das Waschbecken gepresst und mein Herz schlug mir nach wie vor bis zum Hals. Zitternd betrachtete ich den am Boden liegenden Damien, der bei Bewusstsein, aber offensichtlich verletzt war. Blut floss aus seiner Nase.

»Hat er dir wehgetan, Nilah?«, fragte Flynn.

Wie betäubt schüttelte ich den Kopf.

»Aber er wollte«, knurrte er.

Ich zuckte mit den Schultern. Ich wusste es nicht. Hatte er mir bloß Angst einjagen wollen, weil ich ihn im großen Saal vor versammelter Mannschaft vorgeführt hatte? Oder hätte er weitergemacht, wenn Flynn ihn nicht unterbrochen hätte? Ich schlang die Arme um meinen Körper. Plötzlich war mir kalt. Meine Gabe hatte mich im Stich gelassen. Was nutzte mir eine übersinnliche Fähigkeit, wenn ich sie nicht einsetzen konnte, während ich Angst verspürte?

Flynn ging in die Hocke, packte Damien am Kragen und riss ihn unsanft hoch. Am Boden hatte sich eine kleine Blutlache angesammelt. Damien schlug schützend die Hände vor sein Gesicht. Er schien völlig verängstigt zu sein. Nichts mehr erinnerte an den kräftigen, Angst einflößenden jungen Mann, der mich wenige Augenblicke zuvor noch bedroht hatte.

»Wenn du sie noch ein einziges Mal belästigst, berührst oder auch nur falsch ansiehst, werde ich dich töten«, raunte Flynn voller Zorn. »Nilah steht unter meinem persönlichen Schutz. Sprich sie nicht an, guck sie nicht an und vor allem fass sie nicht an!« Grob schubste er ihn aus dem Badezimmer. »Und jetzt sieh' zu, dass du so schnell wie möglich verschwindest, bevor ich mich ganz vergesse!«

Damien stürzte aus dem Zimmer, als ginge es um sein Leben. Flynn atmete einige Male mit geschlossenen Augen tief ein und wieder aus, als müsste er sich beruhigen. Dann zog er mich an sich. Es war komisch, aber seine Wärme, sein Herzschlag und sein Geruch beruhigten mich sofort. Zedernholz, Honig und Abenteuer. Ich schloss die Augen.

»Ich werde nicht zulassen, dass dir jemand wehtut«, versprach er. »Niemals.«

Ich atmete tief ein.

»Du hast mich gerettet.«

»Und eines Tages wirst du mich retten.« Er küsste mich sanft auf den Kopf, bevor er mich eine Armlänge von sich forthielt und besorgt musterte. Seine sonst so streng dreinblickenden, karamellbraunen Augen waren freundlich und voller Sorge. »Brauchst du heute eine Pause vom Unterricht?«

»Nein.« Ich rieb mir mit dem Handrücken die Tränen aus dem Gesicht. »Unterrichte mich, Flynn. Unterrichte mich härter als je zuvor.«

Es regnete in Strömen, als wir an diesem Abend unsere obligatorische Runde durch den Wald liefen. Kühler, erfrischender Frühlingsregen, der nach diesem warmen Tag die Luft klärte. Flynn hatte mir nicht zu viel versprochen, als er mir auf mein Drängen hin am Morgen ein härteres Training zugesagt hatte. Zum ersten Mal seit Wochen verspürte ich wieder Erschöpfung und sogar Schmerzen in meinen Muskeln.

Flynn lief schneller als sonst. Ich tat es ihm nach, während Makaio und Joaquin im wachsenden Abstand zu uns ihre gewohnte Geschwindigkeit beibehielten. Anfangs konnte ich noch gut mithalten, doch nach einer Weile ging mir bei dem ungewohnten Tempo und nach dem fordernden Training des Tages die Puste aus.

»Flynn, warte!«, verlangte ich keuchend.

Doch statt langsamer zu werden, beschleunigte er sogar noch und schlug einen Weg fernab unseres Pfades ein, den wir laut Schulregeln nicht verlassen durften. Ein mulmiges Gefühl wuchs in meinem Inneren. Ich vertraute Flynn, war aber unwillig, die Regeln zu brechen. Immer tiefer und tiefer lief er in den Wald hinein. Langsam bekam ich Seitenstiche. Der Regen hatte den Waldboden aufgewühlt. Es war schlammig und rutschig. Der Abstand zwischen Flynn und mir vergrößerte sich merklich. Jäh stolperte ich über eine Wurzel, schrie überrascht auf und fiel der Länge nach hin. Ein stechender Schmerz durchfuhr meinen rechten Knöchel.

Als Flynn bemerkte, dass ich ihm nicht mehr folgte, machte er sofort kehrt.

»Alles in Ordnung?« Besorgt kniete er sich neben mich.

Der Regen prasselte auf mich nieder. Ich zog mein Hosenbein ein wenig hoch. Der Knöchel blutete.

»Das sieht böse aus. Kannst du laufen?« Behutsam half Flynn mir auf.

Es tat weh, aber es war erträglich. Kritisch erfasste er meinen schmerzverzerrten Blick. Ich lehnte mich an ihn.

»Das ist wohl einfach nicht mein Tag heute«, versuchte ich zu scherzen, aber es klang eher frustriert.

»Ich werde dich tragen«, entschied Flynn kurzerhand.

»Auf gar keinen Fall.« Ich schüttelte den Kopf. »Ich kann selbst laufen.«

»*Ich* entscheide«, sagte Flynn streng. Er legte die Arme um meine Taille, im Inbegriff, mich einfach über seine Schulter zu werfen, ganz gleich, ob ich es wollte oder nicht. Für den Bruchteil einer Sekunde trafen sich unsere Blicke und er verharrte. Regentropfen rannen über sein Gesicht.

Lautlos glitten meine Handschuhe auf den Waldboden. Ich berührte sein Gesicht. Sanft ließ ich meine Finger über seine Bartstoppeln, seine Wangen und sein nasses, rotes Haar gleiten. Flynn ließ es wie erstarrt geschehen. Er schien überrumpelt, wich aber nicht zurück. Dann legte er seine Hand an meine Wange und fuhr mit dem Daumen die Konturen meiner Lippen nach.

»Die Sache ist die«, flüsterte er. »Du bist meine Schülerin. Du bist tollpatschig, hast deine Gabe nicht im Griff und kommst ständig zu spät zum Unterricht. Ich *will* dich eigentlich gar nicht mögen! Aber … aber ich tue es.« Er legte seine Hand in meinen Nacken und zog mich nah an sich heran, näher, als ich ihm je zuvor gewesen war. »Denn irgendetwas an dir hat irgendetwas in mir ausgelöst.«

Er küsste mich zärtlich auf die regennasse Stirn, auf die eine und anschließend auf die andere Wange. Sanft streifte er meine Lippen mit seinen, dann hob er mein Kinn an, blickte mir in die Augen und küsste mich, bis mir die Luft wegblieb, während der Mairegen auf uns niederprasselte.

Kapitel 9
BEFREITE BEGABUNG

Flynn, der seinen Arm um meine Hüfte geschlungen und mich seit dem Unfall im Wald nicht mehr losgelassen hatte – selbst als Makaio und Joaquin ihm angeboten hatten, mich zu stützen – führte mich in einen breiten, weiß gefliesten Gang. Diesen Teil des Gebäudes, der, wie ich den Türschildern entnahm, unter anderem aus einem Lehrerzimmer sowie den Schlafräumen der Mentoren bestand, hatte ich nie zuvor betreten. Nicht zuletzt, da es uns untersagt worden war.

Das Krankenzimmer erinnerte tatsächlich stark an einen Behandlungsraum im Krankenhaus, roch aber nicht nach Pflastern, Sterilität und Desinfektionsmitteln, sondern eher nach Kräutern und Salbeitee. Milla Grey, die uns bereits erwartet hatte, bat mich, auf der Liege Platz zu nehmen. Als ich mich setzte, deutete sie mir, dass ich mich hinlegen sollte. Das überlange, braune Haar hatte sie im Nacken zu einem Zopf geflochten, der ihr beinahe bis in die Kniekehlen reichte. Nach einem ersten Blick auf die Verletzung musterte sie mich kritisch über den Rand ihrer Brille hinweg. Ich sah zum ersten Mal, dass sie eine trug. Außerdem hatte sie einen offenen, weißen Kittel über ihren roten Anzug gezogen. Entschlossen drängte sie sich zwischen Flynn und mich, der daraufhin ein paar Schritte zurücktrat und die Arme ineinander verschränkte.

»Wie genau das passiert sein soll, Liebes?«, erkundigte sie sich mit ihrem russischen Akzent und ihrer dunklen Stimme, die mich jedes Mal wieder überraschte, da sie nicht zu ihrem Äußeren passte.

Makaio und Joaquin, die zum Schwarzen Flügel vorausgelaufen waren, hatten es ihr offenbar nicht detailliert genug erzählt. Also fasste ich den Unfall noch einmal zusammen, ohne sie dabei direkt anzusehen. Nur das Verlassen des Pfads und den Kuss, den ich immer noch auf meinen Lippen spürte, ließ ich aus.

»Verstehe.« Milla tupfte mit einem feuchten Tuch meinen Knöchel ab und entfernte das Blut, das daran klebte. Zurück blieb eine ziemlich blaue Schwellung. Behutsam tastete Milla den Knöchel ab. Ich biss mir auf die Lippen. Es war schmerzhafter, als ich im ersten Moment gedacht hatte.

»Du hast Glück, Knöchel ist nicht gebrochen. Aber ist verstaucht. Ich kann heilen, jedoch wird noch eine Weile wehtun.« Sie holte eine Tinktur aus dem Schrank, die nach Eukalyptus, Thymian und noch etwas roch, das ich nicht direkt erkannte. Vorsichtig umfasste sie meinen Knöchel mit beiden Händen und schloss die Augen.

Absolute Stille herrschte im Raum. Unsicher warf ich Flynn einen Blick zu, doch er nickte bloß beruhigend. Es dauerte nur wenige Sekunden, bis eine ungewöhnliche Hitze von Millas Händen in meinen Knöchel zu fließen schien. Je länger sie ihn hielt, umso heißer wurde es auf meiner Haut, und als ich gerade im Inbegriff war, sie zu unterbrechen, weil ich glaubte, es nicht mehr aushalten zu können, ließ sie los.

»So«, sagte sie nur, rieb meinen Knöchel mit wenigen gezielten Handgriffen mit der Tinktur ein und wickelte einen Verband drumherum. Einen grauen natürlich. Ich musste unwillkürlich lächeln.

Während Milla sich die Hände wusch, tauschten Flynn und ich verstohlen einen weiteren Blick miteinander. In seinen Augen lag immer noch Besorgnis. Nie hätte ich zu Beginn meiner Zeit im Schwarzen Flügel gedacht, dass ein Flynn Gideon auch nur ansatzweise etwas wie Mitleid empfinden könnte. Und nun sah er aus, als wenn er mir den Schmerz am liebsten nehmen würde. Ich lächelte ihm aufmunternd zu.

»Empfehle ich dir Quarkwickel, Eis und Ruhe. Du kannst teilnehmen an Unterricht, aber bitte ich dich: Schone dich!« Milla Grey überbetonte das »sch« und rollte das »r«. Und statt mich anzusehen, richtete sie ihre Worte an Flynn, der abwehrend die Hände hob.

»Natürlich! Sie bekommt von mir alle Zeit der Welt ... also ihr Knöchel. Ich meine ...« Er räusperte sich und setzte den strengen Blick auf, mit dem ich ihn kennengelernt hatte. Auch seine Stimme rutschte zwei Oktaven tiefer. »Ich meine, mir bleibt keine Wahl, richtig? Was bringt mir eine Kämpferin, die nicht kämpfen kann? Sie soll den Knöchel heilen lassen und darauf achten, dass so etwas nicht wieder passiert.« Er schüttelte den Kopf und fügte noch hinzu: »Tollpatschiges Ding!«

Ich biss mir auf die Zunge, um nicht laut loslachen zu müssen. Hoffentlich durchschaute Milla ihn nicht, er klang wirklich unglaubwürdig. Sie musterte ihn jedoch bloß kritisch von Kopf bis Fuß, dann nickte sie in Richtung Tür. Man könnte glatt den Eindruck gewinnen, sie würde nicht allzu viel von Flynn halten.

»Kannst du gehen. Ich möchte sprechen noch alleine mit Nilah.«

Flynn schien verwundert, tat aber wie befohlen und verließ ohne Weiteres den Raum. Verstohlen strich ich mir über die Lippen. Wann würde ich ihn zum zweiten Mal küssen? Ich sehnte es förmlich herbei.

Milla räumte betont langsam die Tinktur und die Verpackung des Verbands beiseite, während ich mich aufsetzte und zaghaft meinen Fuß hin- und herschaukelte. Es tat weh, der Schmerz war aber tatsächlich schon wesentlich erträglicher als vorhin. Ich konnte es kaum erwarten, Sadie von der Heilung zu erzählen. Eines Tages würde sie all das auch können.

»Nilah«, begann Milla mit dem Rücken zu mir, während sie mit einem Schwamm das Waschbecken auswusch. Ich hörte an ihrem Tonfall, dass es sich um etwas Ernstes handeln musste. »Dir schon ist bewusst, dass Verlassen des Pfads ist streng verboten?«

»Ich ... ich habe den Pfad nicht verlassen«, entgegnete ich verunsichert.

»Komm schon.« Milla wandte sich mir zu und beäugte mich erneut über den Rand ihrer Brille hinweg. »Musst du mir nichts vormachen, Liebes. Erstens«, sie erhob einen Finger, »du läufst Pfad seit fast halbem Jahr und kennst Pfad im Schlaf. Zweitens«, sie nahm einen zweiten Finger dazu, »über Waldboden von Pfad wachsen keine dicken Wurzeln, die *so* verletzen, wir wissen beide!«

Sie ging zurück zum Waschbecken und wrang den Schwamm aus. Ich schluckte. Schamesröte stieg mir in die Wangen. Ich wollte sie nicht anlügen. Ich verabscheute Lügen generell – aber die Wahrheit brachte ich ebenfalls nicht über meine Lippen. Welche Auswirkungen hätte das auf mich, auf meine Ausbildung, auf Flynn? Ich senkte den Blick und strich meine ohnehin schon faltenfreie Hose glatt.

»Keine Sorge, ich nicht vorhabe, dich zu melden oder zu strafen, Liebes.« Milla trocknete sich ausgiebig die Hände mit einem Papierhandtuch ab, warf es in den Mülleimer und sah mich mit besorgter Miene an, während sie sich die Brille mit dem Zeigefinger hoch auf den Nasenrücken schob. »Nur möchte ich, dass du aufpasst auf dich. Er ist zu wild. Zu unberechenbar. Birgt er viele dunkle Geheimnisse und würde nicht guttun dir.«

Ich war verwirrt.

»Sprechen wir noch über den Wald?«

»Sicher wir sprechen noch über Wald!«, nickte sie. »Nilah, du kannst nicht zähmen diesen … Wald. Du wärest nicht erste, die scheitert bei Versuch.«

»Ich habe nicht vor, ihn zu zähmen«, antwortete ich, ohne ihr in die Augen zu sehen. »Darf ich gehen?«

Die Situation wurde immer befremdlicher und unangenehmer. Unruhig rutschte ich auf der Liege hin und her. Milla nickte und wies mit einer weit ausholenden Geste auf die Tür.

»Natürlich. Geh. Aber versprich mir, passt du auf dich auf. Und bleibe auf deinem Pfad.«

»Danke für den Verband«, murmelte ich.

Mit gesenktem Blick humpelte ich so schnell wie irgend möglich aus dem Krankenzimmer und lief geradewegs Flynn in die Arme, der im Flur auf mich gewartet hatte.

»Alles in Ordnung?«, fragte er. »Was wollte sie von dir?«

»Sie hat mich bloß gewarnt«, lächelte ich unsicher.

»Vor mir?«

»Ich glaube schon.«

»Du solltest auf sie hören, Nilah.« Seine karamellbraunen Augen fixierten mich eindringlich. Ich konnte nicht sagen, ob er scherzte oder es ernst meinte.

Wie ein kleines Tier im Scheinwerferlicht starrte ich ihn an, völlig unfähig, den Blick von ihm abzuwenden oder auch nur einen einzigen klaren Gedanken zu fassen. *Großer Gott, Nilah,* dachte ich, während ich innerlich den Kopf über mein Verhalten schüttelte, *du bist ihm völlig verfallen.*

Er kam einen Schritt näher, hob mein Kinn an und betrachtete mich mit einem Ausdruck, den ich nicht einordnen konnte. War es Zuneigung? Nachdenklichkeit? Begierde? Oder etwas ganz und gar anderes? Er war undurchschaubar.

»Deine Augen haben sich schon wieder verändert«, murmelte er.

Schon wieder?

»Sie strahlen richtig.« Er schien sich geradezu darin zu verlieren. Seine Stimme war ganz leise. Plötzlich drückte er mich an die Wand und presste seine Lippen auf meine. Mir wurde heiß und kalt zugleich. Jeden Moment könnte jemand aus einem der Zimmer kommen oder den Gang betreten und uns entdecken.

»Flynn!« Ich schnappte nach Luft. Keuchend versuchte ich, ihn von mir zu schieben. »Hör auf! Wir müssen etwas … du weißt schon … etwas *diskreter* sein.«

»Du hast Recht.« Er ließ mich los und sofort bereute ich, was ich gesagt hatte.

Mit verschränkten Armen lehnte er sich an die gegenüberliegende Wand und betrachtete mich. Und ich betrachtete ihn. Kaum zu glauben, dass dieser Mann – dieser unnahbare, geheimnisvolle, attraktive Mann – mich geküsst hatte. *Mich*. Zweimal. Ich lächelte. Er lächelte zurück. Dann seufzte er und fuhr sich mit beiden Händen durch das volle rote Haar.

»Du siehst müde aus. Geh schlafen«, forderte er ruhig.

NEIN, schrie mein Innerstes.

»Ja«, sagte mein Mund. »Gute Nacht, Flynn.«

»Gute Nacht, Nilah.«

Ich humpelte aus dem Gang, und als ich mich an dessen Ende noch einmal kurz umblickte, stand er da und sah mir nach. Und an seinem Rücken prangten zwei wunderschöne schwarze Flügel. Mein Herz machte einen Satz. Ich durfte sie sehen. Er wollte, dass ich sie sehe. *Ich bin ihm wirklich verfallen*, dachte ich und schluckte, *verfallen mit Haut und Haar.*

Der Schmerz hielt sich noch eine Weile, doch er war schwach und nur unterschwellig existent, sodass ich schnell wieder leistungsfähig war. Als eine Woche später der erste Junitag mit klarem, blauem Himmel und strahlendem Sonnenschein heranbrach, war mein Knöchel wieder so belastbar, dass ich genau wie meine Klassenkameraden am Unterricht teilnehmen konnte. Es war einer jener Tage, an denen wir alle gemeinsam trainierten, dieses Mal in Raum der Kämpfer, unserem eigenen Klassenraum. Flynn stand zwischen Merlias und Quentin und unterhielt sich mit ihnen. Heimlich musterte ich ihn und lief sofort rot an, als er meinen Blick bemerke. Ich konnte kaum fassen, dass uns bisher noch niemand auf die Schliche gekommen war, denn es war für mich kaum vorstellbar, dass die anderen das Knistern zwischen uns nicht spürten. Sadie, die sich neben mir aufwärmte, versetzte mir einen Stoß gegen die Schulter.

»Hey, was ist los mit dir?«, kicherte sie. »Von wem träumst du?«

»Oh, ich … nein … du spinnst ja.« Ich wurde noch röter und dehnte übertrieben lange meine Beine und Arme.

Ich hatte ihr immer noch nicht gesagt, wer es war, für den ich Gefühle hegte, und ich hatte nicht vor, es in näherer Zeit zu tun. Weder wollte ich sie in die Sache mit hineinziehen noch konnte ich mir vorstellen, dass sie es gutheißen würde. Sie mochte Flynn nicht, hielt ihn für einen egoistischen Menschenhasser und hatte mir sogar einmal verraten, dass sie sich vor ihm fürchtete.

»Nun«, läutete Merlias den Beginn der Unterrichtsstunde ein. »Wir beginnen traditionell mit einer Runde Kämpfer gegen Beschützer.«

»Ich schicke Liron auf die Matte«, entschied Quentin.

Liron war ein stiller Typ und mir bisher wenig aufgefallen. Er hielt sich meist zurück, war mit seinen Leistungen weder einer der besten noch einer der schlechteren und man traf ihn ausschließlich in Gesellschaft seines Zimmergenossen Piet an. Insgeheim nannte ich ihn immer noch den Footballspieler, da er am Tag unsere Ankunft ein Footballshirt getragen und wirklich breite Schultern hatte. Sein hellblondes Haar war gewachsen in den letzten Monaten und er hatte damit begonnen, es zum Zopf zurückzubinden. *Wäre Emma hier, würde sie sich sofort in ihn verlieben,* dachte ich. Er war genau ihr Typ. Er grinste kurz in die Runde und stellte sich dann abwartend auf die Matte. Ich wandte mich an Flynn. Wie gerne ich als Erste kämpfen würde.

»Makaio«, ordnete er an und ignorierte meinen Blick.

Etwas frustriert sah ich dem zarten Hawaiianer und dem blonden, blauäugigen Footballspieler dabei zu, wie sie auf der Matte miteinander rangen. Mir kribbelte es geradezu in den Fingern. Flehend suchte ich Flynns Blick, nachdem Makaio knapp gewonnen hatte, was bedeutete, dass wir in einer zweiten Runde gegen eine andere Klasse antreten durften. Flynn räusperte sich.

»Joaquin«, sagte er.

»Piet«, sagte Milla.

Ich biss mir auf die Zunge. Wieso ließ er mich nicht kämpfen? Ich war besser als Joaquin, auch besser als Makaio, und das selbst mit meinem immer noch minimal schmerzenden Knöchel. Als Joaquin gewann und Flynn Makaio ein zweites Mal einsetzte, dieses Mal gegen Mo aus der Aufspürerklasse, konnte ich ein frustriertes Aufseufzen nicht unterdrücken. Flynn ignorierte es, aber Merlias bedachte mich mit einem aufmerksamen Lächeln.

»Nun, Flynn, mir scheint, du hast da noch eine Schülerin, die es kaum erwarten kann, uns ihr Können zu zeigen«, sagte er so laut, dass Makaio und Mo innehielten und sich ihm alle Köpfe zuwandten.

»Sie ist verletzt«, antwortete Flynn knapp.

»Sie war verletzt.« Merlias lächelte entwaffnend. »*Kannst* du kämpfen, Nilah?«

»Natürlich!« Ich nickte entschlossen.

Flynn schnaubte, Merlias lächelte.

»*Möchtest* du kämpfen?«, fuhr er unbeirrbar fort.

Ich nickte erneut.

»Dann *darfst* du kämpfen. Wähle einen Gegner und zeige, was du zeigen willst.«

Dankbar trat ich einen Schritt vor und betrachtete die anderen Schüler der Reihe nach. Die letzten Monate hatten mich nicht nur härter und sportlicher gemacht, ich war inzwischen geradezu besessen davon, mich mit anderen zu messen. Jeder Sieg machte mich ein klein wenig stärker. Ich musterte Joaquin und Makaio. Gegen sie kämpfte ich täglich, das disqualifizierte sie sofort. Dina war durchschaubar und relativ langsam, Sadie zaghaft, Piet zu impulsiv, Mo leicht ablenkbar und unkonzentriert und Liron zu hölzern in seinen Bewegungen. Sie alle waren gut und verbesserten ihre Techniken Tag für Tag, doch mir war nach einem echten Gegner zumute, nach einer wahren Herausforderung.

Plötzlich kam mir eine Idee in den Sinn. Ich hob die Hand und zeigte auf Damien, der just die Luft anhielt. Im Augenwinkel sah ich, wie Flynn die Fäuste ballte.

»Vergiss es«, formte er mit den Lippen, als ich seinen Blick suchte.

Doch ich hatte keine Lust, ihm zu gehorchen. Und Merlias, der nichts von dem Vorfall im Badezimmer wusste, da ich beschlossen hatte, dass die Todesdrohung von Flynn Strafe genug war, klatschte in die Hände.

»So machen wir es. Nilah, die Kämpferin, gegen Damien, den Beschützer. Möge der oder die Bessere gewinnen«, verkündete er.

Unsicher traten wir vor und stellten uns auf der Matte gegenüber voneinander auf. Damien schwitzte. Dicke Tropfen prallten von seiner Stirn und tropften auf sein schwarzes T-Shirt. Er schwitzte, ohne einen Finger gerührt zu haben. Aus Angst. Irgendwie löste diese Tatsache ein Gefühl der Genugtuung in mir aus, wenn auch seine Angst eher Flynn galt als mir.

Damien hatte sich seit dem Vorfall von mir ferngehalten, jeglichen Blickkontakt vermieden und sich bei den Mahlzeiten im großen Saal so weit von Flynn entfernt gesetzt wie irgend möglich. Er schien verängstigt, beschämt, geradezu gebrochen. Ein Schatten seiner selbst. Seine Nase war blauer als mein verheilender Knöchel. Er sah aus wie ein eingeschüchterter kleiner Schuljunge und beinahe tat er mir leid. Aber nur beinahe.

Mit einer zügigen, fließenden Bewegung, mit der er nicht gerechnet hatte, zog ich ihm das Bein weg, ergriff seinen Arm, ließ ihn stürzen und begrub ihn unter mir auf der Matte.

»Damien!«, stöhnte Quentin ungläubig.

Ich spürte Flynns Blick auf mir brennen, ohne ihn zu sehen. Für ihn musste es die reinste Qual sein, sich nichts anmerken zu lassen oder gar einzugreifen. Aber ich musste ihn ausblenden, um mich voll und ganz auf meinen Gegner konzentrieren zu können.

Halbherzig versuchte Damien, mich von sich zu schieben, ohne mich dabei mehr als nötig zu berühren. Quentin, der von seinem Schüler weitaus Besseres gewohnt war, schnaubte verächtlich.

»Sie hypnotisiert ihn doch!«, behauptete er.

Noch nicht, Quentin, dachte ich mir, *noch nicht.*

Dann näherte ich mich Damiens Gesicht, sodass er mich direkt ansehen musste. Ohne ein Wort zu sagen, starrten wir einander an, er mit weit aufgerissenen, ängstlichen Augen, ich mit entschlossenen. Dieses Mal hatte ich keine Angst. Dieses Mal war ich die Überlegene. Mehr noch als überlegen. Das warme, überwältigende und mir inzwischen wohlbekannte Gefühl meiner Gabe strömte durch meine Venen und Arterien und in jede noch so kleine Faser meines Körpers hinein. Ich hatte bereits darauf gewartet. Mein Griff um Damiens Arme wurde fester, mein Blick klarer und mein Atem ruhiger. Es war gerade so, als würde ich mich in eine stärkere, wachere und härtere Form meines Selbst verwandeln. In mir war kein Platz mehr für Schwäche, kein Platz mehr für Angst, Scham oder Unsicherheit. Ich bestand nur noch aus Entschlossenheit, Kraft und überwältigender Überlegenheit.

Ich ging noch ein wenig näher heran, so nah, dass unsere Nasenspitzen sich beinahe berührten. Alles um uns herum – der Raum, die Mentoren, die anderen Schüler – verschwammen zu einer grauen Masse.

Hörst du mich, Damien? Ich wusste, dass er es tat, obwohl die Worte nicht aus meinem Mund kamen, sondern sich aus meinem Kopf direkt in den seinen pflanzten. *Sag mir die Wahrheit, jetzt, hier und heute! Was hättest du getan, wenn Flynn nicht gekommen wäre? Was hättest du getan, Damien?*

Damien keuchte. Tief in meinem Inneren wusste ich, dass ich meinen Griff etwas lockern sollte, doch ich tat es nicht. Im Gegenteil – ich drückte sogar noch fester zu. Das Gefühl der Macht war dominanter als das der Gerechtigkeit.

»Ich wollte dir nicht wehtun«, brachte mein Gegner schmerzerfüllt hervor. Seine Stimme war heiser und klang erstickt. »Ich wollte dir nur Angst einjagen. Ich *schwöre* es.«

Er sagte die Wahrheit. Er war gar nicht imstande dazu, mich anzulügen. Er unterlag völlig meiner Kontrolle. Ich hätte ihm befehlen können, aus dem Fenster zu springen und er hätte es getan – ohne Willen, ohne Verstand, ohne Gegenwehr. Ich triumphierte innerlich. Ich hatte nicht vor, es zu tun, aber das Wissen, dass es möglich wäre, überwältigte mich. Ich war auf eine paradoxe Art und Weise euphorisch und zornig zugleich.

»Verzeih mir«, wimmerte Damien.

Ihm traten Tränen in die Augen. Tränen. Ich versuchte, mich zusammenzureißen.

Ich verzeihe dir, Damien. Aber du wirst das niemals wieder tun.

»Ich schwöre es bei meinem Leben! Es tut mir so leid. Ich werde es wiedergutmachen. Irgendwann und irgendwie werde ich es wiedergutmachen, Nilah!«

Ich glaube dir. Du hast mir meine Angst nun genommen. Der Fairness halber werde ich dir auch deine nehmen.

Es war ganz einfach. Ich wusste instinktiv, was zu tun war, obwohl ich zuvor nicht einmal ansatzweise gewusst hatte, dass ich es konnte. Es war fast so, als würde sein Kopf und all dessen Inhalt – bestehend aus Emotionen, Erinnerungen, Träumen und Gedanken – ein Regal voller Schubladen sein. Und die Angst, die Flynn ihm eingepflanzt hatte, leuchtete förmlich. Ich nahm sie und zerriss sie, bis sie zu Staub zerfiel. Er würde weiterhin wissen, was geschehen war. Er würde Scham empfinden und Schuld, wenn er daran denken würde. Respekt, wenn er Flynn gegenübertrat. Aber keine Angst mehr. Er hatte genug gelitten.

In diesem Moment endete das Gefühl der Wärme und der Übermacht und Damien befreite sich aus meinem schlaff gewordenen Griff. Triumphierend drückte er mich auf die Matte. Kurz nickten wir einander zu. Wie Klassenkameraden, wie Gefährten. Dann erschien Flynn und riss ihn hoch.

»Runter von ihr«, knurrte er.

»Entspann dich, Bruder, es ist nichts passiert.« Quentin half seinem Schüler auf und funkelte Flynn mit seinen eisblauen Augen an. »Was stimmt denn nicht mit dir?!«

Flynn schloss kurz die Augen und atmete tief ein und wieder aus, ohne in irgendeiner Art und Weise auf Quentin zu reagieren. Als er die Augen wieder öffnete, war er kühl, beherrscht und bestimmend wie immer.

Ich zitterte. Das Einsetzen meiner Gabe raubte mir Kraft. Ich fühlte mich ausgelaugt und ein wenig schwindlig, hätte dies jedoch niemals zugegeben. Flynn schien geradezu darauf zu warten, dass ich Schwäche zeigte. So konzentriert wie möglich wandte ich mich wieder dem Unterricht zu, der im Hintergrund längst weiterhin stattfand, als wäre nichts geschehen.

Quentin und Flynn zeigten uns einige neue Techniken, und ich durfte sie nach Makaio und Joaquin an Flynn ausprobieren. Doch ich spürte, dass er nicht alles gab. Er schonte mich und ließ mich gewinnen, was frustrierend war, denn ich fühlte mich trotz Erschöpfung und leicht schmerzendem Knöchel motiviert, einsatzbereit und nicht herausgefordert.

Nach dem Kampf stand plötzlich Quentin an der Matte und reichte mir seine Hand. Überrascht ließ ich mir von ihm aufhelfen.

»Hey, Zauberauge. Lust, es mit einem richtigen Gegner aufzunehmen?« Seine stahlblauen Augen blitzten unternehmungslustig auf.

Ich zögerte. Ich war bisher sehr selten gegen Quentin angetreten, nur ganz zu Beginn der Ausbildung einige Male und dabei hatte er mich stets innerhalb weniger

Sekunden besiegt. Er war schnell und erbarmungslos, und es verunsicherte mich, dass ich ihn nicht richtig einschätzen konnte. Die alte Nilah hätte sich einschüchtern lassen, doch die neue Nilah willigte ein.

Während Flynn den Schülern der Heilerklasse und der Aufspürerklasse die Techniken erneut zeigte, traten Quentin und ich unter den wachsamen Augen von Merlias auf die Matte. Quentin zögerte nicht lange und griff mit einem Fausthieb in meine Richtung sofort an. Im letzten Augenblick wehrte ich ihn mit einem hohen Tritt ab. Mit zusammengekniffenen Augen fixierten wir einander. Ich versuchte, sein Bein wegzutreten, um ihn stürzen zu lassen, doch er wandte sich gekonnt um mich herum und versetzte mir mit der flachen Hand einen Schlag auf mein Schlüsselbein, von dem mir die Luft wegblieb.

Ich biss mir auf die Lippen. Es war anders, gegen ihn zu kämpfen als gegen Flynn. Die beiden waren grundverschieden. Flynn war stark und durch jahreslanges Training ein geübter Kämpfer, aber er achtete immer darauf, uns nur festzuhalten und nicht zu verletzen. Quentin war siegesfixierter und kämpfte ohne Rücksicht auf Verluste. Man musste aufpassen, um nicht verletzt zu werden.

»Na, Zauberauge«, säuselte er belustigt, als ich ihm wieder nur um Haaresbreite ausweichen konnte. »Gar nicht mal so mutig, wenn dein dummer Fuchs dir nicht zur Hilfe eilt, was?!«

Seine Respektlosigkeit mir und vor allem Flynn gegenüber machte mich zornig. Ein heißes Gefühl der Wut und der Überlegenheit überrollte mich. Als Quentin einen weiteren heftigen Hieb in meine Richtung austeilte, ließ ich ihn mitten in der Bewegung erstarren.

Du hältst dich für den besseren Bruder und für den besseren Mentor, nicht wahr? Wütend machte ich einen Schritt auf ihn zu und er tat einen zurück. Seine eisblauen Augen waren weit aufgerissen vor Schreck. *Überraschung, Quentin, das bist du nicht! Du schaffst es nicht, dass ich mich klein fühle. Niemand von euch schafft das! Du willst jemanden schlagen?*

Im Zeitlupentempo führte er die zum Schlag erhobene Hand an sein eigenes Kinn.

»Nilah, hör auf«, hörte ich Flynns Stimme plötzlich aus der Ferne zu mir vordringen. Er klang streng, aber ich dachte gar nicht daran, ihm zu gehorchen. Diese Sache zwischen Quentin und mir ging ihn nichts an.

Schlag zu, Quentin!

Wie ein Gummiband zischte sein Arm los und er schlug sich selbst mit der Faust ins Gesicht. Dann zog er sie im Zeitlupentempo wieder zurück und verharrte erneut mit seinem Arm in der Luft.

»NILAH TARO, HÖR SOFORT AUF!«, brüllte Flynn durch den gesamten Raum.

Quentins Hand schnellte erneut in sein Gesicht, dieses Mal traf sie das Jochbein.

Gerade wollte ich ihm befehlen, es ein drittes Mal zu tun, als mich jemand an der Schulter packte und grob von der Matte zog. Ich stürzte. Das Gefühl, das das Hervortreten meiner Gabe in mir ausgelöst hatte, verschwand. Stattdessen erfüllte ein scharfer Schmerz meinen verletzten Knöchel.

Nach Luft ringend kauerte ich am Boden. Wieder wurde ich an den Schultern gepackt. Jemand stellte mich auf meine Füße, aber alles schien sich zu drehen. Ich fühlte mich, als hätte mich jemand aus der Tiefschlafphase gerissen. Betäubt und desorientiert. Jemand schüttelte mich. Wie durch einen Nebelschleier erkannte ich, dass es Flynn war.

»Raus hier, Nilah«, herrschte er mich an.

»Flynn, ich … es tut mir leid, ich wollte wirklich nicht …«

»GEH! RAUS!«, knurrte er und schob mich aus dem Raum, vorbei an meinen Mitschülern, die mich mit erschrockenen Gesichtern anstarrten. Flynn knallte die Tür hinter mir zu.

Plötzlich war ich allein. Mit letzter Kraft humpelte ich in mein und Sadies Zimmer und sank auf den Boden. Ich zitterte am ganzen Körper. Wo war diese Wut hergekommen? Dieses Gefühl, Quentin verletzen zu wollen? Ich war verärgert gewesen über seine Worte, ja, aber ich hatte ihm zu keiner Sekunde wehtun wollen. Mit Tränen in den Augen blickte ich auf meine Hände. Sie zitterten und waren immer noch zu Fäusten geballt, die ich nur unter Schmerzen zu öffnen vermochte.

Ich hätte nicht sagen können, wie lange ich so dasaß, ohne mich zu rühren. Minuten, Stunden, einen halben Tag – ich hatte keinerlei Zeitgefühl mehr. Irgendwann rappelte ich mich auf, duschte und zog mir einen frischen Anzug an. Während ich meine nassen Haare ausbürstete und sie zum Zopf hochband, betrachtete ich mich feindselig im Spiegel.

Was war bloß aus mir geworden? Als ich hergekommen war, war ich traurig gewesen, verschlossen und schüchtern. Nicht nur mein Äußeres hatte sich verändert in den letzten Monaten, auch mein Inneres schien sich gewandelt zu haben. Mit Missbehagen erinnerte ich mich an die Gefühle, die ich verspürte, wenn ich zuließ, dass die Gabe Besitz von mir ergriff. Macht, Überlegenheit, Wut – und alles war mir gänzlich egal gewesen. Wenn Flynn mich nicht unterbrochen hätte … ich traute mich kaum, den Gedanken zu Ende zu denken. Was Merlias wohl nun von mir dachte? Er hatte immer viel von mir und meinem Können gehalten, doch wie würde es nun aussehen? Sicher würden sie mich fortschicken. Ich stellte eine Gefahr für alle anderen dar, eine Gefahr für mich selbst.

Meine Augen funkelten mich in einem tiefen, intensiven Olivgrün an. Ich hatte das Gefühl, eine Fremde zu betrachten.

Erschrocken fuhr ich zusammen, als es an der Tür klopfte.

»Herein«, rief ich zaghaft und humpelte aus dem Badezimmer heraus. Mein Knöchel schmerzte wieder mehr als in den letzten Tagen.

Die Klinke senkte sich und nacheinander traten Sadie und Flynn ein. Während Sadie bei meinem Anblick sofort auf mich zukam und mich tröstend in die Arme schloss, blieb Flynn mit versteinerter Miene an der Tür stehen.

»Danke«, murmelte ich an Sadies Schulter.

»Wofür denn?«, beruhigend strich sie mir über den Rücken.

»Dafür, dass du keine Angst vor mir hast.«

Sadie lachte.

»Niemals«, versprach sie mir und drückte mich noch ein wenig fester an sich. Erst als Flynn sich vernehmlich räusperte, ließ sie mich los.

»Du musst mitkommen, Nilah. Wir müssen miteinander sprechen«, sagte er. Die Kälte in seiner Stimme ließ mich erschaudern. Was, wenn er jetzt nichts mehr von mir wissen wollte? Wenn er mich für rachsüchtig hielt, für bösartig, für einen Freak? Wenn er mich im Auftrag von Merlias holte, um mir mitzuteilen, dass ich gehen musste?

»Wartet!« Sadie stellte sich uns in den Weg. Entschlossen nahm sie meine Handgelenke in ihre Hände, schloss die Augen und schickte mir ein wenig ihrer Energie, woraufhin ich mich sofort wacher und fitter fühlte.

»Danke«, wiederholte ich leise.

Sadie nickte mir bloß knapp zu, ihre Augen waren zu engen Schlitzen verengt und auf Flynn gerichtet.

»Sei nicht zu streng mit ihr!«, verlangte sie gewagt.

Flynn betrachtete sie, als wäre es unter seiner Würde, sich von ihr ansprechen zu lassen.

»Das lass mal meine Sorge sein«, sagte er herablassend.

Erstaunt blickte ich mich nach Sadie um, als wir das Zimmer verließen. Das musste sie eine ungeheure Überwindung gekostet haben. Ich wusste nur zu gut, wie viel Respekt sie vor Flynn hatte.

Ohne ein Wort mit mir zu wechseln, führte mein Mentor mich zum Raum der Kämpfer. Zuerst hatte ich Angst, dass er mich zurück in den laufenden Unterricht bringen würde, doch der Raum war im Gegensatz zu vorhin leer. Auch von Merlias war weit und breit nichts zu sehen. Irritiert blickte ich mich um. Flynn, der immer noch nicht mit mir sprach, verschloss die Tür von innen. So sehr ich mir auch gewünscht hatte, mit ihm allein zu sein, so unwohl fühlte ich mich in Anbetracht der Umstände, die dazu geführt hatten.

»Wie lautet Regel Nummer drei?«, fragte er streng aus dem Nichts heraus.

»Ich weiß es nicht«, antwortete ich wahrheitsgemäß.

»Regel Nummer drei lautet: Gehorche deinem Mentor!«

»Ja okay. Kann sein.« Ich zuckte mit den Schultern.

»Das bedeutet: *Du* widersetzt dich *mir* nicht!« Er legte die Hände auf meine Schultern und für einen Moment dachte ich, er wolle mich schütteln, doch dann sah er mich bloß eindringlich an. »Du hast mir heute im Unterricht mehrfach nicht gehorcht. Das ist inakzeptabel.« Seine Stimme war beherrscht, aber ich hörte dennoch heraus, dass er wahnsinnig wütend war. »Du hast heute eine Grenze überschritten. Mir und allen anderen gegenüber, die am Unterricht teilgenommen haben.«

»Das mit Quentin …«, setzte ich an.

»… wäre nicht passiert, wenn du auf mich gehört hättest!«, beendete er meinen Satz scharf. »Also noch einmal: Du widersetzt dich mir nicht!«

»Flynn, ich dachte bloß …«

»Du bist immer noch meine Schülerin! Und wenn ich dich unterrichte, dann verhältst du dich gefälligst auch so! Verstanden?«

»Flynn, ich …«

»VERSTANDEN?«

»Verstanden. War das alles, *Mentor Gideon?*« Ich wollte mich an ihm vorbeidrängend, doch er griff nach meinem Handgelenk und hielt mich fest.

»Nilah, du verstehst es nicht. Alles, was ich tue, geschieht zu deinem Schutz. Zum Schutz all meiner Schüler! Ich unterrichte hier seit vielen Jahren, ich weiß, was zu tun ist und was nicht. Nur wenn du auf mich hörst, kann ich aus dir die Kämpferin formen, die du sein kannst. Dir bleibt nichts anderes übrig, als mir zu vertrauen. Und wenn ich dir beispielsweise verbiete, gegen eine bestimmte Person anzutreten…«

»…hat das rein gar nichts mit unserer Lehrer-Schüler-Beziehung zu tun«, fiel ich ihm ins Wort. »Du musst mich nicht wie ein rohes Ei behandeln, Flynn. Meinst du, mir wäre nicht aufgefallen, dass du mich im Zweikampf geschont hast? Du verhältst dich, als wäre ich schwach und zerbrechlich. Mach die Augen auf – das bin ich nicht! Nicht mehr!«

Flynn schien sich ertappt zu fühlen. Mit der einen Hand hielt er mich weiterhin fest, damit ich ihm nicht davonlief, mit der anderen fuhr er sich durch das Haar und lächelte verlegen. Dieses Lächeln! Sofort war meine Wut auf ihn verpufft und das Bedürfnis, mich an ihn zu schmiegen, erwachte in mir. Wie gern hätte ich mich an seine Brust gelehnt, seinen Geruch eingeatmet und mich von ihm küssen lassen, um die letzten Stunden zu vergessen. Doch er hielt mich auf Abstand.

»Du musst morgen früh mit Merlias sprechen. Er erwartet dich eine halbe Stunde vor dem Frühstück im großen Saal«, sagte Flynn. Seine Stimme war schon deutlich weicher geworden, sein Blick besänftigend.

»Wird er mich fortschicken?«

»Nein, ich glaube nicht.«

»Okay.«

»Und du solltest dich bei Quentin entschuldigen, er kann fürchterlich nachtragend sein.«

»Das werde ich.«

»Und ab sofort, Fräulein Taro, hören Sie gefälligst auf Ihren Mentor!«, verlangte Flynn mit einem neckischen Aufblitzen in den Augen. Sofort wurde er wieder ernst. »Denn ich glaube nicht, dass der Schwarze Flügel einen weiteren Zwischenfall dieser Art gutheißen wird. Du musst aufpassen, Nilah. Deine Gabe ist kein Spielzeug. Aber wenn du fortan auf mich hörst, können wir es schaffen, sie zu zügeln.«

»Unter einer Bedingung.« Ich legte meine Hand auf seine, die mich immer noch festhielt. »Ich will nicht mehr geschont und betüdelt werden von dir.«

»Betüdelt?«, wiederholte Flynn amüsiert.

»Ich meine es ernst, Flynn! Ich bin deine stärkste Schülerin! Also behandle mich auch so!«

Flynn zuckte mit den Schultern.

»Ich werde sehen, was sich machen lässt.« Er ließ mein Handgelenk los, umfasste mein Gesicht mit beiden Händen und küsste mich zärtlich.

Mir wurde ganz schwindlig.

»Wir werden einen Weg finden«, flüsterte er. »So wie wir den Weg zueinander gefunden haben. Denn du, Nilah Taro, – und das sage ich, obwohl du nach wie vor tollpatschig, unpünktlich und stur bist und mich wahnsinnig machst – du warst immer dazu bestimmt, mein Mädchen zu sein.«

Kapitel 10
VON VERÄNDERUNG, SCHWÄCHE UND VEREINIGUNG

Der große Saal war leer, die Tafel noch lange nicht aufgedeckt und eine harmonische, morgendliche Stille lag in der Luft. Ich war – in der Hoffnung, dass er bereits Zeit für mich hatte – viel früher als vereinbart zum Gespräch mit Merlias aufgebrochen, nachdem ich mich im Bett stundenlang von der einen Seite auf die andere gewälzt und keinen Schlaf gefunden hatte. Die Ungewissheit, welche Folgen der Vorfall am Vortag für mich haben würde, machte mich verrückt.

Ich stand auf der obersten Stufe der schwarzen Marmortreppe und wollte gerade hinabsteigen, als sich laut knarrend die Eingangstür öffnete und Merlias und Flynn eintraten. Instinktiv huschte ich hinter einen der beiden Pfeiler, die am Kopf der Treppe standen.

»Sie ist noch nicht bereit für das Dorf«, sagte Flynn gerade. Er klang aufgebracht.

»Sie IST bereit.« Merlias' Stimme war butterweich wie immer. »Du musst damit aufhören, sie vor allem beschützen zu wollen. Du willst ihr helfen, das weiß ich – aber du bremst sie aus. Im Dorf hätte sie weitaus bessere und weitreichendere Möglichkeiten, zu lernen und sich zu entfalten.«

Mein Herz setzte einen Schlag lang aus. Merlias wollte mich fortschicken! Ich hatte es geahnt.

»Lass sie los, nur ein wenig«, fuhr Merlias besänftigend fort. »Lass sie kämpfen, lass sie verlieren, lass sie neu anfangen, lass sie fallen und wieder aufstehen. Sie wird nichts davon je können, wenn du immer deine Hand über sie hältst. Nilah Taro ist weitaus stärker und mutiger als du zu glauben scheinst.«

»Sie ist MEINE Schülerin und ICH entscheide«, entgegnete Flynn. Es klang, als würde er keine Widerrede dulden.

»Du kannst sie nicht mit den anderen Schülern vergleichen. Nilah ist nicht wie die anderen Schüler.« Merlias seufzte. »Du hast deine Objektivität verloren, mein Sohn. Wir müssen unparteiisch sein!«

Vorsichtig lugte ich hinter dem Pfeiler hervor. Sie standen nahe der großen Tafel, Flynn mit angespannter Körperhaltung, Merlias im Kontrast dazu entspannt und lächelnd.

»Verstehst du es nicht, alter Mann, oder willst du es nicht verstehen?« Flynn raufte sich die Haare, bis sie wild in alle Richtungen abstanden. »Ich *kann* nicht unparteiisch sein! Nicht, wenn es um sie geht. Ich will, dass sie sicher ist!«

»Und in deiner Nähe«, ergänzte Merlias sanft.

»Ja.« Alle Aufregung schien von Flynn abzufallen. Mit herabsackenden Schultern stand er vor seinem Ziehvater. Merlias schwieg. Flynn schwieg. Ich schwieg ebenfalls und hielt den Atem an, damit sie meine Anwesenheit nicht bemerkten.

»Nun. Ich werde dir eine Chance geben. Genau eine.« Merlias klang entschlossen, aber dennoch liebevoll. »Aber das wird für Nilah Veränderungen bedeuten. Ich weiß, wie stark das Band zwischen euch ist und ich will genauso wenig wie du, dass es Risse bekommt. Aber bedenke immer, dass es nicht nur sie gibt.«

Ich konnte kaum glauben, was ich da hörte. Wie meinte er das?

»Wie meinst du das?«, fragte auch Flynn, der von Merlias' direkten Worten ebenfalls überrumpelt schien.

»Nun. Ich dulde diese Beziehung. Ich schätze Nilah sehr. Aber unsere anderen Schüler auch.« Merlias legte seinem Sohn eine Hand auf die Schulter. »Der Anteil, den Nilah in deinem Leben einnimmt, muss in Balance mit den Anteilen sein, die dich als Lehrer und als Kämpfer ausmachen. Stell dir vor, wir behalten sie hier und tun, als wäre nichts geschehen, weil du sie nicht gehen lassen kannst – und dann passiert wieder etwas. Vielleicht etwas Schlimmeres. Verstehst du, was ich meine? Du darfst nicht blind handeln aus Liebe. Bleib achtsam. Bleib wachsam.«

Liebe? Mir wurde ganz flau im Magen. Merlias glaubte, Flynn liebte mich?

Merlias räusperte sich.

»Diese Balance ist überlebenswichtig, mein Sohn. Du weißt, was ich immer sage … Was passieren soll, wird passieren. Darauf vertraue ich. Und wenn es so sein soll, dass ihr zusammen seid, dann wird es so sein. Als Vater gönne ich dir dieses Glück von ganzem Herzen. Aber als Verantwortlicher hier muss ich dir all das sagen. Das verstehst du doch?«

Flynn nickte. Er sah nachdenklich aus. Mein Herz krampfte sich zusammen. Ich biss mir auf die Unterlippe. Wieso verunsicherte Merlias ihn so? Traute er Flynn und mir nicht zu, dass wir eine normale Beziehung führen würden? Andererseits … ich schluckte … ja, andererseits konnte ich seine Bedenken ein klein wenig nachvollziehen. Flynn hatte eine schwere Vergangenheit, einen komplizierten Charakter und eine verantwortungsvolle Aufgabe im Schwarzen Flügel – und in mir schlummerte eine Gabe, die hin und wieder zerstörerische Ausmaße annahm. Okay – vielleicht würde es eine doch nicht so normale Beziehung werden.

»Und wenn es an der Zeit ist, eine Entscheidung zu treffen«, fuhr Merlias fort, »dann erwarte ich, dass du sie triffst. Im Sinne von Nilah, im Sinne von dir selbst und im Sinne aller hier, die den Schwarzen Flügel ihr Zuhause nennen.«

»Ich weiß nicht, ob ich das schaffe«, sagte Flynn leise.

»Du *wirst* es schaffen«, ermutigte Merlias ihn.

Ich wartete noch einen kurzen Augenblick, zählte innerlich bis zehn und stieg dann extra laut die Marmortreppe hinunter. Beide Männer blickten auf. Flynn schien erstaunt, Merlias jedoch sah so aus, als hätte er mich bereits erwartet oder sogar längst gewusst, dass ich hinter dem Pfeiler stand.

»Guten Morgen, Nilah«, begrüßte er mich und lächelte mich auf eine so warme Art an, als wäre nie etwas geschehen.

»Guten Morgen, Merlias«, erwiderte ich zaghaft seinen Gruß.

»Nilah.« Flynn nickte mir zu.

»Flynn«, nickte ich zurück.

Flynn streckte sich.

»Ich werde vor dem Frühstück eine Runde laufen«, verkündete er, ohne mich anzusehen. »Ihr kommt klar ohne mich?«

»Aber sicher«, beeilte ich mich zu sagen.

»Ganz bestimmt.« Merlias nickte lächelnd. »Nilah, hilfst du mir, die Tafel zu decken?«

»Natürlich.« Ich blickte Flynn nach, der durch die Eingangstür entschwand, als hätte er es eilig, von hier fortzukommen.

Schweigend verteilte ich die vielen, braunen Teller, die Merlias mit einem Rollwagen hinter dem Fuß der Treppe hervorgeholt hatte, auf der großen Tafel.

»Es tut mir sehr leid, was da mit Quentin passiert ist«, sagte ich leise, während ich das Besteck neben den Tellern positionierte.

Merlias reichte mir einige ineinander gestapelte Gläser an.

»Nun, Nilah, es war absehbar, was da passiert ist. Das ist der Grund, aus dem ihr hier seid.« Er wartete, bis ich die Gläser verteilt hatte, und reichte mir dann einen neuen Stapel. »Aber das Ausmaß deiner Kräfte ist enorm.«

»Werdet ihr mich fortschicken?«, fragte ich, als wüsste ich dies nicht längst, weil ich das Gespräch der beiden belauscht hatte.

»Nein.« Merlias schüttelte den Kopf. »Aber wir werden Maßnahmen treffen müssen. Unsere Mentoren sind nicht länger stark genug, um dich zu unterrichten.«

Ich schluckte. So viel Kraft sah er in meiner Gabe? So viel Gefahr? Eine paradoxe Mischung aus Stolz und Angst erfüllte mich.

Merlias verteilte Servietten.

»Wir hatten erst eine Schülerin mit derselben Gabe wie du. Runa Gideon war unglaublich. Ihr hättet einander gemocht.«

»Warte … Runa Gideon war Schülerin im Schwarzen Flügel?!«

Merlias nickte.

»Vor einer langen Weile«, antwortete er und sein Blick wurde ein wenig abwesend, so als würde er sie in eben jenem Moment vor sich sehen. »Aber sie hat den Pfad verlassen, der für sie geerdet worden war. Sie ging zurück zu den Menschen, verliebte sich in den falschen Mann und begann zu vergessen, wer sie war.« Merlias lächelte traurig. »Hast du dich nie gefragt, wie ich Flynn damals habe finden können, wo die beiden doch so fernab aller Zivilisation gelebt haben? Runa Gideon war nicht zu schwach, um sich gegen ihren Gegner zu wehren. Sie hat all ihre Kraft dafür aufgebraucht, um mir einen Hilferuf zukommen zu lassen.«

»Per Gedankenübertragung?«, fragte ich leise. Flynn hatte Recht gehabt, sie war tatsächlich gestorben, um ihm das Leben zu retten.

»Richtig.« Merlias nickte. »So weitreichend und intensiv kann diese Gabe werden, führ dir das mal vor Augen. Es ist unglaublich … Runa hatte deine Gabe und Flynns Flügel. Es ist kein Wunder, dass das Schicksal gerade euch beide zusammengeführt hat.« Er machte eine kleine Pause, während wir die Glasschüsseln für das Müsli auf den Tellern verteilten. Dann wandte er sich mir erneut zu. »Du wirst zwei neue Mentoren bekommen. Zwei dir noch unbekannte. Juniper und Yaro sind Antari. Ich habe ihnen eine Nachricht überbracht. Sie sind bereits auf dem Weg hierher. Ab sofort wirst du Einzelunterricht bekommen. Ich hoffe, du siehst es mir nach, aber ich muss die anderen Schüler schützen.«

»Natürlich«, murmelte ich betrübt.

»Juniper und Yaro sind ein sehr intelligentes und starkes Ehepaar, das die Gabe besitzt, die Gedanken anderer zu sehen, zu verändern und zu beeinflussen.«

Ein Hoffnungsschimmer keimte in mir auf.

»Sie sind wie ich?«, entfuhr es mir.

Merlias schüttelte den Kopf.

»Niemand ist wie du. Du bist einzigartig. Aber ihre Gaben sind der deinen ähnlich. Deine ist weitreichender, folgeschwerer und größer, ihre jedoch sind trainierter, sodass sie es schaffen werden, die deine unter Kontrolle zu halten. Du bist um so vieles stärker, als du glaubst. Es ist gut, dass du ein Mensch mit reinem Herzen bist, denn bei jemand anderem könnte diese Gabe sehr verheerende Folgen haben. Nichtsdestotrotz ist es wichtig, dass du lernst, deine Gabe in den Griff zu bekommen. Du musst lernen, sie zu zügeln und trotz ihr zu fühlen. Trotz der Gabe du zu bleiben. Das erfordert unendlich viel Disziplin und Übung.«

»Aber ich habe sie doch im Griff.« Ich betrachtete die fertig eingedeckte Tafel. Bloß die Lebensmittel fehlten noch. »Ich kann sie auslösen, steuern und abschalten.« Ich zuckte mit den Schultern. »Naja. Zumindest meistens.«

»Du irrst dich, Nilah. Du hast sie nicht im Griff. Sie hat dich im Griff.«

Mit diesen Worten und einem entschlossenen Nicken beendete Merlias das Gespräch, wandte sich von mir ab und ließ mich mit einem flauen Gefühl im Bauch und dem Wissen zurück, dass sich mein Leben im Schwarzen Flügel grundlegend ändern würde.

Yaro und Juniper erreichten den Schwarzen Flügel am nächsten Tag, als wir gerade in der großen Halle gemeinsam das Mittagessen einnahmen. Paradoxerweise sahen sie mehr wie ein Zwillings- als wie ein Ehepaar aus. Beide waren hochgewachsen und drahtig und hatten einen kahlrasierten Kopf, wobei die Frau ein dünnes, geflochtenes Band um die Stirn trug. Im Gegensatz zu uns trugen sie fließende Gewänder in gedeckten Farben und abgenutzt aussehende Schuhe.

Alle schienen den Atem anzuhalten, als Merlias ihnen die Tür öffnete, sie herzlich begrüßte und in den großen Saal führte. Alle, eingeschlossen mich. Denn Juniper und Yaro waren unfassbar schön, fast zu schön, um wahr zu sein. Mit ihrer makellosen, weißen Haut erinnerten sie mich irgendwie an Vampire, wohingegen ihre übergroßen, mit dichten Wimpern besetzten Augen eher puppenähnlich wirkten. Sie sahen bezaubernd und verletzlich aus. Ihre aufrechte Haltung, ihr straffer Gang und die kühne Mimik verrieten jedoch, dass das Gegenteil der Fall war.

Mit durchdringendem Blick und ohne ein weiteres Wort des Grußes musterten sie uns alle der Reihe nach, bis Juniper zuerst bei mir verharrte.

»Nilah Taro«, sagte sie mit dem winzig kleinen Anflug eines Lächelns auf ihren vollen Lippen, das jedoch nicht ihre Augen erreichte. Ihre Stimme war klar und glockenhell.

Unsicher stand ich auf.

»Nilah Taro«, wiederholte Yaro. Seine Stimme war süßlich, leise und ein wenig feminin. Dann blieb sein Blick bei den Mentoren hängen. »Flynn Gideon, du lebst also auch noch«, bemerkte er. Es klang wie eine enttäuschte Feststellung.

Alarmiert legte ich die Stirn in Falten. Welchen Groll hegte er gegen Flynn?

»Wie du siehst, tue ich das, Yaro.« Flynns Stimme war unterkühlt. Er stand auf und nickte den beiden zu. »Ich grüße dich, Juniper.«

»Hallo, Flynn!« Juniper lächelte und entblößte zwei Reihen perfekter weißer Zähne.

Der Augenkontakt der beiden hielt für meinen Geschmack ein klein wenig zu lang an. Was. Ging. Hier. Vor?!

»Nun, setzt euch doch zu uns«, bot Merlias gastfreundlich an. »Habt ihr Hunger? Seid ihr durstig?«

»Danke, Merlias, wir sind noch gesättigt vom Proviant.« Das Lächeln, das Juniper Flynn geschenkt hatte, wich einem Ausdruck absoluter Professionalität, als sie sich Merlias zuwandte. »Wir benötigen einen Unterrichtsraum und ein Schlafgemach.«

Merlias nickte.

»Darum haben wir uns natürlich bereits gekümmert. Alles steht für euch bereit. Der Raum neben dem Krankenzimmer wurde leergeräumt und in einen provisorischen Unterrichtsraum umgewandelt. Direkt daneben befindet sich euer Schlafzimmer. Wir hoffen, ihr werdet euch wohlfühlen bei uns. Und wir danken euch bereits jetzt für eure Unterstützung.«

»Eine Hand wäscht die andere, nicht wahr?«, schnurrte Juniper.

»Gut.« Yaro nickte mir zu. »Wir beginnen sofort.«

Sofort? Ich hatte kaum etwas gegessen. Gänzlich unberührt dampfte und duftete meine Gemüsesuppe vor sich hin.

»Natürlich.« Ich schob meinen Stuhl zurück und folgte den beiden seltsamen Neuankömmlingen mit rasendem Herzen aus dem großen Saal hinaus. Was würde mich erwarten? Die Ungewissheit schnürte mir die Kehle zu.

Am Kopf der Treppe drehte ich mich noch ein letztes Mal um. Ausnahmslos alle blickten uns nach. Irgendwie war mir plötzlich nach Weinen zumute. Ich fühlte mich wie eine Aussätzige, wie das Mädchen, mit dem niemand spielen wollte, weil es zu wild war und ständig Dinge zerstörte. Ich schluckte, um den Kloß im Hals loszuwerden, aber es gelang mir nicht. Traurig suchte ich Flynns Blick. Er sah aus, als würde sich alles in ihm dagegen sträuben, mich mit den beiden gehen zu lassen. Ich nahm mir fest vor, ihn nach dem Unterricht aufzusuchen und darüber auszufragen, was zwischen ihnen vorgefallen war. Ich wusste nicht, was mich mehr beunruhigt hatte – die Feindseligkeit zwischen ihm und Yaro oder die offensichtliche Vertrautheit zwischen ihm und der makellosen Juniper.

»Ladies first.« Yaro hatte den Raum auf Anhieb gefunden und hielt uns die Tür auf.

Offensichtlich kannten sie sich im Schwarzen Flügel gut aus. Ob sie selbst einmal Schüler hier gewesen waren? Ich traute mich nicht, sie danach zu fragen. Nachdenklich blickten Yaro und Juniper sich um. Der Raum war recht groß, aber bis auf einige Matten am Boden, einen Schreibtisch inklusive Stuhl und ein volles Bücherregal leer.

»Gut, gut – dann wollen wir beginnen.« Yaro deutete auf meine Schuhe. »Wir trainieren barfuß. Generell.«

Ich zog meine Schuhe und die Strümpfe aus und stellte sie neben der Tür ab. Juniper hatte am Schreibtisch Platz genommen und nahm das lange, braune Tuch ab, das sie – wahrscheinlich, um ihre Haut vor der Sonne zu schützen – um die Schultern getragen hatte. Ihr graziler Körper war in ein enganliegendes, cremefarbenes Kleid gehüllt. Geradezu freizügig gewährte es Einblicke in ihr Dekolleté und auf ihre schlanken, langen Beine. Ich kam mir plötzlich wie ein unförmiger Troll vor, der einer Elfe gegenüberstand.

»Stell dich mit beiden Füßen fest auf den Boden. Verwachse mit ihm. Erde dich selbst.« Yaro machte mir vor, was ich zu tun hatte. »Und jetzt möchte ich, dass du innerlich deiner Gabe dankst.«

Das ist lächerlich, dachte ich.

»Das ist überhaupt nicht lächerlich.« Yaro schüttelte den Kopf. »Deine Gabe macht dich zu derjenigen, die du bist.«

Schamesröte schoss mir in die Wangen. Sie waren ähnlich wie ich, hatte Merlias gesagt, sie konnten Gedanken erkennen, verändern und manipulieren. Ich musste fortan also aufpassen, was ich dachte.

»Richtig«, sagte Yaro mit butterweicher Stimme. »Und jetzt würde ich mir gerne ein Bild davon machen, wie gut du bereits bist und was wir noch aus dir herausholen können. Merlias sprach von Fähigkeiten, die die Antari seit geraumer Zeit nicht gesehen haben.«

Ich holte tief Luft.

»In Ordnung. Was soll ich tun?«

»Wie wäre es, wenn du für den Anfang … hm, ich weiß nicht …«, Yaro tat, als müsste er nachdenken, »sagen wir, du würdest meine Frau dazu bewegen, ihren wunderschönen Körper aus diesem klapprigen Bürostuhl zu heben. Mit der Kraft deiner Gedanken?«

»Ich soll sie nur dazu bringen, aufzustehen?«, fasste ich zusammen. Das klang einfach.

»Ja und nein«, Yaro lächelte süffisant. »Sie soll aufstehen und es wird definitiv nicht einfach werden.«

Verdammt.

Yaros Mundwinkel kräuselten sich zu einem spöttischen Lächeln.

»Gewöhn dich lieber dran!«

Ich atmete tief ein und wieder aus und versuchte, Yaro auszublenden und mich komplett auf Juniper zu fokussieren. Blass und mit einem herablassenden Ausdruck im Gesicht saß sie da, hatte die Beine übereinandergeschlagen und betrachtete mich, als wäre ich ihrer nicht würdig.

Du bist also das Mädchen, das Flynn Gideon liebt. So so.

Ich verharrte abrupt. Wieso hörte ich plötzlich Junipers Stimme in meinem Kopf? Ich versuchte, die Unsicherheit abzuschütteln und trat mit festen Schritten näher an sie heran. So nah, bis ich ihr am Schreibtisch gegenüberstand und wir uns direkt in die Augen sahen. Je näher ich kam, umso größer schien ihre Schönheit zu werden. Ihre Wimpern waren unnatürlich lang, ihre Augen so hellblau, als hätte jemand einen Pinsel mit blauer Farbe in ein Wasserglas getunkt und sie damit gemalt. Ich konzentrierte mich auf ihre Pupillen. Je länger ich sie ansah, umso sicherer wurde ich mir meiner Sache, und dann, endlich, spürte ich das vertraute, warme Gefühl meiner Gabe durch meine Adern pulsieren.

Steh auf, Juniper!

Ein scharfer Schmerz, begleitet von einer Art Blitz in meinem Kopf, traf mich so unerwartet, dass ich zusammensackte und die Gabe verschwand. Keuchend vor Schmerz hielt ich mir den Kopf.

»Was … zum Teufel … war das?!«

»Oh, das war ich.« Juniper betrachtete ihre Fingernägel. »Ich hatte keine Lust, aufzustehen. Ich sitze gerade gut. Willst du es noch einmal versuchen?«

Ich wollte nicht. Aber ich tat es. Einmal, zweimal, dreimal scheiterte ich wieder an Junipers Gegenwehr und dem stechenden Schmerz, der von einem gleißenden Blitz begleitet wurde. Beim vierten Mal gelang es mir nicht einmal mehr, meine Gabe einzusetzen. Ich zitterte am ganzen Körper.

»Ich hätte gerne eine Pause«, brachte ich hervor. »Und ich habe Durst.«

Yaro schnalzte mit der Zunge und schüttelte den Kopf.

»Trinken und dich ausruhen kannst du, wenn der Unterricht beendet ist«, säuselte er. »Und den Unterricht beenden wir! Verstanden?«

»Verstanden«, antwortete ich betrübt.

Yaro nickte.

»Gut. Lass mich dir nun ein paar Fragen stellen. Wann wurde der Schwarze Flügel gegründet?«

»Ich … puh, keine Ahnung!«

»Falsche Antwort«, tadelte er.

Wieder blitzte der Schmerz in meinem Kopf auf.

»Was ergeben 237 und 683?«

Mühsam versuchte ich, meinen Kopf dazu zu bringen, die Zahlen zu addieren, doch schon kehrte der Schmerz zurück.

»Zu langsam«, kommentierte Yaro. »Welche Schuhgröße habe ich?«

»Woher zum Teufel soll ich das wissen?«, zischte ich verzweifelt. »Ich habe keine Ahnung … 44?«

»Falsch.«

Ein Schmerz. Ein Blitz. Ich sah bereits doppelt. Doch Yaro war unerbittlich.

»Wie nennen sich die Zauberer, die den Schutzzauber des Waldes aufrechterhalten?«

»Ähm … ich weiß es, Merlias hat es uns erzählt! Sie … *Alba,* sie heißen Alba!«

Wieder ein Blitz.

»Das war aber doch richtig!«, protestierte ich.

»Ja. Aber zu langsam.«

Und so verging Stunde um Stunde, in denen sie mir Aufgaben stellten, die ich nicht bewältigen konnte, und mich mit schmerzhaften Blitzen im Kopf straften. Nie zuvor in meinem Leben hatte ich mich derart ausgelaugt und gedemütigt gefühlt. Wie in Trance zog ich meine Schuhe an und schlurfte aus dem Raum, als sie mich endlich entließen. Ich war unglaublich enttäuscht. Enttäuscht von mir selbst, von den beiden neuen Mentoren und der hartherzigen Art und Weise, wie sie zu unterrichten beliebten. Flynn war mir hart und unerbittlich erschienen in den ersten Wochen meiner Ausbildung, doch nun wurde mir schmerzlich bewusst, was ich an ihm als Lehrer gehabt hatte.

Ich verließ den Schwarzen Flügel und ging in den Wald, in dem ich Flynn, Makaio und Joaquin bei ihrem abendlichen Lauf vermutete. Da mir die Kraft zum Laufen fehlte und mein Kopf bei jedem Schritt zu zerbersten drohte, schlich ich im Zeitlupentempo über den Pfad. Ich hob meine Füße kaum an, und wenn ich gefallen wäre, wäre ich vermutlich liegengeblieben und eingeschlafen. In meinem Kopf rauschte und rumorte es. Ich fühlte mich, als wäre ich auf einer Party gewesen und nun völlig verkatert. Andererseits war das Gefühl mit dem zu vergleichen, das man empfindet, wenn man aus einer Narkose aufwacht.

Irgendwann holten mich Makaio und Joaquin ein, doch ich nahm kaum Notiz von ihnen. Makaio legte den Arm um mich. Dankbar lehnte ich mich an ihn.

»Nilah, was haben sie mit dir gemacht?«, drang seine Stimme wie durch einen Berg Watte zu mir durch.

»Ich will die beiden nicht als Lehrer haben.« Zu meiner eigenen Überraschung brach ich in Tränen aus.

Unbeholfen tätschelte Makaio meinen Arm. Joaquin rief nach Flynn.

Ich nahm kaum noch wahr, wie Makaio mich losließ und ich mit dem Kopf an Fynns Brust sackte. Erleichtert atmete ich seinen Geruch ein. Ein wenig erdig und waldig. War waldig überhaupt ein Wort? Ich schloss die Augen.

»Mein Hirn ist Matsche, Flynn«, wimmerte ich. »Die haben meinen Kopf … keine Ahnung … implodieren lassen oder so.«

Flynn sagte nichts, hob mich hoch und drückte mich an sich. Ich hatte immer eine regelrechte Abneigung gegen das Tragen gehabt und hatte es laut meiner Eltern selbst als kleines Kind nicht gemocht, hochgehoben zu werden. Aber ich war so erschöpft, dass es mir völlig egal war. Es war mir egal, dass er mich trug, und es war mir egal, dass ich in diesem Moment weder stark noch überlegen, sondern einfach nur ein schwaches, wimmerndes Häuflein Elend war. Hauptsache, ich musste nicht mehr laufen.

»Wann gehen die wieder?«, murmelte ich an Flynns Hals.

»Sie bleiben, solange du bleibst.« Flynn seufzte. »Das gefällt mir genauso wenig wie dir. Aber als Lehrer sind sie genau das, was eine besondere Schülerin wie du braucht. Es tut mir leid, aber da musst du durch, Nilah. Zeig ihnen, wie stark du bist. Zeig ihnen, dass du dich nicht unterkriegen lässt.« Flynn setzte mich irgendwo ab, wo es weich war und warm, und strich mir sanft die Tränen aus dem Gesicht.

Erstaunt stellte ich fest, dass es mein Bett war, auf dem ich saß. Wie waren wir denn hierhergekommen?

Flynn legte mich hin und deckte mich zu. Ich griff nach seinem Arm.

»Kannst du bei mir bleiben?«

»Nein.« Flynn befreite sich vorsichtig aus meinem Griff und strich mir über den Kopf. »Schlaf jetzt. Und morgen zeigst du ihnen, wozu eine Nilah Taro imstande ist, okay?«

»Okay«, murmelte ich schläfrig. Schon fielen mir die Augen zu.

Ein rauer Windzug blies mir meine Haare ins Gesicht. Ein Traum, ich spürte sofort, dass es ein Traum war, wenn auch ein sehr reeller. Ich schnappte nach Luft, aber mein Brustkorb fühlte sich wie zugeschnürt an. Mit einer unguten Vorahnung hob ich den Blick.

Ein Meer aus schwarzem Wasser, von Nässe schwere Kleidung, ein modriges Wrack und ein eisiger Wind, der mir durch jede Faser meines Körpers pfiff – es war mein schlimmster Albtraum. Eindeutig. Jener Albtraum, der mich bis in den Tag hinein verfolgte und den ich so fürchtete, dass ich oft nicht schlafen wollte. Er hatte mich lange verschont, doch nun holte er mich wieder ein.

Mir gegenüber saß wie immer eine gebückte, schwarz gekleidete Kreatur, deren Gesicht von einer übergroßen Kapuze bedeckt wurde. Allein ihr Anblick verursachte, dass mir die Haare im Nacken zu Berge standen.

Die Stille war so intensiv, dass es beinahe wehtat. In meinen Ohren rauschte und pulsierte mein eigener Herzschlag.

Als der Wind stärker wurde, und der Himmel dunkler, gewann das Wrack an Geschwindigkeit. Wir näherten uns dem Strudel, was wie immer zur Folge hatte, dass mein mysteriöser Gegenüber furchtbar zu zittern begann und mit seinen kalten Fingern Halt an mir suchte.

»Sieh. Nicht. Hinein«, keuchte er. »Sieh. Nicht. Hinein. Sieh. Nicht. Hinein«, immer wieder und wieder mit dieser dumpfen Stimme, die an eine verzerrte Melodie oder ein altes Radio erinnerte.

Ich wollte es nicht tun, wirklich nicht, aber je näher wir dem Strudel kamen, umso klarer wurde mir, dass ich dennoch hineinblicken würde. So wie jedes Mal. Der Wind wurde heftiger, das Meer stürmischer und das Wrack war nun dem Strudel so nah, dass ich in dessen schwarzes, bodenlos scheinendes Auge blicken konnte.

Außerstande, etwas anderes zu tun, als diesem übermächtigen, inneren Trieb zu folgen, lehnte ich mich weiter und immer weiter aus dem Wrack heraus, um zu sehen, was dort unten war. Und dann fiel ich. Fiel und fiel, bis ich aufwachte und wie ein Ertrinkender nach Atem rang.

Langsam kam der Sommer. Die Sonne brannte heiß auf den Waldboden. Der Juni ging, der Juli kam und uns allen rann der Schweiß beim allabendlichen Lauf durch den Wald, obwohl die große Bäume Schatten spendeten. Der Waldlauf – mit den gemeinsamen Mahlzeiten das einzige, wovon ich nicht ausgeschlossen worden war – tat meiner Seele gut, wenn ich auch oft zu erschöpft war, um mit den anderen mitzuhalten. Der Unterricht mit Juniper und Yaro war nach wie vor kräftezehrend und frustrierend für mich. Sie überrumpelten mich mit ständig neuen Ideen und Strafen, und am Ende jedes Tages litt ich unter Kopfschmerzen und Wut auf mich selbst. Es waren nun drei Wochen vergangen, seit sie angekommen waren, und ich konnte bisher nicht ein einziges Erfolgserlebnis verzeichnen.

Das einzige, was mich daran hinderte, einfach aufzugeben und fortzulaufen, waren Sadie und Flynn, die mir Mut und Zuversicht gaben. Flynn nutzte jede Gelegenheit, um mich zu küssen. Wir schafften es aber irgendwie, eine gewisse Distanz zueinander zu wahren, wenn wir gemeinsam mit den anderen aßen oder liefen. Flynn richtete seinen Fokus darauf, ein guter Mentor zu sein und ich richtete meinen Fokus darauf, den Unterricht mit Juniper und Yaro zu überleben. Es schien zu funktionieren. Irgendwie und sicher nicht perfekt, aber ja, es funktionierte. Merlias blieb der einzige Eingeweihte. Noch war ich nicht bereit, das, was uns miteinander verband, mit den anderen zu teilen.

Eines Abends, als ich trotz aller Müdigkeit und Erschöpfung nicht einschlafen konnte, schlich ich mich aus dem Zimmer, um noch ein wenig zu laufen. Das Laufen war ein gutes Mittel für mich geworden, um den Kopf frei zu bekommen und ein gewisses Gefühl von Freiheit empfinden zu können. Aber statt die Treppe wie geplant hinunterzusteigen, um durch den großen Saal zur Eingangstür des Schwarzen Flügels zu gelangen, lief ich wie ferngesteuert an der Treppe vorbei und in den Gang, in dem die Zimmer der Mentoren sich befanden. Zaghaft klopfte ich an Flynns Tür.

»Nilah.« Flynn schien überrascht, mich zu sehen. Er war offensichtlich gerade duschen gewesen. Sein Haar war noch ganz nass und viel dunkler als im trockenen Zustand. »Was machst du hier? Du dürftest diesen Gang gar nicht betreten, wenn du nicht gerade Unterricht hier hast.« Schnell blickte er sich auf dem Flur um und zog mich ins Zimmer.

»Es ist nichts, ich … ich wollte nur zu dir.« Plötzlich kam ich mir dumm vor. Errötend blickte ich auf meine Schuhe.

Flynn hob mein Kinn an und fuhr mit dem Finger die Kontur meiner Lippen nach, bevor er mich sanft küsste.

»Das freut mich«, flüsterte er, und küsste mich erneut, dieses Mal länger und fordernder.

»Flynn?« Ich drehte meinen Kopf weg und schnappte nach Luft. »Wieso hasst Yaro dich? Hat es etwas mit Juniper zu tun?«

Seufzend ließ Flynn mich los und wandte sich mit einem Kopfschütteln von mir ab. Er schien frustriert.

»Ich habe dir doch bereits mehrfach gesagt, dass es nicht von Bedeutung ist!«

»Es *ist* von Bedeutung. Für mich«, erklärte ich leise. »Er ist mein Lehrer und du bist mein …« Ich zögerte. »Jedenfalls bekommt man, wenn man die Blicke so sieht, die ihr euch zuwerft, den Eindruck, dass er dich am liebsten töten würde und dass du irgendetwas getan hast, was ihn eben dazu bringt, dich töten zu wollen.« Ich zuckte mit den Schultern. »Das verunsichert mich, Flynn! Ich muss ständig daran denken. Es muss schlimm gewesen sein, was da passiert ist. Und wenn er in meinen Gedanken herumschnüffelt – und ich weiß, dass er es tut – dann wird er das mit dir und mir herausfinden. Wenn er es nicht längst weiß. Und er wird mich noch mehr hassen und strafen als ohnehin schon.«

»Nilah.« Flynn verschränkte die Arme vor der Brust und bedachte mich mit einem mitleidvollen Blick. »Yaro verachtet mich, weil ich eine Affäre mit seiner Frau hatte.«

»Mit Juniper?«, hauchte ich.

»Mit Juniper.« Flynn nickte.

»Oh«, war alles, was ich hervorbrachte. Alles in mir krampfte sich zusammen.

»Das ist lange her«, sagte Flynn.

Ich griff nach der Klinke, doch er war schneller und verbarrikadierte die Tür mit seinem Körper.

»Ich möchte gehen«, bat ich ihn so ruhig wie irgend möglich. Meine Stimme zitterte.

»Aber ich möchte dich nicht gehen lassen.« Flynn sah mich an, und seine Augen wirkten aufrichtig bestürzt. »Nilah, das ist sehr lange her. Ich kannte dich noch nicht einmal. Juniper hat mir nie etwas bedeutet! Du weißt am besten, dass mir *nie zuvor* jemand etwas bedeutet hat. Es war nur körperlich, es war nur…«

»OKAY!« Abwehrend streckte ich ihm die Hand entgegen. Das war absolut nicht das, was ich gerade hören wollte. In meinem Kopf blitzten Bilder der beiden auf. Nackte, perfekte, schwitzende Körper. Übelkeit überkam mich. Ich schüttelte den Gedanken widerwillig ab.

Flynn kam näher, hielt meine Hände fest und drückte mich leicht an die Wand. Ich spürte seine Körperwärme, die sich durch seine und meine Kleidung kämpfte, um meine Haut zu erreichen.

»Ich begehre nur dich, und das weißt du«, raunte er.

»Du begehrst mich?«

»Und wie.« Abrupt umfasste er meine Taille, setzte mich auf den Schreibtisch und presste sich an mich. Schwer atmend küsste er mich und schob seine Hände unter mein T-Shirt. Ich umschloss sein Gesicht mit den Händen und blickte ihm tief in die Augen. Das Feuer, das ich darin schon von Anbeginn gesehen und das er stets unter Kontrolle gehalten hatte, war nun entfacht. Und es brannte, brannte lichterloh, brannte für mich.

Zärtlich strich er mir eine Haarsträhne hinter das Ohr und küsste meinen Hals. Seine Hände wanderten tiefer. Entschlossen zog er mir das T-Shirt über den Kopf und warf es zu Boden. Seins landete direkt daneben. Seine Haut, sein Geruch, seine Augen – ich verlor mich völlig in einer Begierde, wie ich sie nie zuvor verspürt hatte. Und zwei Körper, die vereint gehörten, vereinten sich.

Kapitel 11

VON FLÜGELN, WÖLFEN UND VERLUST

Sachte fielen die ersten Sonnenstrahlen durch das Fenster und brachten Flynn allmählich dazu, sich leicht im Schlaf zu regen. Seine Augen waren noch geschlossen, sein Brustkorb hob und senkte sich in einem ruhigen, stillen Rhythmus. Er sah unglaublich friedlich aus, fast so, als hätte es nie etwas Schlimmes gegeben in seinem Leben. Ich lag bäuchlings neben ihm und hatte ihn schon eine ganze Weile lang beobachtet und mich dabei kaum bewegt, um ihn bloß nicht aufzuwecken. Ich hätte ihn noch ewig ansehen können.

Sein Haar war länger geworden, seit ich ihn kennengelernt hatte, und sein Bart voller. Ich konnte mein Glück kaum fassen, dass dieser starke, sensible, unbeschreibliche Mann Gefühle für mich hegte. Für mich, Nilah Taro, die nie Glück in der Liebe gehabt hatte.

In diesem Moment schlug er die Augen auf und sah mich geradewegs an. Beinahe schien es, als hätte er meine Blicke auf sich gespürt.

»Guten Morgen«, flüsterte er mit vom Schlaf schwerer Stimme.

»Guten Morgen«, flüsterte ich zurück.

Ein Lächeln huschte über sein Gesicht, so liebevoll und zärtlich, dass mir ganz warm ums Herz wurde. Behutsam legte er die Hände um mein Gesicht, zog mich an sich heran und küsste mich zart und kurz auf die Lippen. Dann setzte er sich auf und breitete seine Flügel aus, auf denen er gelegen hatte. Es sah aus, als würde er sich strecken, nur dass er dazu eben seine Flügel nutzte statt seiner Arme. Fasziniert betrachtete ich ihn. So oft schon hatte ich diese Flügel gesehen, und dennoch überwältigte mich der Anblick und die Tatsache, dass sie ein Teil von ihm waren, immer wieder.

»Wie fühlt es sich eigentlich an, Flügel zu haben?«, dachte ich laut. »Wie fühlt es sich an, fliegen zu können? Und wie sind sie gewachsen? Einfach so? Tat es weh?«

Flynn sah mich an. In seinen Augen blitzte etwas wie Ergriffenheit auf. Ergriffenheit darüber, wie sehr ich mich für alles an ihm interessierte. Als er antwortete, war seine Stimme leise und weich.

»Das Wachsen der Flügel ist schmerzhaft. Kennst du das Gefühl, wenn«, er schien nach einem passenden Vergleich zu suchen, »du einen Splitter im Finger hast? Einen wirklich großen, dicken Holzsplitter, der dich zusammenzucken lässt, sobald du die Stelle berührst?«

»Klar«, nickte ich.

»Gut. Und jetzt stell dir genau dieses Gefühl vor. Bloß hier.« Er schlug meine Decke zurück und drückte mit seinen Fingern am oberen Teil meines nackten Rückens zwischen zwei Rippen. »Und hier.« Seine Finger glitten mit leichtem Druck über meine Wirbelsäule. Seine Stimme war kaum mehr als ein Flüstern. »Und … *hier.*« Er strich mit der ganzen Hand meinen Rücken entlang, von unten nach oben, und küsste meinen Nacken.

Ein wohliger Schauer lief mir über den gesamten Körper. Bei jeder Berührung von Flynn wurde mir kalt und heiß zugleich.

»Und fliegen?« Er lächelte. »Fliegen ist nichts im Vergleich dazu, dich zu küssen.«

Mit einer abrupten Bewegung drehte er mich auf den Rücken, beugte sich über mich und küsste mich leidenschaftlich. Mein Puls beschleunigte sich augenblicklich. Ich erwiderte den Kuss und schloss die Augen. Meine Hände glitten über seinen Nacken und seinen Rücken.

»Nilah …« Er löste sich von meinen Lippen und küsste sanft meinen Hals.

»Hm?« Nur ungern öffnete ich die Augen einen Spalt weit und blinzelte ihn an.

»Wir müssen pünktlich zum Frühstück erscheinen.«

»Hm.«

Flynn lachte. Seine Hände glitten über meine Rippen. »Du bist dünn geworden«, stellte er bedauernd fest.

»Die lassen mir nicht gerade viel Zeit zum Essen«, antwortete ich grimmig.

Flynn schnaubte verächtlich. Er küsste mich ein letztes Mal, dann stieg er aus dem Bett und zog sich an. Seufzend tat ich es ihm nach, auch wenn alles in mir danach schrie, Flynn zu packen, ihn zurück ins Bett zu ziehen und den ganzen Tag darin zu verbringen. Oder besser noch, die ganze Woche. Gähnend strich ich mir mit den Händen die Haare glatt und band sie zu einem hohen Zopf zusammen.

»Bereit?«, fragte Flynn.

»Nicht annähernd.« Ich verbarg mein Gesicht an seiner Brust und sog seinen Geruch ein, als könnte er mir auf irgendeine Art und Weise die Kraft geben, den Tag zu überstehen.

»Du darfst zwei Sachen niemals vergessen.« Flynn umfasste meine Schultern, hielt mich ein Stück weit von sich weg und blickte mir ernst in die Augen. »Erstens: Du bist stärker als alles, was dich schwach zu machen scheint. Und zweitens«, er hob mein Kinn an und strich mit dem Finger über meine Lippen, »du warst immer dazu bestimmt, mein Mädchen zu sein.« Eindringlich sah er mich an. »Okay?«

»Okay«, murmelte ich.

Du warst immer dazu bestimmt, mein Mädchen zu sein. Ein warmes Gefühl durchströmte mich, als ich den Satz in meinen Gedanken wiederholte.

Vorsichtig öffnete er die Tür und blickte nach links und rechts in den Gang hinein, bevor er mich zu sich winkte. Mit ausreichend Abstand zueinander gingen wir zur schwarzen Marmortreppe und stiegen diese hinab bis in den großen Saal hinein. Wir kamen genau zum richtigen Zeitpunkt an. Ein Teil der Schüler und Mentoren saß bereits an der großen Tafel, ein anderer Teil erschien gerade und einige fehlten noch. Niemand schien etwas zu bemerken, nur Sadie musterte mich mit einem großen Fragezeichen in den Augen.

»Wo im Namen aller Heiler warst du?«, raunte sie mir zu, als ich mich mit einem Aufseufzen auf den Stuhl neben ihr sinken ließ.

Die Redewendung musste sie von Milla übernommen haben. Ich linste unauffällig zu Flynn hinüber, der ebenfalls gerade Platz nahm. Ob nur mir auffiel, wie verwuschelt sein Haar aussah? Ich dachte daran, wie meine Finger sich darin vergraben hatten.

»Nilah!« Sadie trat mir unter der Tafel leicht gegen das Schienbein. »Raus mit der Sprache! Wo warst du und wieso grinst du so komisch?«

Mein Gesicht glühte.

»Ich erkläre es dir später, Sadie. Versprochen«, flüsterte ich und warf ihr einen verschwörerischen Blick zu.

Sie schien skeptisch, bohrte aber immerhin nicht weiter nach. Schweigend löffelten wir nebeneinander unser Früchtemüsli, wobei ich nicht umhinkam, die neugierigen Blicke zu bemerken, mit denen sie mich immer wieder schräg von der Seite musterte. In diesem Moment nahm ich mir fest vor, es ihr zu sagen. Wirklich. Aber noch konnte ich nicht ahnen, dass alles anders kommen sollte.

Nach dem Frühstück machten wir uns auf den Weg zu den Unterrichtsräumen. Es versetzte mir wie immer einen Stich ins Herz, dass meine Mitschüler alle acht denselben Gang dafür betraten, während ich als einzige in den anderen Gang gehen musste. Wie jemand mit einer ansteckenden Krankheit. Aber ich rief mir Flynns Worte zurück in die Gedanken und versuchte, tapfer zu bleiben.

Juniper und Yaro warteten bereits vor ihrem Unterrichtsraum auf mich. Merlias hatte ihnen graue Anzüge gegeben, damit sie sich unserer Einheit optisch besser anschließen konnten, doch die Kleidung sah an ihnen merkwürdig aus, und einfach falsch. Jedes Mal, wenn ich es sah, störte es mich ein wenig mehr. Ich atmete tief ein und wieder aus, um meinen Kopf frei zu bekommen. Das süffisante Lächeln, mit dem Yaro mich erwartete, ließ alles andere als Gutes vermuten. Ich verlangsamte meine Schritte. Yaro faltete die Hände ineinander, als ich vor ihnen zum Stehen kam, und deutete eine leichte Verneigung an, was lächerlich war, denn ich wusste ganz genau, dass er mir keinen Respekt entgegenbrachte.

»Du irrst dich. Ich habe genauso viel Respekt vor dir, wie du Respekt vor mir hast«, erklärte er.

Es bereitete mir Kopfzerbrechen, dass er meine Gedanken lesen konnte. Ich konnte mich einfach nicht damit anfreunden.

»Wir wollen heute mal etwas *Anderes* ausprobieren. Etwas *Neues*.« Die Art und Weise, in der er die Worte betonte, machte es zu etwas Bedrohlichem, auch wenn seine Stimme wie immer zuckersüß dabei war. »Folge uns!«

Es war das erste Mal, dass sie mich nicht in ihrem eigenen Raum unterrichten wollten, und die leise Hoffnung, dass wir im Wald trainieren würde, keimte in mir auf. Wie sie so vor mir herliefen, fiel mir auf, dass ihre Schritte völlig synchron waren. Als sie vor dem Klassenraum der Beschützer hielten, zerplatzte meine leise Hoffnung wie eine Seifenblase. Eine ungute Vorahnung beschlich mich, und als Quentin die Tür öffnete, wurde mir vollends elend zumute. Alles in mir sträubte sich dagegen, diesen Raum zu betreten. Ausgerechnet die drei einzigen Personen im Schwarzen Flügel, denen ich nicht über den Weg traute, hatten sich zusammengetan, um etwas *Anderes* und etwas *Neues* mit mir auszuprobieren. Und wie ich sie alle miteinander kannte, würde dies für mich nichts als Schmerz und Erniedrigung bedeuten. *Sie wollen mich brechen,* dämmerte es mir plötzlich. Instinktiv blieb ich stehen, statt den Raum zu betreten.

»Jetzt hab dich nicht so, Zauberauge.« Quentin zwinkerte mir zu. Sein Gesicht war vollends ausgeheilt und sah aus wie eh und je. »Oder hast du etwa Angst?«

Wut flammte in mir auf. Angst? Ich sollte Angst haben? Etwa vor ihm? Mit einem heißen, heftigen Energieschub, der mich beinahe von den Beinen riss, schoss mir das Gefühl von Unbesiegbarkeit, Stärke und Macht in den Leib. Herausfordernd blickte ich ihm in die Augen.

Du solltest Angst haben, Quentin. Du weißt, dass ich stärker bin, als du es je sein wirst!

Quentin fasste sich an den Hals und ein qualvoller, erstickter Laut drang aus seinem Mund, während sein Kopf sich knallrot färbte. Ein Gefühl der Überlegenheit, ja, sogar eine gewisse Dominanz, triumphierte in mir. Aber nur kurz, dann blitzte ein stechender Schmerz in meinem Kopf auf, und so plötzlich, wie er gekommen war, endete der Fluch auch wieder. Ich fand mich auf allen Vieren am Boden kauernd wieder, während Quentin erleichtert nach Luft schnappte.

Was ist los mit dir, wolltest du ihn etwa töten?! Junipers Stimme und ein erneuter peinigender Blitz erfüllten meinen Kopf und hinderten mich daran, aufzustehen.

»Sie ist wahnsinnig. Eine Gefahr für uns alle«, brachte Quentin erregt hervor. Sein Gesicht war immer noch knallrot.

»Es ist nichts passiert, meine Liebste hat sie im Zaun gehalten«, sagte Yaro ruhig.

»Nichts passiert?« Quentin wedelte mit seiner Hand vor seinem Gesicht herum und deutete auf seinen Hals. »Das nennst du nichts passiert? Ich hätte sterben können!«

»Und, bist du gestorben?«, fragte Yaro sanft.

»Bist du nicht«, antwortete Juniper an Quentins Stelle und strafte mich mit einem erneuten Blitz. »Weil ich *das hier* kann. Dir kann nichts geschehen. Du bist in Sicherheit, weil ich sie kontrolliere.«

Yaro beugte sich mit einem süffisanten Grinsen im Gesicht zu mir herab.

»Das tut weh, nicht wahr?«, ergötzte er sich an meinem Leid. So wunderschön sein Äußeres auch war, so abgrundtief hässlich war doch sein Inneres.

»Was geht hier vor?« Jäh donnerte Flynns Stimme durch den Gang.

Schwerfällig hob ich den Kopf. Alles um mich herum schien sich zu drehen. Flynn eilte auf mich zu, reichte mir seine Hände und zog mich auf die Beine. Dankbar lehnte ich mich an ihn, während mein Kopf sich langsam von den schmerzenden Blitzen zu erholen und der Schwindel nachzulassen begann.

»Hier lernt nur jemand seine Lektion«, schnurrte Juniper.

Yaro machte einen Schritt auf Flynn zu, doch Juniper hielt ihren Mann zurück.

»Lass mich das regeln, Liebster«, raunte sie ihm zu.

Flynn musterte mich besorgt, dann kehrte die Wut zurück in sein Gesicht.

»Sie ist leichenblass. Lasst sie bloß in Ruhe«, knurrte er.

»Sie ist nicht diejenige, die deinen Schutz braucht, Bruder. Eher sollten wir vor ihr geschützt werden«, warf Quentin ein.

»Wenn ich mich recht entsinne, bist du nicht mehr ihr Mentor.« Juniper lächelte harmlos und entblößte ihre perfekten, perlweißen Zähne. »Denn du, Flynn Gideon, warst ihr nicht gewachsen. Aber wenn du unsicher bist, können wir gerne Merlias dazu holen. Vielleicht kann er uns sagen, wer Nilah unterrichten darf – und wer nicht.«

Flynn schnaubte verächtlich.

»Oh, welch finstere Gedanken, mein Hübscher.« Juniper schnalzte tadelnd mit der Zunge. »Ich hoffe, du bist dir im Klaren darüber, dass deine süße kleine Nilah gehen muss, wenn wir Merlias erklären, dass selbst wir ihr nicht gewachsen sind.« Ihr hübsches Gesicht verzerrte sich zu einer spöttischen Fratze. »Das wäre doch sehr schade um sie, nicht wahr?«

»Sehr, sehr schade«, bestätigte Yaro. Seine wässrigblauen Augen fixierten mich.

Ich gebe dir eine halbe Stunde, um dich zu sammeln, erklang seine süßliche Stimme in meinem Kopf, *wenn ich dich danach nicht hier antreffe, wird das Folgen für dich haben. Verstanden?*

»Verstanden, Yaro«, murmelte ich.

»Was hast du ihr gesagt?«, fragte Flynn aufgebracht.

Yaro lächelte.

»Das geht dich nichts an!«

»Und wie mich das etwas angeht!«

Ohne mir den Streit weiter anzuhören, wandte ich mich von ihnen allen ab und rannte – so schnell mich meine Beine trugen und mein schmerzender Kopf es zuließ – aus dem Gang hinaus. Ich prallte mit Milla zusammen, die gerade aus dem Raum der Heiler kam, nuschelte eine Entschuldigung, hastete die Treppe hinab und stolperte durch den großen Saal. Erst als ich die Eingangstür aufriss, hatte ich das Gefühl, wieder atmen zu können.

Ich lief gerade los Richtung Waldpfad, als mich eine Hand an der Schulter berührte und aufhielt. Instinktiv schlug ich sie weg.

»Nilah.« Es war Flynn. Seine Stimme klang besänftigend.

»Geh zu deinen Schülern, Flynn«, murmelte ich. »Du solltest sie nicht meinetwegen alleine lassen.«

»Die kommen klar. Wo willst du hin?«

»Weg von hier.« Ich schlug den Pfad durch den Wald ein, Flynn folgte mir. »Ich gebe auf. Ich gehöre hier nicht mehr her. Ich glaube, ich habe nie hierhergehört.«

Flynn sagte kein Wort, blieb mir aber dicht auf den Fersen. Eine Weile lang liefen wir schweigend hintereinander her.

»Ich meine, was soll ich denn tun?«, fragte ich mehr mich selbst als Flynn, und ohne meine Schritte zu verlangsamen. Meine Stimme überschlug sich beinahe. Ich wusste, dass ich hysterisch klang, aber ich konnte nichts dagegen tun. »Hier bleiben kann ich nicht. Nicht solange die hier sind – und Merlias wird sie nicht gehen lassen. Und zu den Antari will ich nicht, wenn das deren

Zuhause ist. Ich will nicht da leben, wo *die* leben.« Jedes meiner Worte triefte geradezu vor Verachtung. »Und alles nur wegen Quentins dummem Gesicht und weil ich meine Gabe nicht unter Kontrolle habe«, wetterte ich. »Merlias hält mich für stark, aber im Grunde bin ich das nicht. Ich bin zu schwach, um meine eigene Fähigkeit zu kontrollieren.«

Flynn holte mich ein und zwang mich zum Stehenbleiben, indem er die Arme um mich schlang und mich festhielt, bis ich aufhörte, mich gegen ihn zu wehren.

»Hey. Beruhige dich«, wisperte er in mein Haar. »Du bist genau da, wo du hingehörst.«

Ich schüttelte den Kopf.

»Vielleicht nicht. Vielleicht werde ich zu den Menschen gehen. Zu *richtigen* Menschen. Zu normalen, nicht in Klassen unterteilte, gewöhnlichen Menschen.«

Flynn ließ mich los und musterte mich. Irgendwie wirkte er betroffen.

»Meinst du das ernst?«, fragte er leise.

Der Gedanke an Emma und ihre Mutter, an mein altes Zimmer und den Sessel, der so weich und bequem war, dass man den ganzen Tag darin verbringen und Filme ansehen konnte, ließ mich intuitiv nicken.

»Verstehe.« Flynn senkte den Blick. »Dann geh zu den Menschen. Wenn es das ist, was du willst, werde ich dich nicht aufhalten.«

Gedankenverloren blickte ich in die Ferne. Er würde mich gehen lassen und wahrscheinlich würde er dieses Mal auch nicht wieder in der Stadt auftauchen, um mich zurückzubringen. Ich sog lautstark Luft ein. Noch vor wenigen Wochen hatte es den Anschein gehabt, als wüsste ich genau, wohin ich gehörte. Doch in der letzten Zeit waren Zweifel gesät worden, wie kleine Knospen, die stetig wuchsen und mich mit Furcht und Unsicherheit erfüllten. Ich wusste, dass Merlias im Sinne der Allgemeinheit gehandelt hatte, aber für mich bedeutete diese Veränderung, dass ich mit dem Schwarzen Flügel fast nur noch Leid und Hass verband. Ich hasste jeden Morgen und jeden Tag. Ich könnte einfach gehen, und all das würde enden. Nie wieder würde ich in Yaros oder Junipers Augen blicken, nie wieder dieses schmerzhafte Aufblitzen im Kopf ertragen müssen.

»Aber bevor du gehst, solltest du den Mut haben, ihnen allen die Stirn zu bieten.«

Ich drehte mich um. In Flynns Blick lagen Entschlossenheit und Strenge.

»Ich habe dich nicht gelehrt, aufzugeben. Zeig ihnen, wer du bist. Beende diese Ausbildung. Lauf nicht einfach so davon.«

»Aber Flynn! Ich werde nie gegen sie gewinnen können, ich werde nie eine ebenbürtige Gegnerin für sie sein! Sie wissen, dass meine Gabe nicht funktioniert, wenn ich Angst habe«, entgegnete ich verzweifelt.

Flynn streckte mir die Hand entgegen.

»Dann *hab* keine Angst«, sagte er ernst.

Ich legte den Kopf in den Nacken, schloss die Augen und atmete die heiße Juliluft ein. Jede Faser meines Körpers war bereit dazu, fortzulaufen und all das hinter mir zu lassen, was ein halbes Jahr lang mein einziger Lebensinhalt gewesen war. Heimzukehren und ein neues Leben zu beginnen, an dem kein Platz sein würde für diese scheußliche Gabe, die ich allmählich nur noch als Last empfand. Aber dann öffnete ich die Augen und sah Flynn. Wartend stand er vor mir, hoffend und ruhig. Flynn mit seinen karamellbraunen Augen, seinem Geruch nach Zedernholz, Honig und Abenteuern. Mit seinen weichen Lippen, seinen starken Armen und seiner sanften Stimme. Und ich konnte nicht anders, als ihn zu wählen, nur ihn, auch wenn das bedeutete, dass mein Leben eine Qual bleiben würde.

»Ich gehe zu ihnen«, sagte ich mit einem Anflug von Resignation in der Stimme. »Etwas *Anderes* ausprobieren. Etwas *Neues*.«

Ich ergriff Flynns Hand. Er umfasste meine Finger und betrachtete sie mit einem fast schon melancholischen Blick.

»Bleibst du meinetwegen?«, fragte er leise.

Ich lachte unfroh auf.

»Weshalb sonst? Du bist und wirst immer der einzige Grund bleiben, der mich davon abhält, zu gehen.«

Flynn erwiderte darauf nichts. Er hielt nur meine Hand, und schweigend liefen wir den Pfad zurück bis zum Schwarzen Flügel. Ich wollte Flynns Hand loslassen, doch er hielt sie so fest, dass es beinahe wehtat. Fragend musterte ich ihn.

»Was, wenn uns jemand sieht?«, flüsterte ich.

Flynn strich mit dem Daumen über meinen Handrücken.

»Dann sieht uns eben jemand.« Er lächelte, doch das Lächeln erreichte seine Augen nicht. »Was haben wir noch zu verlieren?«

Und so betraten wir Hand in Hand den Schwarzen Flügel und es war fast so, als würden wir beide dem anderen Halt geben. Schweigend gingen wir durch den großen Saal, die Treppe hinauf und gemeinsam zurück zum Raum der Beschützer, in dem drei ungeduldige Mentoren mich bereits erwarteten. Flynn ließ meine Hand immer noch nicht los.

»Ich werde hierbleiben«, sagte er mit einem unterkühlten Blick in die Runde.

»Und deine Schüler?«, fragte Quentin.

»Und *deine* Schüler?«, schoss Flynn zurück.

Quentins stahlblaue Augen funkelten belustigt auf. Ich wusste, dass an diesem Morgen ein gemeinschaftlicher Unterricht stattfand, sodass weder die Schüler der Beschützerklasse noch die der Kämpferklasse ohne Lehrer waren. Doch ob Merlias es gutheißen würde, dass vier Mentoren eine einzige Schülerin betreuten statt dem gemeinsamen Unterricht beizuwohnen?

»Nilah, wir wollen etwas ausprobieren.« Yaro schloss die Tür und wies mit einer angedeuteten Verneigung auf die Kammer, deren alleiniger Anblick bei mir bereits Herzrasen verursachte. »Dazu musst du dich bitte dort hineinstellen. Es könnte sonst gefährlich werden für uns Mentoren.«

»Und für sie?«, fragte Flynn.

»Sie kommt klar«, grinste Yaro.

Flynn drückte meine Hand.

»Sei stark«, raunte er mir zu, bevor er mich losließ.

Ich nickte kaum merklich, ballte die Hände zu Fäusten und betrat mit hocherhobenem Kopf die Kammer. Dass Flynn dabei war, beruhigte mich ein wenig, wenn auch mein Herz in einem immer heftiger werdenden Rhythmus schlug. Yaro ließ die Tür der Kammer einen Spalt weit offen und winkte Quentin herbei.

»Kennst du meine Gabe?«, erkundigte dieser sich.

Ich nickte.

»Du kannst Dinge erschaffen.«

Oft schon hatte ich gesehen, dass er Regenwolken, Bäume oder Hindernisse entstehen ließ, um das Training für seine Schüler zu erschweren. Die Dinge, die er erschuf, waren wie Trugbilder, kurze Frequenzen, die nach wenigen Minuten wieder verschwanden, indem sie sich in blauen Dunst auflösten. Jedoch hatten sie, obwohl sie nicht real waren, reale Wirkungen. Einmal hatte sich Liron an einem Strauch geschnitten, den Quentin erschaffen hatte, ein anderes Mal war Damien von einem Trugbild-Bumerang so heftig am Kopf getroffen worden, dass Milla die Wunde hatte versorgen müssen.

Quentin erschafft nicht nur sehr realistisch scheinende Dinge, hörte ich Yaros Stimme in meinem Kopf, *er ist auch dazu fähig, für einige kurze Minuten ganz bezaubernde Kreaturen zu erzeugen.*

Wir haben bemerkt, dass deine Gabe sich von dir nicht abrufen lässt, wenn du Angst verspürst, schnurrte Junipers Stimme dazwischen, *das ist interessant.*

Quentin zwinkerte mir zu, streckte seinen Arm in den Spalt der Kammer, den er offenstehen gelassen hatte, öffnete seine Hand und ließ einen blauen Nebel emporsteigen. Der Nebel schwebte auf mich zu und wuchs dabei, während Quentin sich beeilte, die Tür nun gänzlich zu verschließen. Ich hielt den Atem an, als sich aus den Nebelschwaden langsam vier Kreaturen herauskristallisierten, die sich zu meinem Entsetzen als unnatürlich große Wölfe entpuppten. Wölfe, ausgerechnet! Zitternd wich ich zurück, bis ich mit dem Rücken an die Wand hinter mir stieß. Die Wölfe schlichen mit geduckter Körperhaltung und gefletschten Zähnen hinter mir her. Ein tiefes, bedrohliches Grollen drang aus ihrer Kehle hervor.

Ich wusste, dass sie nicht real waren – ihr Fell schimmerte silbrig und war nahezu durchsichtig, und ihr Knurren klang mechanisch, beinahe wie aus einem Fernseher. Aber ihr Biss würde echt sein und schmerzhaft, wenn nicht sogar tödlich.

Meine Gedanken überschlugen sich. Die Angst drohte, mich zu lähmen. Ich wusste nicht, wie lange Quentin die Trugbilder aufrechterhalten konnte, und ob einer der Mentoren eingreifen würde. Ich würde mich selbst retten müssen. Ich blickte mich um. Es gab keinen Ausweg aus dieser Kammer, die Tür war verschlossen und konnte nur von außen geöffnet werden. Meine Hände begannen zu schwitzen und mein Hals schnürte sich mit jedem Schritt, den die Tiere auf mich zumachten, mehr zu. Ich versuchte, mich zusammenzureißen, versuchte, einem von ihnen direkt in die Augen zu sehen, doch es war erfolglos. Fieberhaft überlegte ich, wie ich es ohne den Einsatz meiner Gabe mit ihnen aufnehmen könnte.

Die Wölfe waren nun so nah, dass sie nur einen Sprung hätten tun müssen, um mich zu beißen. Ich schlug die Hände vor mein Gesicht, als das Geräusch der Kammertür aufhorchen ließ. Jemand musste sie geöffnet haben. Ich nahm die Hände herunter und sah gerade noch, wie Flynn die Kammer betrat, um mir zur Hilfe zu eilen, und die Wölfe von mir abließen, um auf ihn zu attackieren. Dann ging alles ganz schnell. Intuitiv war sie plötzlich da, meine Gabe, und verwandelte mich innerhalb weniger Sekundenbruchteile von einem ängstlichen Häuflein Elend in eine Kämpferin.

Die Wölfe jaulten auf, Zentimeter, bevor sie Flynn erreichen konnten, wichen zurück und stiegen zu dampfendem Nebel auf, der sich nach und nach zersetzte. Zeitgleich stürzten Quentin, Juniper und Yaro zu Boden. Ihre Arme schnellten auf ihren Rücken, wie von einem unsichtbaren Seil gefesselt, und ihre Köpfe fielen in den Nacken, sodass sie mir allesamt in die Augen blickten.

Gefasst trat ich zu Flynn, der mich mit einer Mischung aus Bestürzung, Faszination und Stolz musterte, und hauchte ihm einen Kuss auf die mit dichtem Barthaar bedeckte Wange. Er legte den Arm um mich. Ich spürte, wie meine Augen glühten und leuchteten. Mein ganzer Körper war wie elektrisiert. Jede Faser pulsierte vor Selbstsicherheit und Stärke.

Erhaben stolzierte ich zu den drei Mentoren hinüber, die immer noch mit auf dem Rücken verschränkten Armen auf dem Boden knieten und zu mir emporblickten. Ich beherrschte sie.

»Nilah?« Flynn klang alarmiert.

»Mach dir keine Sorgen.« Ich lächelte, ohne den Blick von Yaro, Juniper und Quentin abzuwenden. »Ich werde ihnen nicht wehtun.«

Bewusst ließ ich zu, dass die Gabe langsam nachließ. Die warme Energie floss zurück durch meine Venen und sammelte sich in meinem Inneren, wo sie lauernd verblieb, um auf ihren nächsten Einsatz zu warten. Ich hatte sie gezähmt. Endlich beherrschte ich sie, und nicht mehr sie mich.

Yaro, Juniper und Quentin lösten sich aus ihrer Starre und rappelten sich auf. Ich erwartete eine heftige Reaktion, eine Strafe oder vielleicht sogar Schlimmeres, doch es war mir egal. Denn das Gefühl in mir würde mir niemand von ihnen mehr nehmen können.

Du hast es geschafft, Nilah, Junipers Stimme in meinem Kopf klang zum ersten Mal aufrichtig freundlich, *deine Gabe ist nun stärker als deine Angst und stärker als deine Wut. Das ist gut.*

Ein großer Schritt für dich, nun vernahm ich Yaros Stimme, *aber noch kein Sieg – morgen früh geht es weiter.*

Die beiden nickten mir zu, dann verließen sie ohne ein weiteres Wort den Raum.

»Was passiert hier gerade?« Quentin sah den beiden kopfschüttelnd nach, bevor er mir kumpelhaft auf die Schulter schlug. »Wärst fast Wolfsfutter geworden, nicht wahr, Zauberauge?!«

Er scherzte bloß, aber Flynn packte ihn am Kragen seines schwarzen T-Shirts und funkelte ihn zornig an.

»Findest du das etwa witzig?«, knurrte er. So wütend hatte ich ihn zuletzt erlebt, als er Damien geschlagen hatte. »Wie konntest du das zulassen? Wie konntest du dich überhaupt mit den beiden verbünden? Wozu? Diese Wölfe hätten sie fast in Stücke gerissen!«

Flynn hatte Recht. Der Drang, mich selbst zu schützen, war nicht so stark wie der, Flynn zu retten. Hätte er nicht eingegriffen, hätte diese Unterrichtsstunde anders geendet.

Quentin verdrehte die stahlblauen Augen.

»Entspann dich, Bruder. Ich hatte alles unter Kontrolle«, behauptete er lässig.

»*Unter Kontrolle*«, echote Flynn zornig und stieß Quentin so heftig von sich, dass dieser strauchelte und gegen die Wand prallte.

»FLYNN!« Ich schüttelte den Kopf. »Beruhige dich! Es geht mir gut!«

Flynn hörte mir nicht zu. Er schien völlig besessen davon, Quentin zu bestrafen. Grob packte er ihn erneut am Kragen und holte zum Schlag aus, bevor er abrupt innehielt. Er funkelte Quentin noch einmal wütend an, dann murmelte er: »Vater hatte Recht. Ich habe wirklich die Balance verloren«, und stürmte aus dem Raum.

Sprachlos sahen wir ihm nach. Quentin fand als erster seine Sprache wieder: »Was meint er damit?«

»Ich weiß es nicht«, antwortete ich, obwohl ich es nur zu gut wusste. Ich erinnerte mich an die warnenden Worte, die Merlias an Flynn gerichtet hatte.

Der Anteil, den Nilah in deinem Leben einnimmt, muss in Balance mit den Anteilen sein, die dich als Lehrer und als Kämpfer ausmachen. Stell dir vor, wir behalten sie hier und tun, als wäre nichts geschehen, weil du sie nicht gehen lassen kannst – und dann passiert wieder etwas. Vielleicht etwas Schlimmeres.

Quentin streckte mir die Hand entgegen. Ich musterte sie mit zusammengekniffenen Augen. Ein Friedensangebot.

»Ich hatte nicht vor, dich zerreißen zu lassen«, behauptete er. »Wenn du willst, nutze deine Gabe und zwinge mich, die Wahrheit darüber zu sagen. Ich hätte nicht zugelassen, dass diese Wölfe dich töten.«

Ich nickte, griff nach seiner Hand und schüttelte sie leicht, dann verließ ich den Raum, um nach Flynn zu suchen. Er schien spurlos verschwunden und erschien nicht einmal zum Essen in der großen Halle. Ich wusste nicht, weshalb er so übertrieben reagierte. Endlich hatte ich ein kleines Erfolgserlebnis zu verzeichnen. Endlich fühlte ich mich anders. Stärker und selbstbewusster. Alles schien sich zum Guten zu wenden. Wieso wollte er das nicht sehen?

Erst zum obligatorischen Waldlauf am Abend tauchte er wieder auf und tat, als wäre nie etwas geschehen. Nach einigen Kilometern, die wir zurückgelegt hatten, fing Flynn mich vor dem Schwarzen Flügel ab. Ich war außer Atem, schwitzte und sehnte mich nach einer Dusche. In der schwülen Sommerluft begann sich ein Gewitter zu entwickeln.

»Nilah, ich habe nachgedacht.« Nur kurz streifte Flynns Blick den meinen, doch ich entdeckte eine Härte und Distanz in seinen Augen, die mich zurückschrecken ließ. »Ich habe eine Entscheidung gefällt. Ich kann nicht mit dir zusammen sein.«

»Was? Wieso nicht?« Ich hatte mit allem gerechnet, aber nicht damit. Ein dicker Kloß bildete sich in meinem Hals.

Flynn vermied es, mir in die Augen zu sehen.

»Vielleicht bin ich nicht dafür gemacht, jemanden zu lieben«, sagte er.

Tränen traten mir in die Augen.

»JEDER ist dafür gemacht, jemanden zu lieben«, brachte ich mit erstickter Stimme hervor.

»Du irrst dich.«

Mein Herz drohte mir aus der Brust zu springen. Plötzlich tat mir alles weh. Ich konnte nicht fassen, was hier passierte. Gerade jetzt, wo sich alle Wogen geglättet hatten und sich alles für uns zum Guten zu wenden schien?

»Was ist aus ›Du warst immer dazu bestimmt, mein Mädchen zu sein‹ geworden?« Meine Stimme überschlug sich beinahe. Wut entstand in meinem Inneren. Wie ein dunkler Schatten wuchs sie aus mir heraus und spreizte Flügel.

Flynn zuckte bloß mit den Schultern. Er schien unbeirrbar.

»Vielleicht habe ich mich geirrt«, sagte er.

Eine Welle der Verzweiflung überrollte mich, als ich realisierte, dass es nichts gab, das ich tun konnte, um ihn umzustimmen. Ohnmacht und Schmerz rissen mich in ein tiefes Loch hinein.

»Du wirst bald eine Antari sein«, sagte Flynn kühl. »Dein Kopf und deine Seele müssen frei sein. Eines Tages wirst du mir dankbar dafür sein, dass ich diese Entscheidung für dich getroffen habe.«

»Das ist der Grund? Das ist doch kein Grund!«, schrie ich.

»Es geht nicht, Nilah. Es tut mir leid.« Flynn drehte sich um und wandte sich zum Gehen.

Ich konnte es nicht fassen. Wollte er mich tatsächlich hier stehenlassen, nach allem, was zwischen uns gewesen war? Mein Herz krampfte sich zusammen.

»FLYNN, BLEIB STEHEN!«, brüllte ich ihm nach. Es war mir völlig egal, ob die anderen mich hören konnten. »KOMM ZURÜCK! KOMM SOFORT ZURÜCK!«

Wider Erwarten verlangsamte er seine Schritte und blieb tatsächlich stehen. Ich sah, wie er tief einatmete.

»Wir sind stärker als all das«, sagte ich leiser, aber immer noch laut genug, dass er es hören konnte.

Flynn machte abrupt kehrt und kam so schnell auf mich zu, dass ich instinktiv zurückwich. Ungehalten schlug er mit der flachen Hand gegen die Hauswand des Schwarzen Flügels.

»Du verstehst es nicht, Nilah. Ich werde IMMER in Angst um dich leben!« Er raufte sich die Haare. Seine Fassade begann zu bröckeln. Es war ihm *nicht* egal. Er litt. »Es gab nur einen Menschen in meinem Leben, den ich geliebt habe. Meine Mutter. Und als *er* sie mir nahm, ist so viel in mir gestorben. Mein ganzes Herz, meine ganze Seele und mein ganzer Lebenswille sind mit ihr gestorben. Wenn dir etwas zustößt –« Er rang nach Luft. »Ich kann das nicht nochmal ertragen, Nilah. Ich dachte, diese Wölfe … ich dachte …«

Für den Bruchteil einer Sekunde sah er mich an und war ganz und gar mein Flynn Gideon, wie ich ihn kannte und liebte. In seinen Augen lag so viel Leidenschaft, so viel Furcht und so viel Zuneigung, dass es mir ein tiefes Bedürfnis war, ihn auf irgendeine Art und Weise zu berühren. Zitternd griff ich nach seiner Hand, doch er zog sie fort.

»Ich kann mich nicht binden, dafür bin ich nicht gemacht.« Er senkte den Blick. »Ich hätte das alles niemals zulassen dürfen. Ich bin dafür gemacht, alleine zu sein – und frei. Und du, was würde ich dir antun, wenn ich dir diese Bürde aufbinden würde?«

»Bürde?« Ich schüttelte heftig den Kopf. »Flynn, du bist keine Bürde!« Kalte Angst legte sich um mein Herz.

»Du musst unter Menschen gehen, Nilah. Dir fehlt das, das hast du selbst gesagt. Normale, nicht in Klassen unterteilte, gewöhnliche Menschen. Das waren deine Worte. Ein normales Leben, Heirat, Kinder … das alles werde ich dir niemals geben können.« Mit dem Geräusch eines Peitschenhiebs spreizte er seine schwarzen Flügel, sodass sie ihre Schatten auf uns warfen. »Du hast selbst gesagt, ich wäre der einzige Grund für dich, zu bleiben.«

»Dann komm mit mir«, schlug ich verzweifelt vor.

»Unmöglich. Die Menschen sind nicht bereit für jemanden wie mich. Und der Schutzzauber von Merlias ist außerhalb des Waldes nur von kurzer Dauer, bevor er für immer erlischt. Stell dir nur vor, wie sie auf mich reagieren würden, deine tollen, normalen, richtigen Menschen. Stell dir ihre Gesichter vor«, begehrte er auf. »Sieh es ein, Nilah – du würdest mich am Freisein hindern und ich dich am Leben. Das kann ich nicht zulassen.«

Seine Entschlossenheit versetzte mir einen Stich ins Herz. Ich konnte immer noch kaum glauben, dass er uns aufgab.

»Pass auf dich auf, Nilah«, fügte er leise hinzu. »Denn ich werde nicht immer da sein, um das zu tun.«

Es fühlte sich an wie ein Abschied.

»Kann ich noch etwas sagen?«, flüsterte ich. »Bitte!«

Flynn nickte resignierend. Ich holte tief Luft.

»Ich bin jetzt 24 Jahre alt und ich hatte ein Leben, bevor ich in den Schwarzen Flügel gebracht wurde. Eine Familie, einen Beruf, ein Zuhause. Doch die ganze Zeit über war mein Herz nur eine leere Hülle, ein Nichts, ein schwarzes Loch, das nichts spürte und nichts empfand und blind war und taub.« Ungehindert liefen Tränen über mein Gesicht. Es fühlte sich an, als könnte ich nie mehr aufhören zu weinen.

»Nilah, bitte nicht.« Flynn sah mich mit einem flehentlichen Ausdruck im Gesicht an.

Aber ich ließ mich nicht beirren. Ich musste es ihm sagen, auch wenn er anschließend gehen und mich mit gebrochenem Herzen zurücklassen würde.

»Ich habe so lange versucht, diese Leere zu füllen, dieses Loch in meinem Inneren zu stopfen. Mit Beziehungen, von denen ich glaubte, dass es Liebe sei, obwohl ich gar nicht wusste, was Liebe eigentlich ist. Mit Reisen, mit Erlebnissen, mit Jobs, Umzügen und tausenden materiellen Dingen … und nun bist du da. Du!« Meine Tränen versiegten so plötzlich, wie sie gekommen waren. Eine seltsame Ruhe ergriff von mir Besitz. »Jetzt stehe ich also vor dir, Flynn Gideon, mein Seelenverwandter, meine Liebe des Lebens, aufrichtig und ehrlich und voller Zuneigung, und kann zum ersten Mal in meinem Leben sagen, dass mein Herz voll ist. Voll mit Gefühlen, guten wie schlechten, voll mit Vertrauen und Furcht, mit Leidenschaft und Leben, mit Sicherheit und Zweifeln. Voll mit dir. Voll mit Liebe. Ich brenne für dich. Ich atme für dich. Ich lebe für dich und würde für dich sterben, und wenn du behauptest, dass es dir nicht genauso geht, dann bist du ein Lügner.« So aufrichtig wie in diesem Moment war ich noch nie zuvor gewesen.

»Es tut mir leid«, sagte Flynn bloß. Er beugte sich vor und küsste mich ein letztes Mal. Sanft und kurz, endgültig und bittersüß.

»Du hast verspochen, du würdest niemals zulassen, dass mir jemand wehtut.« Ich rieb mir die Tränen aus dem Gesicht, was unnötig war, denn sofort flossen neue. »Du hast gelogen, Flynn Gideon, denn du hast zugelassen, dass *du* mir wehtust.«

Flynn sagte kein Wort. Schweigend sah er dabei zu, wie ich weinte. Ich weinte, als würde ich nie wieder damit aufhören können. Dann spreizte er seine Flügel und flog in die Nacht hinein.

Kapitel 12
DIE ANDERE WELT

Es regnete. Kühle, dicke Regentropfen, die mit einem Gewitter einhergingen und an das Fenster pochten, als würden sie nach Einlass verlangen. Ein seltsamer Rhythmus aus dem Prasseln des Regens und meinen kurzen, trockenen Schluchzern erfüllte den Raum. Ich hatte seit Tagen keine Tränen mehr, und dennoch weinte ich weiter. Unaufhörlich.

Immer wenn bisher jemand behauptet hatte, dass Liebeskummer weh tun würde, hatte ich bei der Formulierung an seelischen Schmerz gedacht. An »wehtun« im symbolischen Sinne. An das Gefühl des Verrats, an die Veränderung, die Wut und das Alleinsein. Denn dies war das, was ich nach der Trennung von Charlie empfunden hatte. Doch das, was ich nun verspürte, waren echte, körperliche Schmerzen. Ich litt Höllenqualen. Mein ganzer Körper tat weh, so sehr vermisste ich Flynn. Seine Nähe, seinen Geruch, seine Stimme, seine Berührungen. Jede Faser meines Körpers zitterte und bebte vor Schmerz. Ich war krank. Krank vor Kummer.

»Wie geht es dir?« Emma klopfte vorsichtig an die offenstehende Tür.

Als ich nicht antwortete, trat sie ein und tauschte die volle Tasse mit kaltem Pfefferminztee auf dem Nachttisch gegen eine neue, dampfende Tasse ein.

»Du solltest wirklich etwas trinken«, sagte sie leise.

Emma hatte mir ein paar Kleidungsstücke geliehen – meine hatte sie ein paar Wochen nach meinem Verschwinden meiner Mutter geschickt – und es fühlte sich befremdlich an, normale Alltagskleidung zu tragen. Alles schien schwer und lag schlecht, rieb an der Haut oder passte nicht richtig. Ich konnte mich nicht erinnern, mich je zuvor so unwohl in einer gewöhnlichen Hose und einem einfachen T-Shirt gefühlt zu haben. Doch mein Körper hatte sich längst an den feinen, elastischen Stoff des grauen Anzugs gewöhnt, der sich angeschmiegt hatte wie eine zweite Haut, der im Winter wärmte und im Sommer kühlte. Nun lag er zusammengeknüllt unter dem Bett, zusammen mit meinen grauen Turnschuhen und meinem grauen Haarband. Wie eine greifbare Erinnerung, die zu schmerzhaft war, um sie in Sichtweite ertragen zu können.

Emma verließ lautlos den Raum, um die Tasse mit kaltem Tee in die Küche zu bringen. Ich hörte, wie sie den Tee ins Becken goss, den Teebeutel in den Mülleimer warf und die Tasse in die Spülmaschine stellte. Dann kam sie zurück und blieb mit besorgter Miene im Türrahmen stehen. Der Regen hatte aufgehört und die Augustsonne sandte ihre heißen Strahlen durch das Fenster. Es war unglaublich heiß.

»Ich habe deine Mutter angerufen.«

»Du hast was getan?« Entgeistert starrte ich meine Freundin an.

»Sie hat sich Sorgen gemacht, Nilah«, rechtfertigte Emma sich mit betont erwachsener Stimme, was aus ihrem Mund komisch und untypisch klang. »Du hast da keine Ahnung von, ich weiß. Du bist einfach abgehauen und hast sie im Stich gelassen. Uns alle.«

»Ja. Darin bin ich scheinbar gut.« Ich griff nach der Tasse, nippte daran und verbrannte mir die Zunge am heißen Tee. Er schmeckte widerlich. Zu sehr hatten meine Geschmacksknospen sich an den ungesüßten Früchtetee im Schwarzen Flügel gewöhnt. Ich stellte die Tasse wieder ab. Sie hatte einen Rand auf dem weiß lackierten Holz des Nachttischs hinterlassen.

»Sorry, das war gemein. Ich wollte dich nicht verletzen.« Emma setzte sich auf die Bettkante und schüttelte betrübt den Kopf. »Es ist nur so … du verschwindest ohne ein Wort, lässt alle in großer Sorge zurück. Dann dieser mysteriöse Brief – hast du den überhaupt geschrieben? Und dann tauchst du hier auf, mehr tot als lebendig, bestehst nur noch aus Haut und Knochen und … und«, sie machte eine ausholende Bewegung, die meinen gesamten Körper umfasste, »und einer echt abnormalen Menge Muskeln. Ich meine, wer zur Hölle ist dieser Typ? Was macht der mit dir? Nehmt ihr Drogen?«

Lethargisch schüttelte ich den Kopf, setzte mich auf und nippte erneut am viel zu heißen, viel zu süßen Tee, um nicht antworten zu müssen.

»Was genau hat er getan?«, fragte sie.

Ich verschluckte mich und begann heftig zu husten, sodass Emma mir auf den Rücken klopfen musste.

»Ich … will nicht … über ihn reden«, entgegnete ich zwischen zwei Hustern heftiger als gewollt. »Hast du eine Kopfschmerztablette?«

Emma stand seufzend aus und verschwand in der Küche. Ich hörte, wie sie im Medikamentenschrank herumwühlte und leise fluchte, als etwas zu Boden fiel. Wenig später kam sie zurück und reichte mir eine verbeulte Packung Schmerztabletten und ein Glas Wasser. Ich nahm direkt zwei, spülte sie mit einem Schluck Wasser herunter und legte mich wieder hin.

»Meinst du nicht, eine reicht?«, Emma nahm die Packung wieder an sich. Offenbar hatte sie Angst, dass ich noch mehr davon schluckte. »Ich meine, du liegst hier jetzt seit fast einer Woche. Du isst nicht, du trinkst kaum …«

Ich sah sie an, ohne zu antworten. Sie, die bezaubernd aussehende Frohnatur, die jeden in der Stadt kannte und gefühlt alles zu Gold werden ließ, was sie anfasste, konnte nicht nachvollziehen, was in mir vorging. Natürlich nicht. Sie hatte nie Unglück, nie Verlust und nie Leid erfahren müssen in ihren 22 Lebensjahren.

Ich hingegen hatte alles verloren. Den Ort, der mein Zuhause gewesen war, die Liebe meines Lebens, vermutlich sogar meine Gabe. Ich hatte Abschiedsbriefe geschrieben. Einen an Sadie, einen an Flynn und auch einen an Merlias, in dem ich ihm für alles dankte, was er mir ermöglicht hatte. Tom hatte nicht einmal gefragt. Er war aus dem Schwarzen Flügel gekommen, nachdem Flynn mich tränenüberströmt zurückgelassen hatte und hatte mich in die Stadt gefahren, als ich ihn darum gebeten hatte. *Es steht dir frei, zu gehen,* hatte Merlias am Tag unserer Ankunft zu Damien gesagt. Und es war die Wahrheit gewesen. Es gab nun kein Zurück mehr.

Doch dieses Leben, das in meiner Erinnerung immer so perfekt gewesen war, so echt, normal und gemütlich, fühlte sich an, als wäre ich ihm entwachsen. Emma war mir fremd geworden, ihre eigene, kleine Wohnung am Rande der Stadt – in die sie mich gebracht hatte, nachdem ich weinend vor der Wohnung ihrer Mutter aufgetaucht war – beengend und die Stadt an sich laut und hektisch. Ich fühlte mich wie ein Fremdkörper, wie jemand, der nirgendwo hingehörte. Es würde dauern, mich wieder in dieses Leben einzufügen.

In diesem Moment klingelte es an der Tür. Emma und ich tauschten einen kurzen Blick miteinander. Eine winzige, zaghafte Hoffnung keimte in meinem Inneren auf, als Emma aufstand und die Tür öffnete, erstarb aber sofort, als ich die Stimme meiner Mutter im Flur hörte. Das Klackern ihrer hohen Schuhe ließ mich zusammenzucken. Bevor sie das Zimmer betrat, in dem ich seit sechs Tagen vor mich hinvegetierte, stieg mir bereits der Geruch ihres Parfums in die Nase. Ein blumiger, unangenehm süßer und intensiver Duft – oder vielmehr Gestank –, den sie benutzte, seit ich zurückdenken konnte.

»Hallo, Schätzchen.« Sie tat zwei, drei Schritte in den Raum, blieb stehen und fächerte sich mit der Hand Luft zu. »Puh, hier drinnen ist es ungefähr tausend Grad heiß. Habt ihr schonmal was von Lüften gehört?« Entschlossen eilte sie durch das Zimmer und riss das Fenster auf, obwohl es draußen mindestens genauso heiß war. Sie trug einen gelben Rock, eine gelbe Bluse, gelbe Pumps und ein gelbes Tuch um den Hals. »Hast du alles? Ich stehe im Halteverbot.«

Ich warf Emma einen strafenden Blick zu. Emma sah zu Boden.

»Ich dachte, es wäre eine gute Idee«, murmelte sie. »Ihr habt viel zu bereden. Im Haus ist doch auch viel, viel mehr Platz als hier, und außerdem …«

Mein Blick brachte sie zum Schweigen. Resignierend stand ich auf, sammelte meine Kleidung aus dem Schwarzen Flügel unter dem Bett zusammen und hielt mich kurz fest, da mein Kreislauf zusammenzubrechen drohte. Ohne ein weiteres Wort verließ ich barfuß den Raum und die Wohnung, lief die Treppen hinab und presste den Anzug und die Schuhe an mich, als könnten sie mir Halt geben können. Ich fühlte mich wie ein kleines, trotziges Kind, als meine Mutter das Auto aufschloss und ich mich mit geschürzten Lippen auf den Beifahrersitz fallen ließ. Emma hatte es nur gut gemeint, das wusste ich tief in meinem Inneren, aber ich hatte gerade keine Kraft dazu, Verständnis für sie aufzubringen.

Im Auto roch es nach Pfefferminzbonbons und Vanillearoma. Als wir losfuhren, fuhr das Auto, das hinter dem meiner Mutter geparkt hatte, ebenfalls los. Zuerst dachte ich mir nichts dabei, doch als es zum dritten Mal in dieselbe Richtung fuhr wie wir, begann es, mir verdächtig vorzukommen.

»Ich glaube, wir werden verfolgt«, murmelte ich, ohne den Blick vom Seitenspiegel abzuwenden.

»Ach, Schätzchen.« Meine Mutter lachte schrill. »Du bist paranoid. Wie dein Vater. Der heute übrigens arbeiten muss. *Das* geht natürlich vor.« Selbst jetzt konnte sie das Sticheln nicht lassen.

Die beiden waren immer wie Feuer und Wasser gewesen, was mich als Kind sehr belastet hatte, doch seit der Scheidung vor einem knappen Jahr war es noch schlimmer geworden. Sie schienen sich regelrecht zu verabscheuen. Keiner von ihnen ließ auch nur ein einziges gutes Haar am anderen, und vor allem meine Mutter schaffte es immer irgendwie, jedes x-beliebige Thema auf meinen Vater zu lenken, um ihn dann durch den Dreck zu ziehen. Ich hörte nur mit einem Ohr zu, als sie sich wieder über ihn und seinen Lebensstil auszulassen begann. Das Auto, von dem ich geglaubt hatte, dass es uns verfolgte, konnte ich nicht mehr sehen. Vielleicht war ich wirklich dabei, paranoid zu werden. Resignierend lehnte ich meinen Kopf an die Fensterscheibe, schloss die Augen und schlief ein, während die Klimaanlage mir surrend kalte Luft ins Gesicht blies.

Ich wachte auf, als meine Mutter auf die Einfahrt ihres – einst war es unseres – Hauses fuhr und dabei die lose Steinplatte berührte, die schon zu meiner Grundschulzeit lose gewesen war. Abends hatte genau jenes Geräusch mir immer verraten, wenn mein Vater von der Arbeit nach Hause kam.

Erstaunt stellte ich fest, dass die Sonne bereits unterging. Ich hatte nicht gewusst, dass es schon später Abend war. Tatsächlich hatte ich seit meiner Rückkehr keinerlei Zeitempfinden mehr gehabt, da meine Tage nur aus Weinen und Schlafen bestanden hatten.

Die Luft war stickig und schwül. Es fühlte sich an, als würde ich ein Tropenhaus betreten, als ich aus dem gut gekühlten Auto stieg und meiner Mutter zur Veranda folgte. Den grauen Anzug hielt ich dabei wie ein neugeborenes Baby im Arm. Meine Mutter rümpfte die Nase.

»Gehört das *ihm*?«, fragte sie, während sie die Haustür aufschloss, an der ein mit bunten Blumen besteckter Kranz prangte.

»Das gehört mir«, antwortete ich kurz angebunden.

Sie hatte mein altes Kinderzimmer für mich hergerichtet, das eigentlich inzwischen ein Nähzimmer war, in dem sie ihre schrägen Outfits schneiderte. An den Wänden standen drei große Regale, deren Fächer vollgestopft waren mit Stoffen in allerlei Farben. Den Tisch, auf dem ihre Nähmaschine stand, hatte sie beiseite gerückt und mir das Schlafsofa ausgezogen, auf dem ein halbes Dutzend selbstgenähter Kissen und eine große, kunterbunte Tagesdecke lagen. Der ganze Raum stank nach ihrem

Parfum. Angewidert öffnete ich das Kippfenster, schloss die Tür und ließ mich auf mein provisorisches Bett fallen. So reif, verantwortungsbewusst und erwachsen ich in den letzten Monaten auch geworden war, so sehr fühlte ich mich plötzlich in meine Teenagerzeit zurückversetzt. Es fehlten bloß noch die schief hängenden Poster an den Wänden. Seufzend schloss ich die Augen und fiel wenig später in einen unruhigen, traumlosen Schlaf.

Das Geräusch der Kaffeemaschine ließ mich aufschrecken. Alarmbereit sprang ich auf und brauchte einen Moment, bis ich realisierte, wo ich war und wie ich hergekommen war. Dann kehrte die Erinnerung zurück und versetzte mir einen schmerzhaften Stich ins Herz. Es war bereits hell und die heiße Sommerluft drang durch das geöffnete Kippfenster in mein Zimmer ein. Es war unglaublich heiß. Das T-Shirt, in dem ich geschlafen hatte, klebte mir am schweißnassen Körper. Gähnend schlurfte ich ins Badezimmer.

Der Anblick meines Spiegelbilds ließ mich zusammenzucken. Ich sah aus wie eine wandelnde Leiche. Meine Augen waren rot unterlaufen und von einem grauen, trüben Schleier belegt. Ich hatte rissige Lippen und Flecken im Gesicht und meine Haare waren strähnig. Wie weit hatte ich es nur kommen lassen? Angewidert von mir selbst streifte ich die feuchte Kleidung von meinem Körper und stieg unter die Dusche. Das kalte Wasser tat gut. Es schien mich regelrecht wachzurütteln.

Obgleich ich immer noch zutiefst traurig war, fühlte ich mich ein wenig besser, als ich mich einige Minuten später abtrocknete und mir etwas zum Anziehen aus der Kiste suchte, die meine Mutter mir in weiser Voraussicht ins Badezimmer gestellt hatte. Ich entschied mich für ein rotes Top, das einst enganliegend gewesen und nun recht weit war, sowie für eine sehr knappe Jeanshose. Dann bürstete ich mein nasses Haar, das mir inzwischen bis über die Brust reichte und flocht es im Nacken zu einem Zopf. Mit einem Anflug von Trotz betrachtete ich erneut mein Spiegelbild. Meine geröteten Augen waren immer noch von einem trüben Grauschleier getrübt, meine Tränensäcke immer noch geschwollen und meine Lippen immer noch rissig. Aber eins hatte sich geändert – ich hatte beschlossen, nicht mehr zu weinen.

Als ich an den Frühstückstisch trat, wurde ich bereits von meiner Mutter erwartet. Sie saß vor einer dampfenden Tasse Kaffee und blätterte in der Tageszeitung. Es roch nach Rührei mit Speck, nach Kaffee und frisch aufgebackenen Brötchen.

»Guten Morgen«, sagte ich leise und nahm auf dem Stuhl Platz, auf dem ich früher immer gesessen hatte. Nichts, aber auch gar nichts hatte sich an diesem Ort verändert.

»Guten Morgen, Sonnenschein«, erwiderte meine Mutter ironisch. Heute trug sie eine Augenschmerzen verursachende Kombination aus einer rotgestreiften Tunika und einer weit fallenden grünen Hose, die über und über mit braunen Karos übersät war.

Obwohl mein Magen, der seit Tagen keine feste Nahrung bekommen hatte, bereits beim Anblick des üppigen Frühstücks rebellierte, nahm ich mir eine Brötchenhälfte, bestrich sie mit Marmelade und biss ein kleines Stück ab. Es schmeckte scheußlich. Genau wie der Tee, den Emma mir gemacht und den ich früher, genauso wie er war, geliebt hatte, war die Marmelade viel zu süß. Widerstrebend legte ich die Brötchenhälfte zurück auf den Teller. Meine Mutter betrachtete mich argwöhnisch.

»So, Kind. Butter bei die Fische.« Geschäftig klatschte sie in die Hände und nahm einen großen Schluck Kaffee. »Wo warst du? Du warst ja einfach weg, so mir nichts, dir nichts. Keiner wusste was, nicht mal Emma, und der hast du eigentlich immer alles erzählt. Und dann kam dein Brief.«

»Ach ja, der Brief.« Der, den ich nie geschrieben hatte. »Ich will nicht über ihn reden, wirklich nicht. Über nichts von dem, was passiert ist.«

Wie könnte ich auch? Sie würde mich für verrückt erklären, wenn ich ihr sagen würde, dass ich mich in einen fliegenden Mann verliebt hatte, der in einem verzauberten Wald wohnte und dort Menschen mit übersinnlichen Fähigkeiten unterrichtete.

Meine Mutter belegte sich ein Brötchen mit Käse, biss kräftig hinein und tätschelte mir die Hand.

»Gut, er hat dir das Herz gebrochen«, sie sagte das, als wäre es nicht weiter von Bedeutung, »aber die Zeit heilt alle Wunden. Du überdramatisierst das Ganze einfach etwas, Schätzchen.«

Sie meinte es nicht böse, das wusste ich, aber ihre Gleichgültigkeit machte mich wütend. Ich spürte ein wohlbekanntes, warmes Gefühl in meinem Inneren pulsieren, unterdrückte es aber.

»Ich überdramatisiere nicht, Mutter.« Meine Stimme klang gepresst. »Ich habe ihn geliebt. Liebe – etwas, das dir vielleicht nicht viel sagt.«

Sie ignorierte meine Anspielung auf die Art und Weise, wie sie meinen Vater verlassen hatte, biss erneut von ihrem Brötchen ab und spülte den Bissen mit einem großen Schluck Kaffee herunter.

»Andere Mütter haben auch schöne Söhne«, sagte sie flapsig.

Ich schluckte.

»Keiner von denen ist wie Flynn.«

»*Flynn.*« Sie rümpfte die Nase. »Das klingt schon so … rüpelhaft.«

Ich versuchte erneut, etwas zu essen, aber die Marmelade schmeckte immer noch scheußlich. Ich hatte das Gefühl, als würde sich alles in meinem Mund vor Ekel zusammenziehen. Meine Mutter schob ihren Stuhl zurück und begann, den Tisch abzuräumen.

»Charlie hat sich von seiner Frau getrennt«, sagte sie nebensächlich.

»Schön für Charlie.« Ich zuckte mit den Schultern. Vor Flynn hätte ich auf diese Nachricht noch mit einem

Jubelschrei reagiert. Nun war es mir völlig gleich. Ich war über Charlie hinweg. Das mit ihm tat nicht mehr weh. Im Grunde war das, was zwischen uns gewesen war, nie wirklich so echt, nie wirklich so tief, nie wirklich Liebe gewesen, aber ich hatte wohl erst richtig lieben müssen, um das zu bemerken.

»Charlie ist so ein netter, junger Mann.« Sie räumte den Geschirrspüler ein.

Ein netter, junger Mann. Ich musste mir auf die Zunge beißen, um nicht aufzuschreien. Sie wusste nicht, was er getan hatte. Ich hatte es ihr nie erzählt.

»Was ich damit sagen will«, sie räumte den Teller mit meinem kaum angerührten Brötchen ab und warf es in den Mülleimer, »Leute trennen sich. Dein Vater und ich, Charlie und … wie hieß sie noch gleich?«

»Alice«, brummte ich.

»Charlie und Alice.« Sie zuckte mit den Schultern. »Du und ähm …«

»Flynn.«

»Du und Flynn. Leute trennen sich. Das Leben geht weiter. Oder hast du mich damals tagelang im Bett liegen und jammern sehen?«

Ich verneinte und verkniff es mir, zu sagen, dass sie ihn verlassen hatte und nicht von ihm verlassen worden war, und dass das schon einen Unterschied machte.

»Du kannst natürlich hierbleiben, bis du wieder auf die Beine gekommen bist«, ergänzte sie großzügig. »Du wirst dir einen Job suchen müssen, eine Wohnung. Vielleicht solltest du dich bei so einer Partnervermittlungsbörse anmelden.«

»Auf gar keinen Fall.«

»Oder mach mal was mit deinen Haaren!«

»Meine Haare?« Ich verstand nicht, worauf sie hinauswollte. »Was ist falsch mit meinen Haaren?«

»Nichts ist falsch mit deinen Haaren. Aber Frauen lassen sich doch immer eine neue Farbe und einen neuen

Schnitt verpassen, wenn sie sich getrennt haben. Alle machen das.«

»*Niemand* macht das, Mutter.«

Kopfschüttelnd schob ich meinen Stuhl zurück und ging zurück in mein Zimmer, wo ich den Rest des Tages damit verbrachte, im Bett zu liegen und düstere Gedanken zu hegen. Aber ich weinte nicht mehr. Der nächste und der übernächste Tag verliefen genauso. Ich aß eine Kleinigkeit, ließ mich von meiner Mutter darüber belehren, dass alles halb so schlimm war und döste immer mal wieder für eine Stunde vor mich hin. Mein Körper schien frustriert. Er war es gewohnt, von morgens bis abends in Bewegung zu sein sowie mit viel vollwertigem, gesundem Essen ernährt zu werden, und rächte sich mit Kreislaufbeschwerden, Kopfschmerzen und einem allgemeinen Gefühl der Schwäche.

Am vierten Tag besuchte mich Emma.

»Oh, Nilah, du siehst schon so viel besser aus«, rief sie freudig aus und fiel mir um den Hals.

Ich zuckte mit den Schultern.

»Kann sein.«

Ich hatte etwas gegessen, getrunken und mir mit meiner Mutter einen alten Film angesehen, deren Inhalt sie vom Anfang bis zum Ende analysiert und kommentiert hatte.

Emma trug eine kurze Jeanslatzhose und ein weit ausgeschnittenes weißes T-Shirt und sah trotz der Hitze alles andere als verschwitzt aus. Ihr blondes Haar hatte sie zu einem lockeren Dutt hochgesteckt, der von einem Haarreif zurückgehalten wurde. In der Hand hielt sie ein rotes Täschchen, mit dem sie bedeutungsschwer vor meinem Gesicht hin und her wedelte.

»Was hat das zu bedeuten?«, fragte ich vorsichtig.

Emma kicherte geheimnisvoll.

»Das hat zu bedeuten, dass du genug Trübsal geblasen hast. Heute Abend gehen wir beide aus.«

»Oh nein«, jaulte ich auf.

»Oh doch.« Emma nickte entschlossen, öffnete ihre kleine Tasche und schüttete deren Inhalt auf den Tisch.

Eine ganze Palette an Schminkutensilien kam zum Vorschein. Einige davon rollten über den gesamten Tisch, bis sie an die Nähmaschine meiner Mutter stießen und dort liegenblieben.

»Komm schon, das wird lustig«, sagte sie.

»Das sagst du jedes Mal«, stöhnte ich.

Mit hängenden Schultern folgte ich ihr ins Badezimmer, wo wir uns vor dem Spiegel gemeinsam zu schminken begannen. Ich konnte mich nicht erinnern, wann ich zum letzten Mal Make-up aufgetragen hatte und es war ein merkwürdiges Gefühl, mit all dem Puder, den Pinseln und der Mascara zu hantieren. Während Emma sich mit einigen gezielten Handgriffen und einer einstudiert wirkenden Reihenfolge herausputzte, fühlte ich mich wie ein zwölfjähriges Mädchen, das zum ersten Mal Schminke benutzte. Doch mit Emmas Hilfe gefiel mir das Endergebnis schließlich richtig gut, und ganz leise und still entstand ein Gefühl der Vorfreude in meinem Inneren, das einfach nur glücklich darüber war, mal nicht ununterbrochen im Bett zu liegen.

Heiße Sommerluft schlug uns entgegen, als wir uns am späten Abend auf den Weg zu dem Club machten, von dem Emma mir vorgeschwärmt hatte. Der Club war während meiner Abwesenheit eröffnet worden, die Getränke verhältnismäßig günstig und die Barkeeper laut Emma richtig schnuckelig. Ich trug ein enganliegendes – zumindest war es mal enganliegend gewesen – weißes Kleid mit einem braunen Gürtel um die Taille, der denselben Farbton hatte wie meine Schuhe und meine Tasche. Es war nicht mein Anzug aus dem Schwarzen Flügel, aber es war bequem und luftig und umschmeichelte meinen schlanken Körper. Meine Haare fielen mir in feinen, dunklen Locken ins Gesicht. Emma hatte sich bei mir eingehakt und plapperte unentwegt. Vom neuen Club, von den süßen Barkeepern und von einer

Freundin aus der Uni, die sich die Brüste hatte vergrößern lassen.

Ich fühlte mich beschwingt. Die tiefe Traurigkeit in meinem Inneren war nicht verschwunden – sie war immer noch da, wie ein dunkler Schatten, der mir anhaftete, aber ich hatte sie mit aller Kraft beiseitegeschoben, um ein wenig Licht hineinzulassen.

Als wir den Club erreichten, stand bereits eine riesige Menschenschlange davor, und der Türsteher winkte nur nach und nach und voller Bedacht immer mal wieder eine Handvoll Wartende hinein. Emma stöhnte entnervt. Sie war süß und liebevoll, aber nicht gerade das, was man als geduldig bezeichnen würde.

Während wir warteten, überkam mich plötzlich wieder das mulmige Gefühl, verfolgt oder zumindest angestarrt zu werden. Ich blickte mich um, musterte den Teil der Schlange, der sich vor uns befand, und den, der noch nach uns kam, konnte jedoch nichts Verdächtiges entdecken.

»Alles gut?« Emma legte mir den Arm um die Schultern.

Ich nickte. Die Musik aus dem Club drang bis auf die Straße hervor. Eine Gruppe aus lauter jungen Mädchen vor uns tänzelte zum Takt. Die Menschenmasse rückte vor. Wieder nur ein knapper Meter, der uns näher zum Türsteher brachte, welcher in aller Seelenruhe Ausweise inspizierte und Tascheninhalte kontrollierte. Emma neben mir trat ungeduldig von einem Bein auf das andere. So langsam steckte ihre Ungeduld mich an. Schlagartig packte ich sie am Arm.

»Komm mit, ich habe eine Idee«, flüsterte ich ihr verschwörerisch zu.

Wir kämpften uns an der Menschenmenge vorbei, was mit einigen Buh-Rufen kommentiert wurde, und blieben unmittelbar vor dem Türsteher stehen. Er war etwa zwei Meter groß und fast genauso breit und blickte genervt von dem Ausweis auf, den er gerade in der Hand hielt. Dann musterte er uns beide von Kopf bis Fuß.

»Hört mal, ich mach' hier nur meinen Job.« Er reichte den Ausweis an eine zierliche Asiatin zurück und winkte sie mit ihrem Freund in den Club. »Also stellt euch gefälligst an wie jeder andere auch und wartet, bis ihr an der Reihe seid!«

Emma zupfte an meinem Arm.

»Er hat Recht. Jetzt komm schon«, flüsterte sie. »Bevor er uns nachher gar nicht reinlässt!«

Aber ich hatte andere Pläne. Entschlossen machte ich einen weiteren Schritt auf den Türsteher zu, dessen Mimik inzwischen von verärgert zu zornig wechselte, und starrte ihm geradewegs in die Augen. Dann ließ ich das heiße Gefühl der Macht frei, das in meinem Inneren längst schon auf seinen Einsatz wartete.

Du lässt meine Freundin und mich jetzt sofort in diesen Club, wünschst uns viel Spaß und erinnerst dich den Rest der Nacht daran, wie ausgesprochen freundlich und liebreizend wir waren!

Es funktionierte. Der Ausdruck in seinem Gesicht wich einem herzlichen Lächeln, und während er uns mit seinen großen Händen in den Club hineinschob, rief er lachend: »Na los, rein mit euch! Ihr seid echt nett. Habt viel Spaß, ihr Süßen!«

Im Club war es dunkel und stickig. Trotz Rauchverbot stank es nach Zigarettenqualm. Wir erkämpften uns einen Platz an der Theke und setzten uns auf zwei Barhocker, um eine bessere Sicht auf Emmas schnuckelige Barkeeper zu haben.

»Oh mein Gott, das war schräg gerade.« Emma, die offenbar gerade erst ihre Sprache wiedergefunden hatte, musterte mich perplex. »Wie hast du das gemacht?«

Ich antwortete nur mit einem geheimnisvollen Lächeln. Von wegen, das Zusammenleben von Menschen ohne und Menschen mit übersinnlichen Fähigkeiten war unmöglich – es war möglich. Mir eröffneten sich sogar ganz neue Möglichkeiten. Und niemandem würde jemals auffallen, dass ich meine Gabe einsetzen würde, um mich durch das Leben zu mogeln. Ein verrücktes Hochgefühl breitete sich in mir aus.

Ich sah mich um und hatte jäh das Gefühl, mein Herz würde stehenblieben, als ich auf der Tanzfläche einen roten Haarschopf in der Menge entdeckte. Ich hatte doch gewusst, dass ich verfolgt wurde! Aufgebracht sprang ich von meinem Barhocker herunter, lief auf die Tanzfläche und riss Flynn an der Schulter herum. Beim Anblick seines Gesichts erstarrte ich. Es war nicht Flynn. Er sah ihm nicht einmal ähnlich. Schamesröte schoss mir in die Wangen.

»Entschuldige«, stammelte ich und kehrte, so schnell ich konnte, zu Emma zurück.

Sie hatte uns inzwischen Getränke bestellt, eine rosafarbene Flüssigkeit, die nach Limonade roch. Immer noch peinlich berührt, nahm ich ein paar große Schlucke davon.

»Ich habe gedacht, das wäre Flynn«, murmelte ich.

»Prost!« Emma ließ ihr noch volles Glas an mein schon halb leeres klirren. »Mach dir keinen Kopf, das ist total normal. Ging mir damals auch so nach der Trennung von Sam.«

Ich erinnerte mich nicht an Sam – es waren zu viele Exfreunde und zu viele Namen –, nickte aber.

»Ich habe ihn überall gesehen, obwohl er nirgendwo war. Ich dachte, ich würde verrückt werden.«

Sie hatte recht. Als ich mich umsah, erblickte ich unzählige Männer, die mich an Flynn erinnerten. Der eine trug ein graues T-Shirt, der andere hatte eine ähnliche Haarfarbe und wiederum der nächste die gleiche Körperstatur, der vierte einen Bart, der mich an den von Flynn erinnerte. Ohne abzusetzen, leerte ich mein Glas, winkte dem Barkeeper zu und deutete ihm, dass er mir noch eines davon bringen sollte.

»Übertreib nicht«, tadelte Emma und machte dem Barkeeper schöne Augen, als er mein leeres Glas gegen ein gut gefülltes eintauschte und ich ihn bezahlte.

Ich trank gerade, als ich im Augenwinkel einen weißen Schatten vorbeihuschen sah. Vor Schreck verschluckte ich mich und Emma musste mir auf den Rücken klopfen, bis ich wieder richtig atmen konnte.

»Hast du wieder gedacht, du hast ihn gesehen?«, erkundigte sie sich mitleidig.

Ich schüttelte den Kopf.

»Nein, dieses Mal war es jemand anders.« Ich blickte mich verunsichert um. Irgendetwas ging doch hier vor sich – oder war ich wirklich dabei, verrückt zu werden? Kopfschüttelnd wandte ich mich wieder Emma zu und trank mein Glas aus. »Lass uns tanzen!«

»Da hat aber jemand Nachholbedarf«, neckte sie mich, aber ich sah ihr an, wie sehr sie sich freute.

Als sie ebenfalls ausgetrunken hatte, gaben wir unsere hart erkämpften Barhocker auf, die sofort von zwei anderen Mädchen eingenommen wurden, und betraten die Tanzfläche. Einen wunderbaren Augenblick lang war es wie damals. Wir lachten, hatten Spaß und bewegten uns im Takt der Musik. Eine Gruppe junger Männer gesellte sich zu uns und gab uns ein Bier aus. Emma kannte sie von irgendwoher. Natürlich. Sie flirtete mit einem von ihnen, ließ aber auch den hübschen Barkeeper nicht aus den Augen. Typisch Emma. Ich musste lachen. Doch dann kehrte das Gefühl zurück, dass ich beobachtet wurde. Ich wirbelte herum und sah ihn einige Meter entfernt am Rande der Tanzfläche stehen. Dieses Mal irrte ich mich nicht.

»Mo?«, rief ich.

Er wollte fliehen, aber ich war schneller. Mit aller Kraft, die ich aufbringen konnte, packte ich ihn und schleuderte ihn zu Boden. Wider Erwarten hörte weder die Musik auf, noch schien sich irgendjemand sonderlich für das zu interessieren, was hier vorging. Bloß Emma schien völlig schockiert. Ich suchte ihren Blick.

Alles ist gut. Geh weg!

Sofort gehorchte sie, wandte sich wieder der Gruppe zu und begann zu tanzen. Mo starrte mich mit riesigen, weit aufgerissenen Augen an. Ich half ihm auf.

»Was willst du hier?«, zischte ich.

»Äh … tanzen?«, log er.

Wut flammte in mir auf.

Wieso spionierst du mir nach? Sag mir die Wahrheit!

»Wir spionieren dir nicht nach«, beteuerte Mo. »Wir passen bloß auf!«

Wir?

Mo windete sich.

»Ich. Und Dina. Und … Flynn.«

Ich rang nach Luft. Einen Augenblick lang schien es, als würde ich die Kontrolle verlieren, doch schnell besann ich mich und fixierte weiterhin Mos Augen.

Was soll das Ganze?

»Das war Flynns Idee.« Man sah Mo an, dass er all das absolut nicht ausplaudern wollte, aber nicht anders konnte, da meine Gabe ihn dazu zwang. »Merlias weiß von nichts. Nicht einmal Cato weiß es. Flynn hat uns nach dem Abendessen im großen Saal abgefangen und wir sind mit dem Bus hergekommen, der uns damals in den Schwarzen Flügel gebracht hat.«

Ich sog lautstark Luft ein.

Verschwinde. Hol Dina und geht zurück zum Bus. Und sag Flynn, dass ich keine Aufpasser brauche!

Ohne ein weiteres Wort wandte Mo sich von mir ab und marschierte wie ein Soldat aus dem Club hinaus. Ich suchte nach Emma, doch sie schien gar nicht bemerkt zu haben, dass ich nicht wieder zurück auf die Tanzfläche gekommen war. Mit hängenden Schultern kehrte ich zurück an die Bar, tippte einem alleine sitzenden Mann mittleren Alters auf die Schulter und blickte ihm tief in die Augen.

Sei ein Gentleman und lass mich sitzen!

Sofort stand er auf und bot mir mit einer tiefen Verneigung seinen Barhocker an. Ich dankte ihm mit einem kurzen Nicken und bestellte mir einen Tequila.

»Trink nicht so viel.«

Die Stimme ließ mich erstarren. Ich drehte mich wie betäubt zur Seite. Auf dem Barhocker neben mir saß Flynn. Wie war er hierhergekommen? Er hatte eine schwarze Lederjacke über seinen Anzug gezogen, um nicht aufzufallen und sah aus, als hätte er seit Tagen nicht geschlafen.

»Was willst du hier?« Ich nahm meinen Tequila entgegen, trank ihn mit einem Schluck aus und bestellte direkt zwei neue.

»Auf dich aufpassen«, antwortete Flynn sanft.

»Ich kann selbst auf mich aufpassen.« Ich drückte dem Barkeeper einen Geldschein in die Hand und leerte die beiden Gläser direkt nacheinander.

»Sieht nicht so aus«, sagte er trocken.

So langsam wurde mir schummrig zumute. Der Alkohol und das Hungern in den letzten Tagen machten sich bemerkbar. Ich versuchte dennoch, so nüchtern und lässig wie möglich zu wirken.

»Flynn.« Ich stapelte meine leeren Gläser übereinander. »Ich hab' keine Ahnung, was du hier willst. Aber«, der Gläserturm stürzte zusammen, »ich werde defi … deni … *eindeutig* nicht zurückkommen!«

»Ich weiß.« Flynn funkelte den Barkeeper wütend an, als dieser mir ohne nachzufragen eins der rosafarbenen Getränke vor die Nase stellte. »Bitte trink das nicht.«

Provokant setzte ich das Glas an die Lippen und trank es genüsslich aus.

»Nilah«, knurrte Flynn drohend.

»Oh bitte, tu doch nicht so.« Ich drückte dem Barkeeper, der gerade vorbeiging, das leere Glas in die Hand und unterdrückte den in mir aufsteigenden Würgereiz. »Du genießt das doch, deinen … deinen großen Auftritt zu haben! Oh, der große, tolle Flynn Gideon – immer ist er da, wenn sie Hilfe braucht. Du … du Held, du!« Ich prustete los.

Flynn griff nach meiner Hand, doch ich zog sie weg.

»*Du* hast *mich* verlassen, Flynn! Du … mich … nicht andersrum«, erinnerte ich ihn.

»Das heißt aber nicht, dass ich nichts mehr für dich empfinde.« In Flynns Augen lagen Besorgnis und Schmerz. »Ich will, dass du sicher bist. Und glücklich.«

»Das bin ich«, entgegnete ich, nahm sein Gesicht in die Hände und blickte ihm tief in die Augen. Entschlossenheit und Mut erfassten mich.

Flynn, geh zurück zum …

Dann wurde mir schwarz vor Augen.

Kapitel 13
ÜBERLEBEN

Schmerz. Das erste, was ich spürte, war Schmerz. Noch bevor ich die Augen öffnete, war er da. Dumpf und dröhnend, durchdringend und pochend. Mein Kopf fühlte sich an, als würde er zerbersten, mein Hals war staubtrocken und als ich meine geschwollenen Lider vorsichtig anhob, überfiel mich zu alledem auch noch eine heftige Übelkeit. Den Würgereiz unterdrückend blickte ich mich um.

Ich wusste selbst nicht, was ich dabei vorzufinden erwartete. Vielleicht mein und Sadies Zimmer im Schwarzen Flügel, vielleicht Flynns Bett, vielleicht Emmas kleine, chaotische Wohnung am Rande der Stadt. Aber ich war nirgendwo anders als hier. Zuhause. In einem provisorisch eingerichteten Schlaflager, das eigentlich ein Nähzimmer und vor langer Zeit mal ein Kinderzimmer gewesen war. Gequält schloss ich die Augen wieder und dämmerte erneut in einen kurzen, traumlosen Schlafzustand.

Als ich sie ein zweites Mal öffnete, schien es wesentlich später zu sein. Die Sonne stand hoch am Himmel und schickte ihre Gluthitze durch das Kippfenster. Ächzend richtete ich mich auf, wobei sowohl mein Magen als auch mein Kopf rebellierten. Ich konnte mich nicht erinnern, wann ich zuletzt derart verkatert aufgewacht war. Stöhnend blickte ich an mir hinab. Ich trug immer noch dieselbe Kleidung wie letzte Nacht im Club. Sie stank nach Rauch und Alkohol.

Gerade begann ich, auf wackligen Beinen durch den Raum zu torkeln, um ins Badezimmer zu gehen und in der Küche nach einer Kopfschmerztablette zu suchen, als schwungvoll die Tür aufflog und Emma hereinkam.

»Du siehst aus wie der leibhaftige Tod«, begrüßte sie mich munter.

»Und du wie das blühende Leben.« Kraftlos ließ ich mich auf den Stuhl am Nähtisch fallen.

»Tja, *ich* habe auch nicht alle Getränke inhaliert, die der Club zu bieten hatte«, zog sie mich auf.

Ich stöhnte.

»Nicht lustig. Hast du hier geschlafen?«

»Ja.« Emma streckte sich und gähnte. »Zuerst neben deinem Bett und als du endlich aufgehört hast zu kotzen, bin ich runtergegangen und hab' es mir auf der Couch bequem gemacht.« Sie schnupperte an ihren Armen. »Ich glaube, den Geruch vom Parfum deiner Mutter werde ich nie wieder los. Der ist einfach überall.«

»Einfach überall«, stimmte ich ihr naserümpfend zu.

Emma lächelte. Leise schloss sie die Tür, trat neben mich und senkte ihre Stimme. Ihr Blick wurde ernst.

»Nilah. Flynn ist ...«

Ich hob den Blick.

»Du bist Flynn begegnet?«

Emma nickte. Sie sah irgendwie melancholisch aus. Melancholisch und fasziniert zugleich. Was hatte das zu bedeuten?

»Er hat dich getragen. Den ganzen Weg bis hierher«, sagte sie voller Bewunderung. »Als würdest du nichts wiegen.«

Ich senkte den Blick wieder.

»Er hat dich ins Bett gelegt, dir die Haare aus dem Gesicht gestrichen und dich auf die Stirn geküsst. Ganz sachte, damit du nicht aufwachst.« Diese hohe Tonlage kannte ich sonst nur von ihr, wenn sie von kitschigen Hollywooddramen erzählte. »Nilah, ich weiß nicht, was vorgefallen ist zwischen euch oder was er getan hat ... und es steht mir auch nicht zu, mich da einzumischen«, sie zögerte, »aber ich habe nie zuvor einen Mann eine Frau so anblicken sehen, wie er dich angeblickt hat«, sie seufzte, »und außerdem ist er unglaublich heiß, wieso hast du mir das nie erzählt?!«

»Emma!«

»Ist doch so.« Sie verdrehte die Augen. »Er hat gesagt, ich soll auf dich aufpassen.«

Ja, das klang nach Flynn. Ich biss mir auf die Unterlippe, um die Tränen zu unterdrücken. So lange, bis ich Blut schmeckte.

»Hat er noch etwas gesagt?«, erkundigte ich mich heiser.

»Ja. Er sagte, dass er wiederkommen wird und dass er nicht lange bleiben könne. Du wüsstest wieso.«

Ich nickte. Der Schutzzauber. Flynn hatte gesagt, dass er nicht lange andauern würde außerhalb des Waldes. Jeder hätte seine Flügel sehen können. Die alleinige Vorstellung der Reaktionen darauf ließ mir die Nackenhaare zu Berge stehen. Weshalb ging er dieses Risiko ein? Nur meinetwegen?

»Hat er sonst noch was gesagt?«, fragte ich. »Irgendwas?«

Emma zuckte mit den Schultern.

»Er war ehrlich gesagt nicht sonderlich gesprächig«, antwortete sie sanft.

»Okay.« Ich atmete tief ein.

Es gefiel mir nicht, dass Flynn sich offenbar dafür verantwortlich fühlte, auf mich aufzupassen, andererseits aber nicht der Mann an meiner Seite sein wollte. Ich hatte alles aufgegeben, alles zurückgelassen, um Abstand zwischen uns zu bringen – und er hatte nichts Besseres zu tun, als mir zu folgen? Er hatte im Club gesagt, dass er noch etwas für mich empfand, doch was sollte das sein? Pflichtbewusstsein, weil ich seine Schülerin gewesen war? Ein schlechtes Gewissen, weil er mir das Herz gebrochen hatte, nachdem ich mit ihm geschlafen und ihm meine Liebe gestanden hatte? Wut flammte in mir auf. Ein schlechtes Gewissen wünschte ich ihm tatsächlich. Aber er sollte mich in Ruhe lassen. Wie sollte ich über ihn hinwegkommen, wenn er vorhatte, wieder in meine Nähe zu kommen? Wenn ich nie wissen konnte, ob er hinter der nächsten Ecke lauerte, um besser auf mich – wie er gesagt hatte – aufpassen zu können?

»Nilah, alles in Ordnung bei dir? Was beschäftigt dich?« Emma legte mir eine Hand auf die Schulter.

»Ich habe einfach nur einen Kater.« Ich lächelte gequält. »Ich werde mich kurz frisch machen, dann geht es bestimmt wieder.«

»Klar«, stimmte Emma nickend zu.

Im Badezimmer wusch ich mir zuerst das Gesicht mit eiskaltem Wasser. Mein Spiegelbild starrte mir feindselig entgegen. Ein bleiches, trauriges Gespenst mit verschmierter Mascara und verfilzten Haaren. Angewidert wandte ich den Blick ab. Als mein Kreislauf sich vom kalten Wasser langsam stabilisieren ließ, zog ich mich aus und stieg unter die Dusche. Seufzend wusch ich mir die restliche Schminke aus dem Gesicht, ließ mir das heiße Wasser über den schmerzenden Nacken prasseln und schloss die Augen. Sofort tauchte Flynns Gesicht vor meinem inneren Auge auf. Ganz gleich, ob ich es wollte oder nicht, es würde immer da sein. Sein Geruch, seine Stimme, seine karamellbraunen Augen, seine Haut auf meiner … mit einem dicken Kloß im Hals stieg ich aus der Dusche, trocknete mich ab und griff wahllos einige Kleidungsstücke aus der Kiste. Mein Haar band ich mir zu einem strengen Dutt zurück, aus dem sich einige dünne Strähnen lösten.

»Wirst du ihn wiedersehen?«, fragte Emma, als ich zurück ins Zimmer kam. Sie hatte es sich in meinem Bett gemütlich gemacht und tippte auf ihrem Smartphone herum.

»Nein.« Ich schüttelte den Kopf.

»Aber du liebst ihn noch«, sagte sie leise.

»Ja«, ich nickte, »und er mich. Aber Liebe allein reicht wohl manchmal nicht aus.« Ich zuckte in gespielter Gleichgültigkeit mit den Schultern. »Irgendwann werde ich damit klarkommen, dass er kein Teil meines Lebens mehr ist. Vielleicht nicht heute oder morgen. Aber irgendwann. Irgendwie.«

Und ich sollte recht behalten. Der Schmerz blieb, aber er veränderte sich. Er war keine frische, blutende Wunde in meinem Inneren mehr, sondern eher eine Narbe, die Tag für Tag verblasste, auch wenn sie nie ganz verschwinden würde. Als der Sommer ging und der Herbst Einzug hielt in die Stadt, fühlte ich mich stark genug, um nach einem neuen Job und einer eigenen Wohnung Ausschau zu halten. Ich würde mich eingliedern müssen in diese Welt, wenn ich in ihr überleben wollte.

Nach einer Weile konnte ich wieder Marmeladenbrote essen, ohne vor Ekel das Gesicht zu verziehen. Ich konnte weiß gekleidete Menschen durch die Stadt laufen sehen, ohne Verfolgungswahn zu bekommen, und wenn ich von Weitem einen rothaarigen Mann im Supermarkt erblickte, begann mein Herz nicht gleich zu rasen. So langsam schien ich mein Leben wieder in den Griff zu bekommen.

Um meinen Körper in Form und meinen Kopf frei von finsteren Gedanken zu halten, begann ich zu joggen und meldete mich im Fitnessstudio an. Es war nicht immer einfach, es war nicht immer schön und ich quoll auch nicht über vor Lebensfreude, aber ich lebte – und das war es, was zählte. Ich lebte von Tag zu Tag, von Woche zu Woche. Irgendwie.

An jenem Abend hatte ich ein spätes Vorstellungsgespräch in einer Anwaltskanzlei, in der ich mich auf eine Stelle als Rechtsanwaltsfachangestellte beworben hatte. Vor Jahren hatte ich ein Praktikum dort absolviert und erhoffte mir gute Chancen. Sollte dem nicht so sein, würde ich auf meine eigene Art nachhelfen.

Ich trug einen schwarzen Rock, eine weiße Bluse und einen schwarzen Blazer darüber sowie schwarze High Heels, die ich mir von Emma geliehen hatte. Die Kleidung machte mich älter und reifer, als ich eigentlich war, was mir ziemlich gut gefiel.

Obwohl ich wusste, dass ich etwas dabeihatte, das kein anderer Bewerber mitführte – nämlich meine Gabe – war ich nervös. Meine Unterlagen trug ich in einer blauen Mappe dabei, obgleich ich sie nicht brauchen würde, um das zu bekommen, was ich wollte.

Es war ein trüber und regnerischer Tag und dämmerte bereits, als ich um Punkt 19 Uhr die Kanzlei betrat. Es war ein spätes Gespräch, aber das letzte freie an diesem Tag, da der Anwalt mehrere Bewerber empfing. So hatte man es mir am Telefon erklärt. Mein Hals war staubtrocken, als ich die Treppen hinaufstieg. Schwarzer Marmor. Einen Augenblick lang wurde mein Herz schwer wie Stein. Ich musste mich zwingen, weiter zu atmen. Nein, ich war nicht länger Nilah, die rebellische Kämpferin. Ich war dabei, Nilah, die vernünftige Rechtsanwaltsfachangestellte, zu werden.

Mit heftig pochendem Herzen blieb ich vor der Bürotür des Anwalts stehen, dessen Namen die Dame am Telefon mir am Vortag genannt hatte. Zaghaft klopfte ich an.

»Herein!«

Ich hielt die Luft an und öffnete die Tür. Der Anwalt, ein Mann im Alter meines Vaters, mit einer dicken Brille und fahlem Haar, blickte nicht einmal auf, als ich sein Büro betrat. Es roch nach Aftershave und Kaffee.

»Guten Tag.« Ich trat ein, schloss die Tür hinter mir und trat mit ausgestreckter Hand auf ihn zu. »Ich bin Nilah Taro, wir haben ein …«

»Jajaja.« Er verwies mich auf einen der Stühle, immer noch ohne mich anzusehen. »Setzen Sie sich, Frau Tora.«

»Taro«, verbesserte ich höflich.

»Möchten Sie etwas trinken?« Er wartete meine Antwort gar nicht erst ab. »Gut, gut, dann geben Sie mir mal Ihre Unterlagen.« Er nahm sie an sich, befeuchtete mit der Zunge seinen Daumen, blätterte desinteressiert hindurch und reichte sie mir zurück. »Gut, gut, wir melden uns.«

Das sollte alles gewesen sein? Ich war sprachlos. Und unwillig, mich derart abfertigen zu lassen, nachdem er kaum ein Wort mit mir gesprochen, geschweige denn mir einmal ins Gesicht geblickt hatte.

»Wir melden uns«, wiederholte er. »Sie dürfen gehen, Frau Tora.«

Hocherhobenen Hauptes stand ich auf.

»Mein Name ist Taro. Nilah Taro. Und Sie sind ein sehr unhöflicher Mensch.«

Zum ersten Mal hob er den Blick, sah mir mit einer Mischung aus Erstaunen und Groll direkt in die Augen und erhob sich ebenfalls. Er war größer, als ich erwartet hatte. Mit herablassender Miene sah auf mich hinab. Aber bevor er mich aus dem Büro verweisen konnte, tat ich das, was ich am besten konnte. Eindringlich erwiderte ich seinen Blick.

Das Vorstellungsgespräch ist vorbei. Es war großartig. Sie halten mich für sehr intelligent, gebildet und humorvoll, und ich bin mehr als qualifiziert für diesen Job. Sie werden gleich morgen früh allen anderen Bewerbern absagen. Ich beginne am Montag in einer Woche.

Ich dachte kurz nach.

Oh, und so lange ich hier arbeite, werden Sie freundlich zu mir sein.

Wie ein nasser Sack plumpste er zurück auf seinen Stuhl. Seine Gleichgültigkeit wich einer euphorischen Lebhaftigkeit, mit der er mir mehrfach die Hand schüttelte und mir zum neuen Job gratulierte. Ich bedankte mich höflich. Diese Gabe würde mich noch weit bringen in dieser Welt. Sehr weit.

Beschwingt trat ich den Heimweg an. Es war bereits dunkel und das Klackern meiner hohen Schuhe schien die ganze Straße zu erfüllen. Hätte ich sie nicht getragen, hätte ich begonnen, zu laufen, um schneller zu Hause zu sein. Ich konnte es kaum erwarten, meiner Mutter von dem Erfolgserlebnis zu berichten und Emma anzurufen. Doch dann beschlich mich das merkwürdige Gefühl, verfolgt zu werden. Ein kalter Schauer lief mir über den Rücken. Ich hatte mich lange nicht mehr so gefühlt, und schob es zuerst auf die Dunkelheit, aber es verging nicht, sondern wurde eher noch schlimmer. An der nächsten Straßenlaterne blieb ich stehen und blickte mich mit zusammengekniffenen Augen um. Die Straße war menschenleer.

»Flynn?«, rief ich in die Dunkelheit hinein. Keine Antwort. Langsam setzte ich meinen Weg fort. An der nächsten Straßenlaterne glaubte ich, in der Ferne Schritte zu hören. Ich blieb stehen und drehte mich um, doch sofort verstummten sie.

»Flynn Gideon!«, rief ich etwas lauter und etwas wütender.

Und da – endlich – zeigte er sich. Größer und stärker, als ich ihn in Erinnerung hatte, kam er im Schein der Straßenlaterne auf mich zu. Mein Herz setzte einen Schlag lang aus. Mir fiel gleich auf, dass sein Haar länger geworden war, und seine Augen traurig. Er musterte mich von oben bis unten, als würde er mich zum ersten Mal sehen, dann verharrte sein Blick auf meinem Gesicht.

»Du siehst verändert aus, Nilah.« Seine Stimme jagte mir eine Gänsehaut über den Rücken.

»Was willst du hier?«, fragte ich.

Er sog lautstark Luft ein und kam noch ein Stück näher an mich heran. So nah, dass ich ihn riechen konnte. Zedernholz, Honig, Wald und Abenteuer. Ich trat einen Schritt zurück und verschränkte die Arme vor der Brust. Flynn sah aus, als hätte ich ihn geohrfeigt.

»Es ist dunkel. Du solltest nicht alleine durch die Stadt laufen«, sagte er sanft.

»Ich bin nicht wehrlos, Flynn«, entgegnete ich scharf.

»Das weiß ich.« Er blickte auf meine Schuhe. »Es ist bloß so, dass ich es nicht ertragen würde, wenn dir etwas zustieße.«

Ich schnaubte verächtlich.

»Wieso nicht, Flynn? Ich bin schon lange kein Teil deines Lebens mehr.«

»Verdammt, Nilah.« Flynn fuhr sich mit den Händen durch die Haare. »Du wirst immer ein Teil meines Lebens sein! Und ich habe niemals gewollt, dass du gehst!«

Wieder versuchte er, einen Schritt auf mich zuzumachen, und wieder wich ich zurück, um einen Abstand zwischen uns beizubehalten, mit dem ich mich sicher fühlen konnte. Sicher genug, um nicht weich zu werden, nachzuzugeben oder in Tränen auszubrechen.

»*Du* warst mein letzter Grund«, sagte ich kühl. »Das weißt du. Nach dir gab es keinen Grund mehr für mich, zu bleiben. Und es gibt keinen mehr, um je zurückzukehren. Falls du deshalb hier sein solltest, weißt du nun Bescheid – ich bleibe, wo ich bin.«

Flynn nickte, als hätte er mit dieser Antwort bereits gerechnet. Ohne ihm noch einen weiteren Blick zu widmen, lief ich weiter. Mein Herz raste im selben Takt, den meine Schuhe auf dem Asphalt schlugen. Es dauerte nicht lange, da hörte ich seine Schritte erneut näherkommen. Wut stieg in mir hoch. Weshalb ließ er mich nicht einfach in Ruhe? Abrupt wirbelte ich herum.

»Wieso folgst du mir?«, schrie ich ihn an.

»Ich will, dass du sicher bist.« Er stand direkt hinter mir. In seinen Augen lag die pure Verzweiflung. »Bitte, Nilah. Ich will nur, dass du sicher nach Hause kommst. Es ist dunkel und spät und du …«

»Wovor hast du Angst?«, unterbrach ich ihn ungehalten.

»Nilah – es gibt viele schlechte Menschen hier in dieser Welt. Jemand könnte dir wehtun.«

»*Du* tust mir weh!« Ich kämpfte gegen die Tränen an. Wochenlang hatte ich nicht geweint, und nun kam er und brachte mich innerhalb weniger Minuten völlig aus der Fassung. Der Schmerz, den ich längst erstickt geglaubt hatte, kam wieder hoch und drohte mich zu überrollen. Es sollte aufhören. Ich wollte einfach nur, dass es aufhörte. Entschlossen trat ich auf Flynn zu, blickte ihm in die Augen und ließ zu, dass meine Gabe sich durch jede Faser meines Körpers schlängelte. Ich würde ihn nach Hause schicken. Fort von hier, weit, weit fort, sodass er niemals wieder zu mir zurückkehren würde.

Kaum hatte meine Konzentration ihren Höhepunkt erreicht, als Flynn blitzartig mein Gesicht umfasste, mich gegen die Straßenlaterne drückte und küsste. Er presste seine Lippen auf meine, seine Zunge fand meine, seine Hände hielten mich so fest, dass es beinahe wehtat. Meine Gabe kapitulierte und schmolz wieder zu einem warmen, lauernden Etwas tief in meinem Inneren zusammen. Ich musste meine ganze Kraft aufwenden, um Flynn von mir zu stoßen.

»Du hast versucht, mich mit deiner Fähigkeit zu manipulieren!«, keuchte er. »Schon zum zweiten Mal. Mach das nie wieder!«

Außer Atem schüttelte ich den Kopf.

»Und du hast mir hinterher spioniert! Sicher schon öfter als zweimal! Also sind wir quitt!«

»Ich wollte dich nur beschützen«, beharrte er ruhig.

»Ich muss nicht beschützt werden.« Ich senkte meine Stimme. »Und, schreib dir das hinter die Ohren, Flynn Gideon, ich *will* nicht beschützt werden.«

Mit diesen Worten wandte ich mich von ihm ab und eilte nach Hause, wohlwissend, dass er mir folgte, um auf mich aufzupassen. Als ich die Haustür hinter mir zugeschlagen hatte, sank ich mit dem Rücken daran hinab und blieb völlig außer Atem auf dem Boden sitzen. Meine Lippen brannten von seinem Kuss. Vorsichtig strich ich mit dem Finger darüber. Sie fühlten sich geschwollen an. Was hatte dieser Mann bloß an sich, das mich derart fesselte? Und was hatte ich an mir, dass er es nicht schaffte, sich von mir abzuwenden? Und wieso, zur Hölle, küsste er so unfassbar gut, dass man alles um sich herum vergaß?

»Alles in Ordnung, Schätzchen?«

Ich zuckte fürchterlich zusammen, als meine Mutter meine Schulter tätschelte.

»War das Gespräch nicht gut?«, fragte sie vorsichtig.

»Ähm … doch«, antwortete ich und fuhr mir verstohlen mit den Fingern über den Mund. Ich hatte das Gefühl, der Kuss brannte in Neonfarben auf meinen Lippen. »Es war … es war sogar sehr gut. Er war begeistert von mir. Ich fange am Montag an.«

»Oh.« Meine Mutter schien überrascht. »Herzlichen Glückwunsch, Schätzchen!«

»Danke.« Ich rang mir ein Lächeln ab und erhob mich vom kalten Boden, auf dem ich gesessen hatte. »Ich bin müde. Ich werde schlafen gehen.«

Eilig lief ich die Treppe hoch und nahm dabei immer zwei Stufen auf einmal. Erleichterung überkam mich, als ich die Tür hinter mir geschlossen hatte und mich auf das Schlafsofa fallen ließ. Ich musste jetzt alleine sein. Ich musste nachdenken. Noch vier Tage bis zum Beginn meines neuen Jobs und Flynn Gideon war wieder aufgetaucht. Das veränderte einfach alles. Ich zog mir die Decke über den Kopf und nahm mir fest vor, am nächsten Morgen ohne einen einzigen Gedanken an ihn aufzuwachen. Ich würde nicht zulassen, dass er alles, was ich mir in den letzten Wochen so hart erkämpft hatte, mithilfe eines einzigen Kusses wieder zerstörte. Nie wieder wollte ich seinetwegen weinen, leiden oder mich vom Leben zurückziehen. Nie wieder. Unruhig wälzte ich mich von einer Seite auf die andere, bis ich nach einer gefühlten Ewigkeit endlich einschlafen konnte.

Zuerst spürte ich einen rauen Windzug. Er wirbelte mir alle Haare ins Gesicht, sodass diese meine Sicht trübten. Dann stellte ich fest, dass ich nicht richtig atmen konnte, weil irgendetwas Unsichtbares meinen Brustkorb zuschnürte. Und mit einem Male waren sie alle da, die mir wohlbekannten Empfindungen aus meinem schlimmsten Albtraum. Die eiskalte, nasse Kleidung, die an meiner Haut klebte. Das Salz auf meinen Lippen, die Stille um mich herum.

Wieder saß ich in jenem hölzernen Wrack, das mir so fremd und doch so vertraut war, und wieder saß mir die unheimliche Gestalt gegenüber, die ich nicht zu erkennen vermochte, da ihr ganzer Körper von einem riesigen, schwarzen Umhang bedeckt wurde.

Ich blickte mich um. Der Wind schien bereits stärker zu werden und das Wrack schneller. Unumgänglich steuerten wir auf den mysteriösen Strudel – den Mittelpunkt dieses schwarzen Meeres – zu. Mein mir unbekannter Gegenüber begann zu zittern und griff mit seinen kalten Fingern nach mir.

»Sieh. Nicht. Hinein.«

So oft ich diese Worte aus seinem Mund bereits gehört hatte, so oft hatte ich mich ihnen auch ohne zu zögern widersetzt.

»Sieh. Nicht. Hinein. Sieh. Nicht. Hinein.«

Der Wind wurde heftiger, je näher wir dem Strudel kamen. Die Wellen schlugen tosend über dem Wrack zusammen. Wir kenterten beinahe. Gerade als ich mich wie jedes Mal aus dem Wrack herauslehnen wollte, um in den Strudel zu stürzen und den Traum zu beenden, grabschten die kalten Hände wieder nach dir. Angewidert wollte ich sie abschütteln, doch irgendetwas ließ mich zögern. Zum ersten Mal sah ich sie wirklich an.

Mir wurde heiß und kalt zugleich. Ich *kannte* diese Hände. Sie waren bleich und fühlten sich an wie die Hände eines Toten, aber dennoch kannte ich sie. Mit einem Ruck riss ich der Gestalt die Kapuze vom Kopf, und ein Schrei entglitt mir, der von der Stille des Meeres sofort entzweigerissen wurde.

Keuchend wachte ich auf. Flynn, es war Flynn! Er war in Gefahr, er brauchte mich! Ich schmeckte das Salz immer noch auf meinen Lippen, sah seine leeren, trüb gewordenen Augen, aus denen alles Leben verschwunden war, immer noch vor mir. Panisch schwang ich meine Beine aus dem Bett, stürzte aus dem Zimmer, die Treppe herab und auf die Straße. Die Finsternis der Nacht verschluckte mich förmlich.

»FLYNN!«, schrie ich heiser. »FLYNN! FLYNN GIDEON! KOMM ZURÜCK! BITTE KOMM ZURÜCK!«

Doch er war längst fort. Mein Herz schlug mir bis zum Hals. Wenn ihm nun etwas zugestoßen war, etwas ganz und gar Schreckliches … ich konnte den Gedanken kaum zu Ende denken. Kopflos begann ich, auf- und abzulaufen. Ich musste schnellstmöglich zu ihm in den Schwarzen Flügel gelangen, ganz gleich wie.

Abrupt hielt ich inne. Und dann tat ich, was Runa Gideon getan hätte. Ich sandte ihm eine Botschaft. Ich schloss die Augen und stellte mir seine vor, bis ich sie bis ins Detail vor mir sah. Die seltene, karamellbraune Farbe. Die dichten, dunklen Wimpern. Die buschigen Augenbrauen und die kleinen Grübchen, die um seine Augen herumspielten, wenn er lächelte.

Und dann sandte ich ihm drei Worte, kurz und einprägsam, ohne zu wissen, ob sie überhaupt dazu imstande sein würden, den Weg zu ihm zu finden.

Bitte komm zurück!

Kapitel 14
DIE ENTSCHEIDUNG

Ein dumpfes Pochen riss mich aus dem Schlaf. Ich konnte mich nicht daran erinnern, war aber offensichtlich eingenickt. Vornübergebeugt kauerte ich am Küchentisch, die Beine an den Körper gezogen und eine halb leere Tasse Pfefferminztee vor mir. Sofort waren meine Gedanken wieder bei Flynn. Was, wenn ihm tatsächlich etwas zugestoßen war und das letzte, das ich ihm gesagt hatte, war, dass er mich in Ruhe lassen sollte? Mir zerriss es das Herz bei der Vorstellung.

Das Pochen wiederholte sich, dieses Mal lauter und irgendwie drängend. Träumte ich noch oder klopfte tatsächlich jemand an die Haustür? Noch halb benommen hörte ich meine Mutter die Treppe herunterlaufen, dabei ganz fürchterlich fluchen und die Tür aufreißen. Dann erschütterte Flynns Stimme das Haus.

»Wo ist sie?!« Er schrie es beinahe.

Er war hier! Das war kein Traum!

»FLYNN!« Wie aus einer Trance erwachend sprang ich auf, stieß mir das Knie am Tisch und stolperte Richtung Haustür.

Flynn war bereits in den Flur vorgedrungen. Meine Mutter stand ihm schier verängstigt, mit Lockenwicklern im Haar und weit aufgerissenen Augen, gegenüber. Flynn überragte sie um einen ganzen Kopf, war völlig außer Atem und musste in seiner Aufgebrachtheit und Sorge um mich einen absolut entsetzlichen Eindruck auf sie machen.

Mit einem Gefühl der Erleichterung, das so intensiv war, dass es meinen ganzen Körper mit einem Zittern durchlief, rannte ich auf ihn zu und sprang ihm in die Arme. Ich schlang meine Arme um seinen Hals und meine Beine um seine Mitte. Ihn lebend zu sehen, ließ all die Wut und Empörung verpuffen, die ich ihm gegenüber am Vorabend noch verspürt hatte.

»Nilah …« Seine gedämpfte Stimme direkt an meinem Hals verriet, dass er dasselbe empfand. Ein Stein, wenn nicht gar ein ganzer Felsen, schien ihm vom Herzen zu fallen. Er drückte mich an sich, so fest, dass ich kaum mehr atmen konnte. Dann setzte er mich ab, hielt mich ein Stück weit von sich weg und sah mich an, als könnte er immer noch nicht fassen, dass ich wahrhaftig vor ihm stand. Seine Augen glühten förmlich.

»Ich habe mich sofort auf den Weg gemacht, als deine Nachricht mich erreicht hat.« Ungläubig ließ er seine Hände über mein Gesicht, meinen Hals, meine Arme gleiten, als müsste er sich davon versichern, dass ich tatsächlich gesund und munter und noch in einem Stück war. »Geht es dir gut? Was ist passiert? Bist du verletzt, Nilah? Sag doch etwas!«

Ich schaffte es trotz seines Drängens nicht, auch nur ein einziges Wort über die Lippen zu bringen. Das Bild von Flynn, das ich im Traum gesehen hatte, war in meinem Kopf so präsent, dass es mich immer noch bis tief ins Mark erschütterte. Doch er stand vor mir, groß, kräftig und gesund. Voller Leben und Leidenschaft. Ein Kontrast wie schwarz und weiß, und dennoch unleugbar ein und dieselbe Person.

»Ich hatte einen Traum.« Meine Stimme war kaum mehr als ein Flüstern, als ich es endlich schaffte, ihm zu antworten. »Einen Traum von dir. Du warst krank. Du warst so krank, Flynn –« Meine Stimme brach. Ich legte mir die Hand über den Mund und hielt den Atem an, um nicht in Tränen auszubrechen.

Flynn zog mich an sich. Sein Geruch und seine Wärme umschlossen mich wie ein Schutzwall, den nichts und niemand durchbrechen konnte.

»Es war nur ein Traum, Nilah«, sagte er besänftigend. Nicht der Hauch von Zorn darüber, dass ich ihn deshalb hierher zitiert hatte, schwang in seiner Stimme mit. Bloß die pure Erleichterung darüber, dass es mir gut ging. Ich konnte seine Ängste nachvollziehen, denn ich hatte bis zu jenem Augenblick dieselben gehegt.

»Nur ein Traum«, wiederholte er mit einer so sanften Stimme, als würde er mit einem kleinen Kind sprechen, das schlecht geschlafen hatte. »Es geht mir gut. Es geht dir gut. Es geht uns beiden gut. Allen Aufspürern, Beschützern, Heilern und Kämpfern, die je gelebt haben, sei Dank.«

Nur allzu gerne hätte ich seinen Worten Glauben geschenkt, aber tief in meinem Inneren wusste ich, dass es nicht stimmen, was er da sagte.

»Meine Träume sind niemals einfach nur Träume.« Ich schob ihn von mir, um ihm in die Augen sehen zu können. Er musste mir einfach glauben. »Alles, was ich im Traum sehe, wird passieren. Oder ist bereits passiert. Ich habe vom Schwarzen Flügel geträumt, lange bevor ich überhaupt wusste, dass er existiert! Dich habe ich gesehen, Flynn, als kleinen Jungen, in der Höhle, die einst dein Zuhause war. Ich habe Dinge gesehen, die ich niemals hätte sehen können, weil ich nicht dabei war, als sie geschahen. Diese Träume scheinen ein Teil meiner Ga –« Ich stockte, da mir plötzlich bewusst wurde, dass meine Mutter immer noch neben uns stand, mit Lockenwicklern im Haar und offenstehendem Mund. Verlegen räusperte ich mich. »Meiner Trauerbewältigung zu sein.« Ich nickte bekräftigend. »Die fünf Phasen der Bewältigung von … Liebeskummer. Ich habe mir ein Buch darüber ausgeliehen. In der Bücherei. Gestern.«

Eine unangenehme Stille trat ein. Meine Mutter hüstelte, Flynn fuhr sich mit den Händen durch das Haar und ich blickte auf meine nackten Füße herab. Dann gähnte meine Mutter laut, lang und ausgiebig.

»Keine Ahnung, wovon ihr da redet.« Sie kratzte sich am Hals. Ihre Augen waren ganz klein und verquollen. »Und es interessiert mich auch nicht, ich bin nämlich todmüde.« Sie warf mir einen Handkuss zu und gähnte erneut. »Gute Nacht, Schätzchen. Gute Nacht, ähm …«

»Flynn«, sagten Flynn und ich gleichzeitig.

Meine Mutter nickte bloß und schlurfte die Treppen wieder hinauf. Ich wartete, bis ich hörte, dass sie ihre Schlafzimmertür schloss, dann wandte ich mich an Flynn.

»Wie lange hält der Schutzzauber an?«

»Nicht lange.« Er strich mir bedauernd mit einer sanften Berührung eine Haarsträhne hinter das Ohr. Es schien fast so, als würde er ununterbrochen den Drang verspüren, mich zu berühren. »Bevor der Morgen anbricht, muss ich zurück sein. Ich kann schon von Glück reden, dass mich niemand gesehen hat, als ich hergeflogen bin.«

»Du bist *geflogen*?«, flüsterte ich erstaunt.

Flynn nickte.

»Natürlich. Meine Flügel sind schneller als der Bus.«

»Aber wenn dich jemand gesehen hätte!«

»Das war mir in dem Moment völlig gleich. Ich dachte, du wärest in Gefahr.« Er sah mich so durchdringend an, als würde er mir geradewegs in die Seele blicken. »Wirst du mich begleiten, wenn ich zurückfliege?«

Ich schwieg. Alles um mich herum schien sich plötzlich zu drehen.

»Komm mit mir nach Hause, Nilah«, fügte er leise hinzu. In seiner Stimme lag ein beinahe demütiger Unterton.

Ich schluckte. Er wollte, dass ich mit ihm zurückflog. Er wollte es so sehr. Aber er hatte mich gehen lassen. Ich schüttelte den Kopf. Eine Träne lief mir über die Wange, still und einsam. Flynn wischte sie zärtlich mit dem Handrücken fort.

»Oh Nilah, es war nie mein Ziel, dich zu verletzen. Ich dachte, nein, ich denke, es war die richtige Entscheidung. Ich hatte doch keine Ahnung, dass es so hart werden würde und dass du meinetwegen alles zurücklassen würdest, was dich ausmacht.« Er schien verunsichert und irgendwie auch wütend auf sich selbst. »Das hier ist nicht das, wozu du geboren wurdest, Nilah! Diese Kleidung, dieses Haus, diese Stadt – das bist nicht du! Was ist aus deiner Stärke geworden, aus deinem Mut, aus deinem Feuer? Du hast gebrannt, Nilah, innerlich gebrannt.« In seiner Stimme lag aufrichtiges Bedauern. »Du gehörst in den Schwarzen Flügel, du bist eine Kämpferin, du bist eine Antari!«

»Ich bin keine Antari«, entgegnete ich tonlos.

Flynn seufzte.

»Weil du immerzu fortläufst, wenn es schwierig wird«, ergänzte er leise, aber unüberhörbar bitter. Der Vorwurf, der in seinen Augen lag, entging mir nicht, auch wenn er ihn zu verbergen suchte. »Und sobald es hier schwierig werden wird für dich, wirst du auch aus deiner *normalen* und *richtigen* Welt fliehen wollen.«

Ohne es zu bemerken, hatten wir uns voneinander entfernt. Mit verschränkten Armen standen wir uns gegenüber und funkelten uns regelrecht feindselig an. Doch just in diesem Moment tauchte Flynns Gesicht in meinem Kopf wieder auf. Jenes, das ich im Traum gesehen hatte. Er hatte so krank ausgesehen, so blass und leblos. Ich erschauderte.

»Liebst du mich noch?«, fragte ich leise in die Stille hinein.

Flynn zögerte nicht.

»Natürlich liebe ich dich noch!«, antwortete er, als wäre alles andere abwegig. »Nilah, hör mir zu.« Er legte seine Hand an meine Schulter, ließ sie an meinem Arm hinabgleiten und umfasste mein Handgelenk. Mit einem Ruck zog er mich an sich heran. »Meine Zeit hier läuft ab. Ich muss jetzt gehen. Aber morgen werde ich wiederkommen. Ein allerletztes Mal. Und dann erwarte ich eine Entscheidung von dir. Wenn du hierbleiben willst, dann werde ich dich fortan in Ruhe lassen. Ich werde den Drang unterdrücken, dich immer wieder aufzuspüren und beschützen zu wollen und du wirst niemals wieder jemandem vom Schwarzen Flügel zu Gesicht bekommen. Darauf gebe ich dir mein Wort.« Er sog lautstark Luft ein. Man sah ihm an, wie schwer es ihm fiel, diese Worte auszusprechen. Er blickte mir geradewegs in die Augen. »Aber wenn du zurückkehren, wenn du hundert Prozent geben willst, um deine Ausbildung im Schwarzen Flügel fortzusetzen … wenn du nie wieder am Schwarzen Flügel und seiner Bedeutung für dein Leben zweifeln willst, dann werde ich dich nach Hause bringen.« Er neigte sich vor und seine Lippen streiften meine Wange und mein Ohr, sodass eine Gänsehaut über meinen gesamten Körper kroch. »Triff deine Wahl, Nilah. Ich komme morgen Abend wieder hierher, um zu erfahren, wie du dich entschieden hast.«

Ich schaffte es weder, ihm zu antworten, noch mich von ihm zu verabschieden. In meinem Kopf drehte sich alles. Sprachlos sah ich dabei zu, wie er durch die Tür trat und in der Finsternis der schlafenden Stadt verschwand.

In dieser Nacht fand ich keinen Schlaf. Ich war hin- und hergerissen zwischen zwei Welten, die ich beide als mein Zuhause ansah. Dies war der eindeutig größte Konflikt meines Lebens. Ich sah mich nicht dazu imstande, eine derart weitreichende Entscheidung innerhalb eines einzigen Tages zu treffen. Wie sollte ich wählen?

Wenn ich in dieser Welt bleiben würde, würde es mir gut gehen. Mithilfe meiner Gabe würde ich mir selbst sämtliche Türen öffnen können, die das Leben noch bereithielt für mich. Ich würde Emma haben und meine Mutter, die mich, auch wenn sie noch so anstrengend war, über alles liebte. Eines Tages würde ich vielleicht sogar eine Familie gründen. Aber Flynn, Sadie und all die anderen würde ich niemals wiedersehen. Allein die Vorstellung erfüllte mich mit einem Gefühl der Leere.

Doch was würde mich erwarten, wenn ich zurückkehren würde? War ich all dem gewachsen? Ich hatte viele Wochen des Unterrichts verpasst und beim Gedanken an Yaros und Junipers hartes Training und Flynns immer noch ungewisse Gefühle mir gegenüber wurde mir ganz mulmig zumute. Ganz gleich, welche Entscheidung ich auch treffen würde, sie würde schwerwiegende Verluste mit sich ziehen.

Der Tag zog sich wie Kaugummi. Ich konnte weder schlafen noch genug essen oder mich auch nur für fünf Minuten auf irgendeine Tätigkeit konzentrieren, ohne das Gefühl innerer Zerrissenheit zu verspüren, das mit Übelkeit und Kopfschmerzen einherging. Einerseits sehnte ich das Ende des Tages herbei, andererseits wuchs die Angst in meinem Inneren mit jeder Minute. Immer noch wusste ich nicht annähernd, wie ich mich entscheiden würde. Die Ungewissheit war fast noch schwerer zu ertragen als der Gedanke an das, was ich verlieren würde.

Am Vormittag begann ich, meiner Mutter bei der Hausarbeit zu helfen. Sie hatte es nie gemocht, wenn ihr jemand – wie sie es nannte – dazwischenfunkte, aber ich musste irgendetwas tun, bevor ich völlig verrückt wurde. Unbeholfen spülte ich ein paar Tassen aus und putzte mit holprigen Bewegungen die Fenster im Wohnzimmer. Meiner Mutter entging meine Unkonzentriertheit nicht.

»Schätzchen«, sie verzog kurz das Gesicht, als ich die Fensterbank abräumte und dabei eine Vase fallen ließ, »sei mir nicht böse, aber seit dieser Flynn aufgetaucht ist, stehst du wieder völlig neben dir.«

»Er hat mich durcheinandergebracht.« Ich wusch den nicht vorhandenen Staub von der Fensterbank und begann, die Vasen und Kerzen wieder in der gleichen Reihenfolge aufzustellen. »Er bringt mich ständig durcheinander.«

»Hm«, machte sie nachdenklich. »Und das empfindest du als … positiv?«

»Ich empfinde das als gar nichts«, gab ich etwas unfreundlicher als gewollt zurück. Ungeduldig nahm ich meinen Eimer, sodass etwas Wasser überschwappte, trat zum nächsten Fenster hinüber und räumte auch diese Fensterbank ab. Alles in mir sträubte sich dagegen, mit meiner Mutter über mein Liebesleben zu sprechen. Und erst recht wollte ich nicht, dass sie über diese völlig abnormale, emotional aufgeladene Beziehung, die ich mit Flynn führte, Bescheid wusste. Sie würde es nicht verstehen, es würde – im wahrsten Sinne des Wortes – eine andere Welt für sie sein.

»Ich mache mir bloß Sorgen«, erklärte sie. Sie war mir unbemerkt gefolgt und begann, mir beim Abräumen der Fensterbank zu helfen.

»Sorgen? Wieso?«

»Du hast gerade angefangen, wieder Fuß zu fassen«, antwortete sie und polierte eine kleine Vase, die ich ihr vor Jahren zum Muttertag geschenkt hatte, mit ihrem knallroten Kleid. »Ich möchte nicht, dass er dich wieder aus der Bahn wirft. Du bist so sensibel und zerbrechlich, Nilah. Ich meine es nur gut, das weißt –«

»Ich bin nicht zerbrechlich!«, unterbrach ich sie verärgert. Wieso dachte das eigentlich immer jeder von mir? Fahrig wusch ich die Fensterbank ab und putzte das Fenster mehr schlecht als recht. Schlussendlich war es verschmierter als zuvor.

Endlich schien sie zu verstehen, dass ich nicht in der Stimmung war, zu reden. Seufzend wandte sie sich von mir ab und ging in die Küche, um sich einen Tee aufzubrühen. Das Laufen des Wassers, das Öffnen und Schließen der Holzkiste, in der sie die Teebeutel aufbewahrte, und anschließend das Pfeifen des Wasserkochers waren Geräusche, die mich an meine Kindheit erinnerten.

Auch sonst hatte sich hier kaum etwas verändert. Mit einem Anflug von Wehmut sah ich mich um.

Was, wenn dies mein letzter Tag hier sein würde? Bereits morgen könnte ich wieder im Schwarzen Flügel sein, durch den Wald joggen und im großen Saal mit meinen Mitschülern und den Mentoren gemeinsam essen. Eine paradoxe Mischung aus Vorfreude und Heimweh erfüllte mich beim Gedanken daran.

»Du hast doch nicht etwa vor, wieder mit ihm zu gehen?« Meine Mutter kehrte ins Wohnzimmer zurück.

In den Händen hielt sie zwei dampfende, große Tassen mit Tee.

»Ich weiß es nicht«, antwortete ich wahrheitsgemäß und mit einem dicken Kloß im Hals. »Ich weiß es wirklich nicht.«

Der Vormittag plätscherte dahin. Am Mittag kam Emma. Wir bestellten Pizza und aßen sie zu dritt auf dem Sofa, während ein altmodischer Film im Fernsehen lief. Meine Mutter kommentierte wie immer jegliche Handlung und bemerkte die amüsierten Blicke nicht, die Emma und ich ihretwegen miteinander austauschten. Es fühlte sich so gut an. So nach Liebe und dem wahren Leben. So nach Zuhause.

Am späten Nachmittag traf ich meine Wahl. Sie war plötzlich da, von einer Sekunde auf die andere, und sie war so klar und deutlich, dass sie nicht falsch sein konnte. Es tat weh, aber es tat auch gut, endlich diese quälende Ungewissheit ablegen zu können. Die Kopfschmerzen und die Übelkeit ließen nach, als hätte mein Körper nur darauf gewartet, dass ich endlich eine Entscheidung fällte.

Am Abend saß ich mit Emma auf den Verandastufen vor dem Haus und sah der Sonne beim Untergehen zu. Als es dunkler und dunkler wurde, begannen die Straßenlaternen eine nach der anderen aufzuleuchten.

»Wie oft wir früher hier gesessen und darauf gewartet haben, dass sie angehen.« Emma schmunzelte. Ihr goldblondes Haar glänzte seidig im Licht der Laternen.

»Ja.« Ich lächelte bei der Erinnerung daran. »Und wie oft wir das noch tun werden.«

»Bis wir alt und grau sind«, sagte Emma.

»Bis wir alt und grau sind.« Ich nickte.

Liebevoll strich ich mit der Hand über den grauen Anzug. Ich hatte ihn gewaschen, gefaltet und mit den Schuhen, der Unterwäsche und dem Haarband zu einem Paket zusammengeschnürt, das genauso aussah wie das, was Flynn mir am ersten Tag meiner Ausbildung überreicht hatte. Heute würde ich es ihm zurückgeben.

Der Herbst war kalt und der Abend erst recht. Fröstelnd hatte ich einen Mantel über mein graues Strickkleid gezogen, während Emma sich eine Decke um die Schultern gelegt hatte. Wir tranken heißen Tee aus einer Thermoskanne und blickten in die Ferne.

»Sobald er kommt, lasse ich euch alleine«, fasste Emma noch einmal zusammen, was wir kurz vorher besprochen hatten. »Aber solange werde ich mit dir warten, egal, wie lange es dauern wird. Du gibst ihm seine Sachen und verabschiedest dich von ihm, weil er …«

»… nach Australien auswandert. Noch heute Nacht«, ergänzte ich, obwohl ich wusste, wie unglaubwürdig es klang.

Emma schwieg. Sie glaubte mir nicht. Aber das musste sie auch nicht. Die Hauptsache war, dass sie die Wahrheit nicht erfuhr.

»Und wenn er weg ist, komme ich wieder?«, fragte sie nach einer gefühlten Ewigkeit, in der wir beide mehrmals schweigend an unserem Tee genippt hatten.

Ich nickte. Wenn er weg sein würde, würde ich meine beste Freundin mehr denn je brauchen. Ich hatte schon so oft gedacht, dass ich Flynn nicht wiedersehen würde, doch bewusst Abschied zu nehmen, stellte ich mir noch wesentlich härter vor. Bei jedem Auto, das in die Straße einbog, sprang ich auf. Jedes Motorengeräusch erfüllte mich mit einem unglaublichen Adrenalinschub, gepaart mit Sehnsucht, Trauer und Angst.

Doch die Stunden vergingen, ohne dass etwas geschah. Unser Tee war leer, ich begann trotz Mantel zu frieren und auf die Toilette musste ich auch. Aber ich blieb wie angewurzelt sitzen, wagte kaum zu blinzeln, aus Angst, dass ich ihn verpassen könnte.

Als Emmas Kopf immer wieder auf meine Schulter sackte und ihr die Augen zuzufallen begannen, warf ich einen Blick auf ihre Armbanduhr. Es war bereits weit nach Mitternacht. Emma nahm den Kopf von meiner Schulter.

»Er wird nicht kommen, oder?« Meine Augen füllten sich mit Tränen.

Vielleicht hatte er nie vor zu kommen. Vielleicht hatte er meine Entscheidung bereits gekannt, bevor ich sie selbst gekannt hatte. Lautlos weinte ich in den Kragen meines Mantels hinein.

»Es tut mir so leid, Nilah!«, flüsterte Emma und vergoss aus Solidarität auch ein paar Tränen.

»Ist schon okay«, murmelte ich. Ich hatte zwar nicht vorgehabt, mit ihm zu gehen, dennoch zerriss mich die Sehnsucht nach ihm. Ich sehnte mich danach, ein letztes Mal mit ihm zusammen zu sein. Ich sehnte mich danach, ein letztes Mal seinen Geruch einzuatmen, seine Wärme zu spüren und in seine Augen zu blicken, bevor ich für immer darauf verzichten musste.

Seufzend richtete ich mich auf, rieb mir mit dem Ärmel das Gesicht trocken und reichte Emma die Hand, um ihr aufzuhelfen.

»Komm«, sagte ich leise und schloss die Haustür auf. Das graue Paket ließ ich liegen.

Wir betraten gerade den Flur, als das Geräusch eines heranbrausenden Fahrzeugs mich aufhorchen ließ. Emma und ich tauschten einen Blick miteinander. Konnte das möglich sein? Ein winziger Funke Hoffnung entbrannte in meinem Herzen. Ich eilte die Stufen der Veranda hinab, blieb am Straßenrand stehen und kniff, vom Scheinwerferlicht geblendet, die Augen zusammen. Mit quietschenden Reifen kam das Fahrzeug direkt neben mir zum Stehen. Mein Herz setzte einen Schlag lang aus, bevor es umso heftiger weiter galoppierte. Es war Toms gelber Bus, es war tatsächlich Toms gelber Bus!

»Flynn«, brachte ich erleichtert hervor.

Aber es war nicht Flynn. An seiner statt saßen Tom, Damien, Sadie, Makaio und Joaquin im Bus. Makaio und Sadie sprangen heraus und umarmten mich. Verwirrt und überwältigt zugleich ließ ich die Umarmung über mich ergehen, ohne sie zu erwidern.

»Was im Namen aller Heiler hast du dir dabei gedacht, einfach abzuhauen?«, empörte Sadie sich, aber ihre Erleichterung schien größer zu sein als ihr Zorn.

Ich ließ meinen Blick über ihr Gesicht gleiten, über Makaio und Joaquin, über den Fahrer Tom, der mit seinen Fingern auf dem Lenkrad herumtrommelte. Dann blieb mein Blick an Damien hängen.

»Nilah, spring rein«, rief er mir zu. »Es ist etwas passiert!«

Ich drehte mich zu Emma um. Mein Herz schien schier zu zerspringen. Was sollte ich bloß tun? Doch dann ergriff Emma die Initiative, indem sie etwas völlig Unerwartete tat. Sie umarmte mich und drückte mir dabei das graue Paket in die Hand. Fragend starrte ich sie an.

»Ich weiß nicht, was für eine schräge Sache hier läuft«, sagte sie. »Echt, ich habe nicht annähernd eine Ahnung. Aber es ist *deine* schräge Sache. Also geh mit ihnen, sie scheinen dich zu brauchen.«

»Emma, nein.« Ich schüttelte heftig den Kopf. »Es kann sein, dass wir uns nie wiedersehen!«

»Wir werden uns wiedersehen«, sagte sie mit fester Stimme.

Dankbar blickte ich sie an. Meine Tränen der Traurigkeit waren versiegt, doch Tränen der Rührung traten mir in die Augen. Eilends wandte ich mich von Emma, Sadie, Makaio und dem Bus ab und lief zurück ins Haus. Ich nahm immer zwei Stufen auf einmal, als ich die Treppe nach oben hinauflief. Nach einem kurzen Anklopfen schlich ich in das Zimmer meiner Mutter. Sie schlief bereits – wie schon so oft mit einem Buch in der Hand und einer Lesebrille auf der Nase. Vorsichtig zog ich ihr die Brille aus und legte sie zusammen mit dem Buch auf den Nachttisch. Sie bewegte sich ein wenig im Schlaf, und ich fragte mich unwillkürlich, ob es Absicht war, dass ihre Lockenwickler dieselbe Farbe hatten wie ihr selbstgenähter Pyjama. Ich schaltete die kleine Nachttischlampe an.

»Nilah!« Plötzlich war sie wach. Mit kleinen, verquollenen Augen sah sie mich an. »Ist etwas passiert?«

»Es ist alles in Ordnung«, beruhigte ich sie. »Es ist nur so, dass ich wieder zu Flynn gehen werde. Er braucht mich. Und ich brauche ihn. Ich wollte nicht schon wieder verschwinden, ohne dir Bescheid zu sagen.« Ich schluckte. »Ich liebe dich, Mama. Und danke.«

Kapitel 15
HEIMKEHR UND AUFBRUCH

Der Bus schien durch jedes Schlagloch zu fahren, das die Stadt zu bieten hatte, und es dauerte eine gefühlte Ewigkeit, bis wir den schützenden Wald erreichten. Die Ungewissheit, was mich bei meiner Ankunft im Schwarzen Flügel erwarten würde, lähmte mich mit jedem Meter, den wir zurücklegten, ein wenig mehr. Ich wusste nicht, was geschehen war. Ich hatte inzwischen bloß erfahren, dass Merlias außer sich vor Sorge und Erregung, Flynn nicht auffindbar und ein Zettel mit meinem Namen und der Adresse des Hauses mysteriöserweise im Unterrichtsraum der Kämpfer aufgetaucht war. Mehr wussten Sadie und die anderen ebenfalls nicht. Makaio und Joaquin hatten ihr den Zettel gezeigt, Damien hatte es zufällig mitbekommen, und zu viert hatten sie beschlossen, dem nachzugehen.

»Ein hübsches Kleid.« Sadie strich staunend über den Strickstoff. »Ich habe ganz vergessen, wie es sich anfühlt, etwas anderes zu tragen als das hier.« Lächelnd deutete sie auf ihren roten Anzug.

Wir saßen auf denselben Plätzen, auf denen wir gesessen hatten, als die drei Aufspürer Tom, Alois und Melvin uns in der Silvesternacht eingesammelt und zum Schwarzen Flügel gebracht hatten. Erinnerungen stiegen in mir hoch. Ich war eine völlig andere Person gewesen damals. Ohne zu antworten, nickte ich Sadie knapp zu. Ich war viel zu sehr in Sorge, um mit ihr einen Smalltalk über Kleidung führen zu können. Fest presste ich das zugeschnürte, graue Paket an mich, das ich eigentlich Flynn hatte mit auf den Weg geben wollen. Nie wieder hätte ich diesen Anzug getragen.

Als wir den Schwarzen Flügel erreichten, sprang ich als erste aus dem Bus und lief, so schnell meine Beine mich trugen, die Stufen hinauf. Als ich die Tür aufriss, wehte mir ein merkwürdiger Geruch entgegen. Eine Mischung aus Kräutern, Gewürzen und etwas anderem, das ich nicht zuordnen konnte. Im großen Saal herrschte helle Aufregung. Quentin lief – aufbrausende Selbstgespräche führend – auf und ab, Milla pustete in eine qualmende Schüssel hinein, aus der ich den merkwürdigen Geruch kommend vermutetet, und Cato lehnte an der Wand und knabberte an seinen Fingernägeln. Es war komisch und beängstigend zugleich, die sonst so gefassten Mentoren derart aufgelöst zu sehen. In der Mitte des Saals saß Merlias auf einem Stuhl und blickte mit leeren Augen in die Ferne. Als er mich erkannte, stand er auf und kam auf mich zu. Er sah geschwächt aus. Ohne etwas zu sagen, nahm er meine Hände in seine.

»Merlias!«, brachte ich nur hervor, dann verstummte ich angesichts seiner allzu ernsten Miene.

»Es ist etwas passiert«, sagte er.

Ich erschauderte.

»Etwas Schlimmes?«

»Etwas ganz und gar Ungeheuerliches.« Merlias blickte auf und das Leuchten in seinen stahlblauen Augen war erloschen. Zum allerersten Mal, seit ich ihn kannte, lächelte er nicht. Sein ernstes, von Furchen und Sorgenfalten übersätes Gesicht sah aus, als wäre es innerhalb kürzester Zeit um Jahrzehnte gealtert.

»Merlias!« Ich musste an mich halten, ihn nicht anzuschreien. »*Was* ist passiert? Wo ist Flynn?«

Ein Zittern durchlief Merlias' gebückten Körper. Er schwankte kurz, seine Hände glitten schlaff von meinen und Quentin legte den Arm um seine Mitte, um ihm Halt zu geben. Milla stellte die qualmende Schüssel ab und schob den Stuhl, auf dem Merlias gesessen hatte, zu Vater und Sohn hinüber.

»Vater, setz dich«, verlangte Quentin. »Du musst dich schonen.« Sein Blick verharrte auf meinem Gesicht und seine Züge verhärteten sich. »Und was willst du hier?! Du solltest überhaupt nicht hier sein.«

»Quentin, wo ist Flynn?«, flehte ich.

Sadie, Damien, Makaio und Joaquin waren mit Tom, dem Fahrer, lautlos ebenfalls in den großen Saal gekommen. Einer von ihnen legte eine Hand auf meine Schulter.

»Ist ihm etwas zugestoßen?« Verzweifelt blickte ich mich um. »Wieso sagt mir denn niemand, was hier vor sich geht?«

Quentin ging vor seinem Vater in die Knie.

»Flynn würde nicht wollen, dass sie sich da einmischt«, raunte er ihm zu.

»Du hast recht.« Merlias nickte schlapp. »Er wollte sie in Sicherheit wissen. Aber vielleicht ist sie unsere einzige Chance. Meine einzige Chance.«

Quentin schüttelte den Kopf.

»*Flynn* ist deine einzige Chance! Wenn er es nicht schafft, schafft es niemand«, entgegnete er fahrig.

Ich schlang die Arme um meinen Körper. Plötzlich wurde mir kalt. Langsam trat ich auf Merlias zu, ging vor ihm in die Hocke und holte tief Luft.

»Es tut mir leid, dass ich gegangen bin.« Mit Tränen in den Augen blickte ich zu ihm auf. »Ich bitte darum, wieder aufgenommen zu werden. Und ich bitte darum, zu erfahren, was hier geschehen ist. Wenn es irgendetwas gibt, das ich tun kann, um dir oder Flynn oder irgendjemandem hier zu helfen, dann werde ich alles – sogar mein Leben – dafür geben, um es zu tun.«

Merlias tätschelte meinen Arm.

»Ich wusste immer, dass du zurückkehren würdest.« Seine Stimme war schwach. »Nilah, das, was geschehen ist … Jemand hat einen Umbra freigesetzt.«

»*Umbra*?« Ich erinnerte mich an den Lateinunterricht in der elften Klasse zurück. »Einen … Schatten?«

»Ja.« Merlias nickte. »Eine Art lebendiger Schatten, Dämon oder Parasit … ein körperloser, von schwarzem Zauber erschaffener Schmarotzer, der nur dafür lebt, andere, übersinnliche Organismen zu zerstören. Er nimmt einem die Kräfte, schaltet sie nach und nach aus und wächst, streut und gedeiht im Körper des Wirts wie ein bösartiger Tumor. Am Ende seines Weges bringt der Umbra dem Wirt den Tod.« Nach so vielen Worten sank Merlias erschöpft an den Stuhlrücken. Schweißperlen standen auf seiner Stirn.

»Und so ein Ding hat dich befallen?«, fragte ich erstarrt.

Merlias nickte. Ich schüttelte den Kopf. Ich konnte es nicht fassen.

»Aber wie ... und woher?«

»Jemand muss ihn hierhergebracht und bewusst in meiner unmittelbaren Nähe freigelassen haben«, erklärte Merlias tonlos.

Die Tatsache, dass jemand dazu fähig war, war fast noch erschreckender als die, dass Merlias überhaupt davon befallen war.

»Gibt es ... gibt es denn nichts, was man tun kann?«, stotterte Sadie mit vor Schreck geweiteten Augen.

»Ja«, Makaio nickte, »ein Gegengift!«

Merlias nickte ebenfalls.

»Im Dorf lebt ein Heiler«, erklärte er angestrengt. »Der mächtigste und weiseste Heiler der Antari. Er ist der einzige, der dazu fähig ist, das Gegengift zu brauen. Ein dickflüssiges Sirup, das nur von ihm selbst verabreicht seine volle Wirkung entfalten kann. Von diesem Serum zerfällt der Umbra.«

Plötzlich ergab auch das Verschwinden von Flynn einen Sinn. Ich sprang auf.

»Flynn hat sich auf den Weg ins Dorf gemacht?«, schlussfolgerte ich. »Wieso ist er alleine gegangen? Ihr habt uns immer gesagt, dass der Wald viele Gefahren birgt, wenn wir den Pfad verlassen.«

»Und er tut dies«, stimmte Milla mir mit ihrem russischen Akzent zu, während sie in der immer noch intensiv qualmenden Schüssel rührte. »Aber alle kennen wir Flynn! Wenn er will etwas, er tut etwas. Und lässt sich von niemandem sagen das Gegenteil.«

»Ich werde ihm folgen.« Entschlossen drückte ich das graue Päckchen an mich und lief aus dem Saal die schwarze Marmortreppe hinauf. In meinem Anzug würde ich schneller sein, wendiger und beweglicher – und ich musste immer noch dringend auf die Toilette. Er konnte mir nur wenige Stunden voraus sein. Am Kopf der Treppe blieb ich noch einmal stehen.

»Wieso hat er nicht den Bus genommen?«

»Der Weg zum Dorf ist mit Fahrzeugen nicht zu erreichen«, antwortete Quentin.

Ich nickte. Das klang logisch.

»Und wieso ist er nicht geflogen?«

Merlias und Quentin tauschten einen Blick miteinander aus, den ich nicht zu zuordnen konnte. Aber es schien, als würden sie mir etwas verheimlichen.

»Nun«, Merlias schüttelte traurig den Kopf, »das ist ja gerade, was mir solche Sorgen bereitet, Nilah … nicht mein eigenes, mir wahrscheinlich bevorstehendes Ende – sondern seins.«

Mein Herz schien auszusetzen.

»*Seins?*«, echote ich. Ich spürte, wie mir alle Farbe aus dem Gesicht wich.

»Flynn wurde ebenfalls befallen«, erklärte Quentin. »Er wird – wie unser Vater auch – von Minute zu Minute schwächer werden. Dennoch ist er losgelaufen, um das Serum herbeizuschaffen. Ich wollte ihn aufhalten, aber … naja … du kennst Flynn. Er ist ein Hitzkopf. Er handelt, bevor er nachdenkt und überschätzt seine Kräfte maßlos.«

Ich musste mich am Treppengeländer festhalten, so schummrig wurde mir plötzlich zumute. Flynn war nicht nur todkrank, wie ich es in meinem Traum prophezeit bekommen hatte; er war auch noch völlig alleine mitten in einem riesigen, gefährlichen Wald unterwegs.

Ich versuchte, mich zusammenzureißen, lief in mein Zimmer und schlüpfte, nachdem ich endlich auf der Toilette gewesen war, in die Kleidung, die mich zur Kämpferin des Schwarzen Flügels machte. Mit rasendem Herzen eilte ich die Treppe wieder hinab und lief durch den großen Saal, um zur Tür zu gelangen.

»Nilah, warte.« Merlias erhob sich trotz der Proteste seines Sohnes erneut und kam auf mich zu. »Du kannst nicht alleine gehen.«

»Flynn ist auch alleine da draußen.« Ich hatte das Gefühl, vor Ungeduld zu zerbersten. Meine Stimme überschlug sich. »Und jede Minute, in der ich hier stehe, ist eine Minute, in der er sich weiter von mir entfernt!«

»Das weiß ich.« Merlias griff nach meiner Hand. »Die anderen Schüler sind noch nicht so weit, der Wald ist zu gefährlich für sie. Milla wird mich mit ihrer Heilkraft so lange über Wasser halten, bis ihr mit dem Serum zurückkehrt. Yaro und Juniper haben uns verlassen, als du fortgegangen bist. Und die Aufspürer sind nicht dazu ausgebildet, dich zu beschützen. Deshalb werde ich dir Quentin mit auf den Weg geben. Er weiß über die lauernden Gefahren und über den Standort des Dorfes Bescheid.«

»Vater, ich lasse dich nicht allein!«, protestierte Quentin.

»Ich brauche dich an anderer Stelle, mein Sohn.« Merlias rang sich ein müdes Lächeln ab. »Tu das, worauf du dein Leben lang vorbereitet wurdest. Beschütze Nilah. Findet Flynn und kehrt gesund und vollzählig zurück.«

Uns blieb keine Zeit. Voller Ungeduld riss ich die Tür auf, doch Merlias rief mich zurück.

»Nilah, eins noch.« Er wartete, bis ich so nah bei ihm war, dass er nur noch wispern musste. Und was er mir verriet, ließ mir die Haare im Nacken zu Berge stehen.

Mit weit aufgerissenen Augen starrte ich ihn an. Merlias nickte bloß. Wie konnte er mir das bloß sagen? Ausgerechnet jetzt? Und wozu? Ich versuchte, die geheimen Worte, die nur für mich bestimmt waren, abzuschütteln, doch sie hatten sich bereits in meinen Kopf eingebrannt.

Mit weit ausholenden Schritten lief ich Quentin hinterher, der bereits zur Tür hinausgerannt und am Anfang des Pfades war. Doch weitere Schritte folgten uns. Ohne anzuhalten, warf ich einen Blick über meine Schulter und erkannte Damien, der sich uns anschloss.

»Geh zurück!«, brüllte Quentin ihm zu, während er so schnell lief, dass wir Mühe hatten, mit ihm mitzuhalten.

»Niemals.« Damien klang entschlossen. Er holte auf und lief neben mir her. »Zwei Beschützer sind besser als einer! Ich habe etwas wiedergutzumachen und das werde ich den Rest meines Lebens tun, so wie ich es dir versprochen habe. Ich bleibe an deiner Seite. Als Beschützer und als Gefährte!« Seine Worte klangen aufgrund unserer hohen Laufgeschwindigkeit abgehakt, dennoch hörte ich die Demut in seiner Stimme deutlich heraus. Ich nickte ihm schweigend zu und lief weiter.

»Du und Flynn Sklaventreiber Gideon also, hm?!«, grinste er.

Ich bedachte ihn bloß mit einem kurzen grimmigen Blick, während ich versuchte, all meine Energie und Konzentration auf meine Beine zu legen. Damien stieß einen kurzen, heiseren Lacher aus.

»Ich habe versprochen, dich zu beschützen, Prinzessin. Ich habe nicht versprochen, dich nie mehr aufzuziehen«, rief er mir zu.

Schon verließ Quentin so schlagartig den Pfad, dass wir Mühe hatten, ihm zu folgen. Je weiter wir uns von unserem bekannten Pfad entfernten, umso dichter und undurchdringbarer wurde der Wald. Obwohl wir keine Zeit zu verlieren hatten, waren wir gezwungen, unsere Geschwindigkeit zu drosseln. Der Boden war ein einziges Gewächs aus Wurzeln und merkwürdig ausufernd wachsenden, grünen Pflanzen. Die Bäume warfen weite Schatten, die wie Gespenster aussahen. Und zum ersten Mal, seit wir am Schwarzen Flügel losgelaufen waren, wurde mir bewusst, dass wir nicht alleine im Wald waren.

Obwohl es kalt war, rann mir der Schweiß über die Stirn. Ich spürte an der Reaktion meines Körpers, dass ich Wochen des Trainings verpasst hatte, die auch mein

Joggen durch die Stadt und die Besuche im Fitnessstudio nicht hatten ersetzen können.

Ich hatte Seitenstiche und einen trockenen Hals. Ich war müde. Aber ich lief weiter. Nichts würde mich davon abhalten können, Flynn zu finden. Auch nicht das Knacken der Äste, das hin und wieder verriet, dass jemand – oder etwas – sich neben uns befand.

Merlias' Worte, die er mir beim Abschied ins Ohr geflüstert hatte, kamen mir wieder in den Sinn. Was, wenn er einen ernsthaften Grund hatte, mir sein Geheimnis anzuvertrauen? Ich musterte unauffällig Quentins Rücken und erschauderte. Ich hatte keine Wahl. Ich musste ihn testen. Jetzt sofort, ehe es zu spät war. Ich musste wissen, ob er uns tatsächlich schaden würde.

»Stopp!« Abrupt blieb ich stehen, beugte mich vor und keuchte. »Fünf Minuten Pause!«

»Wir haben keine Zeit für eine Pause!« Quentin hielt unwillig an und wandte sich mir zu. In seinen stahlblauen Augen blitzte Unverständnis auf. »Das Leben in der Stadt hat dich nicht gerade in Topform gebracht, was, Zauberauge?«

»Lass sie in Ruhe«, schnaufte Damien.

»Misch dich nicht ein!« Quentins Worte an seinen Schüler duldeten keine Widerrede. Mit schnellen Schritten kam er auf uns zu und senkte seine Stimme zu einem bedrohlichen, leisen Raunen. »Wenn mein Bruder und mein Vater an der Vergiftung sterben, ist das allein euer Verschulden!«

Er war so nah, dass ich seinen Atem im Gesicht spüren konnte. Nah genug. Ich fixierte seine Pupillen.

Sind wir auf dem richtigen Weg? Sag mir die Wahrheit, Quentin Amino!

Quentin griff sich an den Kopf. Er wollte nicht antworten, aber er tat es.

»Nein.«

Wieso führst du uns nicht zum Dorf? Sei bloß ehrlich zu mir!

»Weil ich nicht will, dass wir Flynn und das Gegenmittel finden!« Seine Stimme klang blechern, seine Augen funkelten zornig. »Wieso tust du das, du kleine Hexe?«

Damien, der neben mir vor Schreck die Luft angehalten hatte, atmete lautstark ein.

»Du bösartiger …«, setzte er an.

Ohne den Blick von Quentin abzuwenden, streckte ich Damien meinen Arm entgegen. Er sollte nichts tun, was die Verbindung zwischen Quentin und mir unterbrechen könnte. Er verstand und verstummte augenblicklich. Ich überquerte die wenigen Zentimeter, die noch zwischen Quentin und mir lagen, sodass unsere Nasenspitzen sich beinahe berührten. Meine Konzentration erreichte ihren Höhepunkt.

Du wirst uns nun auf kürzester Strecke zum Dorf führen! Du wirst den ganzen Weg über für unsere Sicherheit sorgen! Und sobald wir dort angelangt sind, wirst du dich selbst stellen. Du wirst allen die Wahrheit sagen über das, was du getan hast. Hast du mich verstanden?

»Ich habe dich verstanden.« Quentins Blick war voller Hass, aber sein Körper gehorchte. Er drehte sich um und zeigte in die andere Richtung. »Wir müssen dort entlang. Die Pflanzen bilden Pfeile. Wenn wir ihnen folgen, erreichen wir das Dorf.«

Ich blickte auf den Boden. Er hatte Recht. Die merkwürdigen, ausufernd wachsenden, grünen Pflanzen, die sich über den ganzen Waldboden erstreckten, wuchsen alle nur in eine Richtung. In diese begannen wir nun zu laufen, so schnell die Enge des Waldes es nur zuließ. Ich rief mir Merlias' Worte wieder in den Kopf.

»Quentins Mutter war keine Alba. Sie war nicht einmal eine Antari und hatte keinerlei magische Fähigkeiten. Sie war eine gewöhnliche, menschliche Sterbliche. Dennoch brachte ich sie in den Schwarzen Flügel. Ich weiß, ich habe euch gesagt, dass dieser Ort nur von jenen betreten und bewohnt werden kann, die übersinnlich sind. Aber mit dem Schutz eines Alba ist es möglich, einen Menschen ohne Gabe einzugruppieren. So wie auch Quentin.« Merlias hatte geseufzt an dieser Stelle. Das Sprechen hatte ihn spürbar überanstrengt. »Quentin hat keine Gabe, er hatte nie eine. Doch nachdem seine Mutter, meine geliebte Frau, bei der Geburt starb, gab ich ihm das Gefühl, eine zu haben. Es brach mir das Herz, dass er ohne geboren worden war und dass er ohne Mutter und ohne Gabe leben sollte. All das, was Quentin erschaffen kann, kann er erschaffen, weil ich es zulasse. Es ist vielleicht wichtig, dass du das weißt, Nilah. Quentin ist mein Sohn und ich liebe ihn mehr als mein Leben, aber er birgt Dunkelheit in seinem Herzen. Sei auf der Hut. Mit diesem Wissen und deiner Gabe wirst du Schlimmeres verhindern können. Ich gebe dich nicht, wie er glaubt, in seine Obhut – ich gebe ihn in deine. Es passiert, was passieren soll, darauf vertraue ich.«

Der Weg, den Quentin uns wies, wurde immer enger und kaum noch begehbar. Die Vorstellung, dass Flynn sich hier entlanggeschleppt hatte, schwach und sterbend, um das Leben seines Vaters zu retten, trieb mir die Tränen in die Augen. Ich glaubte kaum noch, dass er es bis ins Dorf geschafft hatte. In Anbetracht der Tatsache, wie schwach Merlias gewesen und wie verworren und hart dieser Weg war, schien es nahezu unmöglich. Selbst für einen Flynn Gideon. Ich rieb mir die Tränen aus dem Gesicht. Dabei stolperte ich blindlings über eine Wurzel und schlug mir den Kopf an einem Baumstamm an. Benommen sackte ich zu Boden, dann versank alles um mich herum in Dunkelheit.

Eine warme Hand legte sich an mein Gesicht und hob sanft mein Kinn an. Es fühlte sich echt an, aber so sehr ich es mir auch wünschte – es war nicht echt. Vorsichtig schlug ich die Augen auf und blinzelte in das Sonnenlicht hinein, das alles überflutete. Es dauerte eine Weile, bis ich mich an die Helligkeit gewöhnt hatte. Flynn stand vor mir, stark, lächelnd und gesund. Behutsam umfasste er meine Handgelenke und zog mich mit einem Ruck in die Höhe und an seine Brust. Sein Geruch raubte mir den Atem. Ich schmiegte mich an ihn, während er mir sachte über die Haare strich. Seine Wärme drang durch meinen Anzug, durch meine Haut und mitten in mein Herz hinein, wo sie ihr Zuhause fand. Seine Lippen streiften meine, glitten weiter über meinen Hals und verweilten an meinem Ohr.

»Finde mich«, hauchte er. »Mir bleibt keine Zeit mehr.«

Und wie seine Stimme erstarb, da schwanden auch seine Wärme und sein Geruch. Das Sonnenlicht wurde von Wolken bedeckt und als ich die Augen aufschlug, war er fort und ich kauerte auf dem kalten Boden mitten im Wald. Bloß die Hand in meinem Gesicht war geblieben, doch sie gehörte nicht Flynn, sondern Damien. Unbeholfen tätschelte er meine Wange.

»Aufwachen, Prinzessin!« Erleichterung lag in seinem Blick, als er bemerkte, dass ich zu mir kam. »Wenn ich gewusst hätte, wie tollpatschig du bist, hätte ich noch zwei, drei Beschützer mehr mit auf die Reise genommen!«

Ich rang mir ein kleines Lächeln ab und schob seine Hand aus meinem Gesicht. Quentin war einige Meter vor uns stehengeblieben, wandte uns jedoch den Rücken zu.

»Etwas folgt uns«, stellte er fest.

»Etwas … Gefährliches?«, fragte Damien.

»Etwas Dunkles und Widernatürliches.« Quentin wandte sich zu uns um, mit unverhohlener Feindseligkeit im Blick. »Es riecht eure Schwäche.« Widerwillig ging er weiter. Selbst wenn er sich mit aller Macht dagegen wehren würde, würde er nichts gegen meine Gabe und das, was sie ihm aufgetragen hatte, tun können. Er musste uns zum Dorf führen, ganz gleich, was auch geschah.

»Du und Flynn Sklaventreiber Gideon also, hm?« Damien beschleunigte, um mit mir Schritt halten zu können, als ich mich endlich wieder aufgerappelt hatte und

Quentin weiter folgte. Wir schlugen uns mit Händen und Füßen in einem schnellen Trab durch das Dickicht des Waldes.

»Du gibst nicht auf, was?« Meine Stimme klang gepresst. Ich war völlig erschöpft. Aber nichts auf der Welt würde mich davon abhalten, Flynn zu finden. Die Vorstellung, dass er irgendwo liegen könnte, genau hier, oder dort, oder zehn Meter weiter vorn, spornte meine Verzweiflung, aber auch meine Motivation an. Mir war regelrecht übel vor Anstrengung.

Plötzlich blieb Quentin stehen, so abrupt, dass wir beinahe in ihn hineinliefen.

»Quentin, was zum –« Ich erstarrte, als ich seinem Blick folgte.

Etwa vier Meter von uns entfernt wuchs ein riesiger, kräftiger Baum aus dem Boden. Er unterschied sich auf den ersten Blick nicht wesentlich von den anderen. Erst bei näherem Betrachten fiel auf, dass dieser Baum ein menschliches Gesicht hatte und dass die beiden dicksten Äste, die er trug, in fingerähnlichen Zweigen endeten. Damien und ich tauschten einen angsterfüllten Blick miteinander.

»Quentin, was ist das?«, flüsterte ich.

»Ein Baum«, knurrte er leise zurück.

Ich griff an sein Kinn, drehte es mir zu und starrte ihm in die Augen.

WAS. ZUR. HÖLLE. IST. DAS?!

»Ein Baumgeist.« Seine blauen Augen funkelten. »Groß, dumm und angriffslustig.«

Was sollen wir tun?

»Wir dürfen ihn nicht reizen.« Quentin rührte sich keinen Zentimeter. Seine Stimme war so leise, dass ich Mühe hatte, ihn zu verstehen. »Keine hektischen Bewegungen. Keine lauten Geräusche. Kein Augenkontakt.«

Damien und ich senkten zeitgleich den Blick. Im Augenwinkel sah ich, wie der Baumgeist mit seinen Fingern schier ungeduldig an den Stamm trommelte.

»Kann es uns verstehen?«, wisperte ich.

»Ich sagte doch bereits – es ist dumm!«, wisperte Quentin zurück.

»Führt unser Weg uns an ihm vorbei?«, flüsterte Damien.

Wir blickten auf die grünen Pflanzen am Boden. Sie wuchsen exakt auf den Baumgeist zu und offensichtlich unter ihm hindurch.

»Ja.« Quentin nickte. »Folgt mir. Und seid bloß leise!«

Damien griff nach meinem Arm. Unbemerkt von Quentin zog er mich zu sich hinüber. In seinen Augen lag die pure Angst.

»Ich traue ihm nicht«, flüsterte er.

»Ich traue ihm auch nicht«, antwortete ich mit gedämpfter Stimme. »Aber er hat keine Wahl, er steht völlig unter dem Einfluss meiner Gabe. Und die befiehlt ihm, uns so schnell und so sicher wie möglich ins Dorf zu führen.«

Damien nickte. Seine Beruhigung durch meine Worte schien verschwindend gering zu sein. Dicht hintereinander folgten wir Quentin, der sich lautlos dem furchteinflößenden Baumgeist näherte. Es war paradox: Während sich in meinem Inneren alles zusammenzog und dagegen sträubte, diesem unheimlichen Wesen näherzukommen, wusste ich doch instinktiv, dass dies der einzige Weg war, der mich schnell genug zu Flynn führen würde. Womöglich hing sein Leben davon ab.

Damien hinter mir hielt den Atem an, als wir direkt neben dem Baumgeist standen. Es war furchtbar eng. Wir mussten über eine breite Wurzel steigen und uns mit dem Rücken an einem anderen Baum vorbeipressen, um den Baumgeist nicht zu berühren. Mein Atem ging ganz flach. Ich starrte auf meine Füße und versuchte irgendwie, Halt auf dem Waldboden zu finden und zugleich weder hörbar noch sichtbar zu sein. Aber die Wurzel war beunruhigend glatt und von Moos bewachsen. Es geschah das Unvermeidbare – ich rutschte aus, verlor den Halt und stieß mit meiner Schulter an den Baumgeist.

Nie zuvor hatte ich einen derart gespenstischen Schrei gehört. Der Baumgeist schnellte herum, mit einer Geschwindigkeit, die ich im Leben nicht von ihm erwartet hätte und ließ seine handähnlichen Äste auf mich zuschießen. Dann ging alles ganz schnell. Noch während ich wie vor Schreck erstarrt dastand und dem Baumgeist zu allem Übel noch in die Augen starrte, gab Damien mir von hinten einen kräftigen Schubs, mit dem er mich in Quentins Arme stieß. Die Finger des Baumgeistes verfehlten mich um Millimeter und umgriffen an meiner statt Damien, während Quentin mich an sich riss und weiter drängte.

»LAUF!«, hörte ich ihn nur noch brüllen, bevor er sich umdrehte, um Damien zu helfen.

Das Blut rauschte in meinen Ohren. Wie von Sinnen begann ich, loszurennen, geduckt und nah am Boden, um die grünen Pflanzen besser sehen zu können, die mir den Weg wiesen. Ich versuchte, die Schreie auszublenden, die hinter meinem Rücken den ganzen Wald zu erfüllen schienen, doch es gelang mir nicht. Ich hatte das Gefühl, weinen zu müssen, schreien zu müssen, irgendetwas tun zu müssen, das der furchtbaren Welle an Emotionen, die mich überrollte, ein Ventil sein könnte, doch es ging nicht. Mein Brustkorb schmerzte von den kurzen, heftigen Atemzügen, die ich beim Laufen tat. Er schmerzte so sehr, dass ich nicht annähernd dazu imstande war, etwas anderes zu tun, als nach Atem zu ringen.

Ich lief und lief, doch es fühlte sich an, als würde ich fallen und nicht von der Stelle kommen. Längst schon hatte der Schmerz vom anhaltenden Rennen in meinen Beinen aufgehört und sich in ein lähmendes Kribbeln verwandelt. Aber ich lief weiter. Auch als die Schreie in immer weitere Ferne rückten und irgendwann verstummten, lief ich weiter. So lange, bis ich über irgendetwas fiel. Ungebremst prallte ich auf den Waldboden.

Mein Kopf schleifte an einer Wurzel vorbei, und ich spürte Blut über mein Gesicht rinnen. Keuchend und völlig am Ende meiner Kräfte robbte ich über den Waldboden, um zu sehen, worüber ich gefallen war. Dann begann sich alles um mich herum zu drehen.

»Er ist hier!«, hörte ich mich selbst mit tränenerstickter Stimme rufen. »Flynn ist hier, er ist hier!«

Kapitel 17

WETTLAUF GEGEN DIE ZEIT

»Flynn. FLYNN! Oh mein Gott, Flynn!« Ich kroch um ihn herum und legte mein Ohr auf seinen Brustkorb. »Er lebt. ER LEBT!« Ich wusste selbst nicht, wem ich die Worte eigentlich zurief, denn da war niemand, der sie hätte hören können. Aber es war ein befreiendes Gefühl, so zu tun, als wäre ich nicht mehr allein. Ich hatte ihn gefunden. Endlich, endlich hatte ich ihn gefunden.

Zitternd hob ich seinen Kopf an und legte ihn mir auf den Schoß. Er war nicht bei Bewusstsein, aber er atmete und sein Herz schlug. Hilflos blickte ich mich um, während ich ihm die Haare aus dem Gesicht strich. Kalter Schweiß bedeckte seine Haut. Er war beunruhigend blass und seine Lippen waren bläulich verfärbt. Wie lange er hier wohl gelegen hatte? Hatte er gelitten, als die Kraft ihn gänzlich verlassen hatte und er zusammengebrochen war? Der Gedanke schnürte mir die Kehle zu. Hilfesuchend blickte ich mich um. Was sollte ich bloß tun? Ich konnte ihn unmöglich tragen, doch wenn ich warten würde, würde er sterben.

Yaro und Juniper! Der Gedanke schlug wie ein Blitz ein. Ich verachtete die beiden immer noch aus tiefstem Herzen für all die Härte und Unmenschlichkeit, mit der sie mir im Schwarzen Flügel begegnet waren. Aber sie waren meine einzige Hoffnung, denn sie waren die einzigen, die ich im Dorf kannte und deren Augen ich mir noch ganz genau vorstellen konnte. Diese großen, puppenhaften, blauen Augen … ich erschauderte beim bloßen Gedanken daran.

Genau wie ich Flynn die Nachricht aus der Stadt geschickt hatte, versuchte ich, mir ihre Gesichter und vor allem ihre Augen in jedem Detail vorzustellen. Die porzellanene Haut. Die vollen Lippen. Die glattrasierten, glänzenden Schädel. Die dichten, schwarzen Wimpern, die sie so harmlos aussehen ließen, obwohl ganz das Gegenteil der Fall war.

Behutsam bettete ich Flynns Kopf zurück auf den Waldboden. Ich stand auf, regulierte meinen flach gehenden Atem und blendete die Angst aus, die mich zu lähmen drohte. Fokussiert schloss ich die Augen. Wärme begann, durch meinen Körper zu fließen, durch jede Faser und durch jeden Muskel, bis hinein in die Fingerspitzen. Ich legte all meine Kraft und meine letzten verbliebenen, eisernen Energiereserven in diese Botschaft. Sie musste ankommen. Sie war unsere einzige, unsere letzte Chance.

HILFE!

Dazu versuchte ich, ihnen ein möglichst klares Bild unseres Standorts zu übertragen, was ich nie zuvor getan hatte und dennoch instinktiv zu können schien. Völlig überanstrengt brach ich danach neben Flynn zusammen. Das Einsetzen meiner Gabe war kräftezehrend, vor allem wenn es über eine gewisse Entfernung und mit Einsatz der letzten Energie geschah. Ich hatte nicht einmal mehr die Kraft, aufzustehen oder mich nach weiteren möglichen lauernden Gefahren umzusehen. Mein Kopf schien zu implodieren, meine Beine waren taub und mein Unterbauch schmerzte muskelkaterähnlich. Schwach tastete ich nach Flynns Brustkorb und schmiegte mich an ihn. Er war kalt, aber er atmete. Erleichterung durchflutete mich. Ich betrachtete sein hübsches Gesicht, das durch die Vergiftung völlig verändert aussah. Nur noch wenige Züge darin erinnerten an Flynn Gideon, den unbesiegbar scheinenden Kämpfer und Lehrer. Jegliche Farbe schien aus seinem Gesicht gewichen zu sein. Seine Haut war fahl und sein Haar trug über dem glänzenden Rot einen Grauschleier.

Plötzlich jedoch schlug er die Augen auf, so unerwartet, dass ich erschrak.

»Flynn!« Ich strich behutsam über seine eingefallen wirkenden Wangen.

Aber irgendetwas war merkwürdig. Irgendetwas war anders. Der Blick, mit dem er mich ansah, wirkte verschleiert und matt.

»Flynn?«, wiederholte ich verunsichert.

Abrupt streckte er den Arm aus, legte seine Hand um meinen Hals und drückte zu. Ich verfiel in eine Art Schockstarre. Vollkommen unfähig, mich zu wehren, starrte ich ihn mit weit aufgerissenen Augen an. Er drückte mir die Luft ab … *er brachte mich um!* Mit einem Anflug von Panik versuchte ich endlich, seine Finger zu lösen. Ich zerrte an seinem Handgelenk, kratzte über seinen Arm und schlug mit all meiner Kraft nach ihm, immer wieder und wieder. Aber er brachte eine Stärke auf, der ich rein gar nichts entgegenzusetzen hatte. Je länger er mich würgte, umso panischer wurde ich und umso schwächer wurden meine Versuche der Gegenwehr.

Es konnte nicht länger als einige Sekunden angedauert haben, und dennoch fühlte es sich an, als würde eine halbe Ewigkeit vergehen, bis eine Gestalt aus dem Nichts auftauchte, sich auf ihn warf und ihn zu Boden rang. Seine Finger ließen von mir ab und mit einem keuchenden, heiseren Laut rang ich nach Atem. Entkräftet kroch ich einige Meter von Flynn weg und brachte mich in Sicherheit, bevor ich nachsah, wer mein Retter war.

»Damien«, brachte ich halb lachend, halb weinend hervor.

Er ließ von Flynn ab, der bewusstlos zu Boden sackte und liegenblieb, als wäre nichts passiert. Mein Herz schlug so heftig, dass es meiner Brust beinahe zu entspringen schien. Damien half mir auf, doch ich war zu schwach, um selbst auf meinen Beinen zu stehen. Eilig schlang er den Arm um mich und gab mir den Halt, den ich brauchte.

»Aber … wie?« Ich griff mir an den Hals, der von Flynns festem Griff immer noch schmerzte. »Der Baumgeist und … und …« Ich brachte keinen vollständigen Satz über meine Lippen.

»Ich habe doch gesagt, die sind dumm.« Quentins Stimme ließ mich aufhorchen.

Ich konnte kaum glauben, dass die beiden es geschafft hatten, dem Baumgeist zu entkommen. Quentins Arm schien verletzt zu sein, Damiens Ohr blutete und er war ziemlich blass um die Nase, aber sie lebten, und das bedeutete, dass ich nicht mehr allein mit Flynn war. Ein zarter Funke Hoffnung keimte in mir auf.

»Ihr müsst mir helfen. Wir müssen ihn tragen.« Ich nahm all meine Kraft zusammen, um einen Schritt von Damien weg zu machen und ohne Halt dazustehen.

Damien schüttelte entschieden den Kopf.

»Quentin ist verletzt und du kannst dich kaum selbst auf den Beinen halten. Ich werde ihn tragen.« Er beugte sich über Flynn, richtete ihn halb auf und legte ihn sich über die Schulter.

»Und jetzt weiter Richtung Dorf, Quentin«, befahl ich. »Und vergiss nicht, was du dort zu tun hast!«

»Zu Befehl, Mylady.« Quentin eilte mit zusammengebissenen Zähnen an mir vorbei. Seine stahlblauen Augen musterten mich dabei abfällig von der Seite. Ich vermochte mir gar nicht vorzustellen, wozu er imstande wäre, wenn er nicht unter dem akuten Einfluss meiner Gabe stände. Wahrscheinlich würde er uns, ohne mit der Wimper zu zucken, töten. Ich erschauderte. Wie gerne hätte ich ihm genau in diesem Moment all die Fragen gestellt, die mir noch auf der Seele brannten. Die Frage nach dem Wie, die nach dem Warum … aber ich konnte nicht zulassen, dass ein erneutes Einsetzen meiner Gabe mich noch mehr schwächte. Abgesehen davon fehlte uns die Zeit. Jede Minute, in der Flynn dem Gegengift näherkam, war kostbarer als Gold. Ihm lief die Zeit davon.

Ich biss mir auf die Unterlippe vor Schmerz und beschleunigte, um mit Damien Schritt halten zu können. Scheu griff ich nach Flynns herunterbaumelnder Hand und hielt sie fest.

»Du und …«, setzte Damien an.

»Ich und Flynn Sklaventreiber Gideon.« Ich nickte. »Ja. Ich kann mir ein Leben ohne ihn nicht vorstellen.«

Und dennoch hatte ich vorgehabt, genau solch ein Leben zu führen. Ein Leben ohne ihn. Ich schluckte. Damien, offenbar geplättet von so viel jäher und bedingungsloser Ehrlichkeit, schien nach den richtigen Worten zu suchen. Um uns herum wurde der Wald immer dunkler. Ich konnte nicht sagen, ob es daran lag, dass der Tag sich dem Ende zuneigte oder daran, dass die Baumkronen kaum noch einen Blick auf die Sonne zuließen.

»Er wird es schaffen, Nilah. Er ist stark. Und der wahrscheinlich zähste Mensch, den wir beide kennen.«

Trotz aller Sorgen, Ängste und Schmerzen, die ich durchlitt, musste ich schmunzeln. Damien hatte recht. Wenn es jemand schaffen konnte, dann war es Flynn. Ich drückte seine schlaffe Hand an mein Herz und hauchte einen Kuss darauf. Doch meine andere Hand glitt unwillkürlich an meinen Hals und betastete die Stelle, an der seine Finger zugedrückt hatten. Damien folgte meiner Bewegung mit dem Blick.

»Er wollte dir sicher nicht wehtun«, bemerkte er leise. »Das war nicht er selbst, sondern dieses dunkle, böse Etwas in ihm drin.«

Ich konnte bloß nicken, mein Hals war wie zugeschnürt.

»Deine Wunde am Kopf sieht nicht gut aus«, sagte Damien.

Die Wunde hatte ich völlig vergessen. Vorsichtig griff ich mir an die Schläfe und zuckte vor Schmerz zusammen. Die Wurzel, auf die ich gestürzt war, hatte mich mehr verletzt, als ich erwartet hatte. An meinen Fingern klebte Blut.

»Überhaupt nicht gut«, fügte Damien mit einem Kopfschütteln hinzu.

»Ich bin okay.« Ich seufzte. Meine Füße taten zitternd einen Schritt nach dem anderen. »Jetzt hast du mir schon zweimal das Leben gerettet, Damien.«

»Das wird langsam zur Gewohnheit.« Er lachte, aber es klang unter der Last von Flynns Körper mehr wie ein Keuchen. Auch er war am Ende seiner Kräfte. Ich war ihm so dankbar, dass er uns begleitet hatte, dass ich es nicht in Worte fassen konnte.

Quentin marschierte, im Gegensatz zu uns, immer noch voraus, als wäre er erst wenige Minuten zuvor aufgebrochen. Einzig sein Arm, den er nach wie vor angewinkelt hielt, zeigte, was schon hinter uns lag. Der Kampf mit dem Baumgeist musste ihm den Arm gebrochen haben. Doch ich empfand keinerlei Mitleid. Er hatte Damien einzig und allein verteidigt und gerettet, weil ich ihn dementsprechend manipuliert hatte.

Plötzlich blieb Quentin wie angewurzelt stehen. Damien und ich erstarrten. Welche finstere Kreatur des Waldes hatte uns nun aufgelauert? Welcher Kampf um Leben und Tod stand uns bevor? Doch es war alles ganz anders. Das, was Quentin gehört hatte, und was nun auch bis an unsere Ohren vordrang, waren Stimmen. Menschliche Stimmen. Und sie riefen meinen Namen.

»Die Antari!« Damien jubelte beinahe vor Erleichterung. »Das sind die Antari.«

Alles, was nun geschah, drang wie durch eine dichte Nebelwand zu mir hindurch. Alle Geräusche waren verzerrt, alle Personen nur schemenhafte Umrisse ihrer selbst, die plötzlichen Berührungen unangenehm und die Worte ein einziges Stimmengewirr.

»Das ist sie, das ist Nilah.« Yaros Stimme. »Wir kennen das Mädchen! Von ihr stammt die Botschaft!«

»Nehmt sie hoch.« Eine andere Stimme, eine, die ich nicht kannte. »Aber seid vorsichtig, sie blutet!«

»Nein, nein.« Ich schüttelte den Kopf. »Nein, nicht hochnehmen! Ich laufe!«

Jemand zog an mir und zugleich zog jemand an Flynn, sodass er drohte, mir zu entgleiten. Doch ich ließ seine Hand nicht los. Mit Gewalt lösten sie jeden einzelnen meiner Finger von seinen. Dann hörte ich Junipers Stimme in meinem Kopf.

Wir helfen ihm, Nilah! Es ist okay!

»Sie steht unter Schock«, hörte ich sie zu jemand anderem sagen.

Einer von ihnen hakte sich links bei mir ein, ein anderer rechts, und gemeinsam gaben sie mir ausreichend Halt, dass ich weiterlaufen konnte. Einige von ihnen liefen mit Flynn voraus, schneller als ich ihnen in meiner Verfassung je hätte folgen können.

Irgendwann lichteten sich die Bäume. Licht fiel auf den Weg und die grünen Pflanzen wurden weniger. Die Abstände zwischen den Bäumen wurden größer und größer, bis die Bäume ganz ausblieben und ein sandiger, breiter Weg sich vor uns erstreckte. Stimmengewirr in der Ferne verriet, dass wir unser Ziel erreicht hatten. Wir waren im Dorf angekommen. Erschöpft blickte ich auf. Ich fühlte mich immer noch krank und irgendwie fiebrig. Vielleicht war meine Wunde am Kopf heftiger als erwartet. Ich blickte mich um. Der Anfang des Dorfes bestand aus vielen weißen, kastenförmigen Häusern, die alle nur eine Etage besaßen. Wo hatten sie Flynn hingebracht?

»Wo ist mein Freund?«, fragte ich den Antari, der mich rechts stützte. »Er wurde vergiftet. Von einem Umbra befallen.«

»Sie werden ihn zum Oberheiler gebracht haben.« Der Antari war ein magerer Mann mittleren Alters mit vielen silbergrauen Strähnen im Haar.

Auf der anderen Seite hielt mich eine junge Frau mit blondem Pagenschnitt und bleicher Haut. Sie lächelte mir zu.

»Wir bringen dich hin«, versprach sie. »Um dich muss er sich auch kümmern. Um euch alle.«

»Merlias«, brachte ich hervor.

»Der andere Infizierte?« Die beiden nickten sich zu. »Dein Gefährte Damien hat uns von ihm erzählt. Die

Schnellsten von uns sind schon auf dem Weg zum Schwarzen Flügel. Sie bringen ihm das Serum.«

Erleichtert ließ ich mich von ihnen durch die Häuserreihen führen, bis wir das erreichten, in das sie Flynn gebracht hatten. Die Tür war nur angelehnt. Ich stürzte hinein und fand Flynn auf einem Bett liegend vor, mit freiem Oberkörper und einem dünnen, weißen Laken bedeckt. Er atmete. Schwer und flach, aber er atmetet.

Auf der Bettkante neben ihm saß ein ältlich aussehender, kleiner Mann, dessen nackte Füße kaum den Boden erreichten. Er war gerade einmal so groß wie ein Grundschulkind. In diesem Moment flößte er Flynn eine trüb aussehende, rötliche Flüssigkeit aus einem kleinen Glas ein.

»Ist das das Serum?«, fragte ich sofort. »Wird er wieder gesund?«

Der kleine Mann wandte sich mir zu und lächelte. Er sah völlig anders aus als Merlias, dennoch hatten die beiden Ähnlichkeit miteinander. Sie strahlten dieselbe Ruhe, Weisheit und Grundzufriedenheit aus.

»Sei gegrüßt«, sagte er.

»Hallo«, murmelte ich und löste mich von den beiden Antari, die mir hierher geholfen hatten. »Danke.«

Der Oberheiler klopfte mit der flachen Hand neben sich auf das Bett. Unsicher trat ich vor und setzte mich neben ihn.

»Er hat das Serum erhalten«, erklärte er sanft, nahm meine Hand und legte sie auf Flynns Brust. Seine Haut war kalt, aber sein Herzschlag immer noch stark. »Aber er war beinahe tot, als er hier ankam. Er schwebt jetzt zwischen Leben und Tod. Wir müssen mit allem rechnen.« Nebenbei stand er auf, kehrte mit einer grünlichen Tinktur zu mir zurück und rieb damit meine Wunde am Kopf ein. »Wir können jetzt nichts tun, außer zu hoffen und abzuwarten. Bleib bei ihm. Ich lasse euch alleine. Ihr beide braucht jetzt vor allem Schlaf.«

Leise stellte er das Glas mit der Tinktur zurück in den Schrank und verließ tatsächlich das Haus. Ich blickte mich um. Flynn und ich waren allein. Ich musterte ihn. Er sah so krank aus. Bleich und schmerzerfüllt. Es tat weh, ihn anzusehen. Vorsichtig schlüpfte ich aus meinen Schuhen und legte mich neben ihn. Er war kalt. So kalt, als hätte man ihn gerade aus einem gefrorenen See gezogen. Ich begann sofort zu frieren. Dennoch legte ich meinen Kopf auf seine Brust und umschlang ihn mit meinen Armen. Ich würde bei ihm bleiben, ganz gleich, ob er wieder aufwachen würde oder nicht.

Er regte sich nicht. Bis auf seine Brust, die sich in kurzen, regelmäßigen Abständen hob und senkte, lag er völlig still. Und dann geschah es – wie aus dem Nichts waren schließlich seine Flügel da. Das konnte nur eins bedeuten. Meine Augen füllten sich mit Tränen.

Der Schutzzauber. Er war erloschen.

»Merlias«, flüsterte ich erstickt.

Nun hatte Flynn nach seiner ermordeten Mutter und seinem Bruder, der ihn verraten hatte, auch noch seinen Ziehvater verloren. Es war mehr, als ein einziger Mensch hätte ertragen können. Wie sollte er das verkraften?

In genau diesem Moment klopfte es an der Tür und Damien trat ein. Mit beschämtem Ausdruck im Gesicht blickte er auf seine Füße.

»Alles gut, Damien.« Ich setzte mich auf. Mein ganzer Körper tat weh und eigentlich wollte ich einfach nur schlafen. Dennoch freute ich mich, ihn zu sehen.

»Ich wollte bloß nach dir sehen«, sagte er kleinlaut.

»Mir geht es gut. Ich bin nur müde.«

»Verständlich.«

»Damien?« Ich versuchte, zu lächeln, aber es gelang mir nicht. »Danke für alles, was du heute getan hast. Du warst großartig.«

»Dafür sind Freunde da.« Damien deutete auf Flynn. »Wie geht es ihm?«

»Man weiß noch nicht, ob er aufwacht«, flüsterte ich.

»Oh.« Damien senkte betreten den Blick.

Ich legte meine Hand wieder auf Flynns kalten Brustkorb. Das Schlagen seines Herzens beruhigte mich.

»Weißt du, Damien … wenn er aufwacht, dann werde ich ihm das größte Geschenk seines Lebens machen.«

»Deine … Jungfräulichkeit?«

Ich verdrehte die Augen.

»Freiheit, Damien. Ich werde ihm die Freiheit schenken.«

Damien schien verwirrt.

»Wie meinst du das?«, fragte er. »Flynn würde nicht ohne dich leben wollen, Nilah. Es sei denn …«

Ich nickte. Wir dachten dasselbe.

»Es sei denn, er hat mich nie kennengelernt.«

»Puh.« Damien atmete lautstark aus. »Das ist hart.«

Ich nickte.

»Kannst du das denn?«

»Klar«, antwortete ich und verkniff mir, ihm zu sagen, dass ich auch aus seiner Erinnerung schon einmal etwas gelöscht hatte.

Wir nickten einander zu, beide zu müde, um weiterhin miteinander reden zu können. Und kaum hatte Damien das Haus verlassen, als ich auch schon vor Erschöpfung mit dem Kopf auf Flynns Brust sackte und einschlief.

Ein rauer, feuchter und salziger Windzug blies mir meine Haare ins Gesicht. Mein Atem ging flach, ich bekam kaum ausreichend Luft und mein Brustkorb fühlte sich wie zugeschnürt an. Wieder saß ich in meinem Holzwrack, das man kaum als Boot betiteln konnte, und segelte auf dem schwarzen Meer auf den Strudel zu. Doch dieses Mal war alles anders. Das Salz auf meinen Lippen war dasselbe, die Stille um mich herum erdrückend wie immer, die Kälte und Nässe so realistisch, dass es mehr als nur ein Traum sein musste – aber dieses Mal wusste ich, wer die Gestalt war, die mir gegenübersaß.

Ich wusste, wem die eiskalten, bleichen Finger gehörten, die immer wieder voller Furcht nach mir griffen.

Ich nahm seine Hände und hielt sie fest, als das Wrack an Geschwindigkeit und der Wind an Stärke zunahm. Als das Zittern begann, beugte ich mich vor und schloss ihn in die Arme.

»Sieh. Nicht. Hinein«, presste Flynn mit letzter Kraft hervor. Seine Stimme klang so verändert, dass sie gar nicht mehr zu erkennen war. »Sieh. Nicht. Hinein. Sieh. Nicht. Hinein.«

Der Wind wurde heftiger und die Wellen schlugen tosend über dem Wrack zusammen. Wir begannen, uns im Kreis um den Strudel herum zu bewegen, immer schneller und schneller.

»Flynn, es ist okay«, flüsterte ich. »Du musst keine Angst mehr haben, ich bin bei dir. Lass los. Vertrau mir.«

Und gemeinsam ließen wir los.

Keuchend wachte ich auf. Es dauerte einen Augenblick, bis ich mir im Klaren darüber wurde, wo ich mich befand.

»Flynn, oh Gott, Flynn!« Ich beugte mich über ihn und streichelte über seine eingefallenen Wangen. Er war eiskalt. Meine Stimme steigerte sich in ein hysterisches Schreien. »Er atmet nicht! Flynn atmet nicht!«

Panik machte sich in mir breit. Sie begann wie eine kleine Flamme und breitete sich in rasender Geschwindigkeit aus, bis ich lichterloh zu brennen schien und nichts mehr spürte als Schmerz.

Kapitel 18

DER ABSCHIED

Seit geraumer Zeit war ich mir im Klaren darüber gewesen, dass dieser Tag kommen würde. Der Tag, an dem ich Abschied nehmen musste von Flynn Gideon. Doch nichts hatte mich darauf vorbereitet, dass es so geschehen würde. Ich legte mein Gesicht an seinen Hals, atmete seinen Geruch ein und begann, hemmungslos zu weinen. Bilder liefen vor meinem inneren Auge ab, durch die ich alles noch einmal durchlebte. Der erste Blick, der erste Kuss, seine Lippen auf meinen, sanft, fordernd, leidenschaftlich. Seine Haut auf meiner. Das Gefühl, das er in mir auslöste, wenn er mich auf jene ganz gewisse Art und Weise ansah, mit diesen Augen, die die Welt bedeuteten. Ich konnte nicht fassen, dass ich ihn verloren hatte. Endgültig verloren.

In diesem Moment jedoch tat der kalte, leblose Körper neben mir einen tiefen Atemzug. Ich erstarrte. Vor Tränen blind tastete ich nach seiner Brust und ächzte ungläubig auf, als ich das Pulsieren seines Herzens – erst schwach, dann in einem immer stärker werdenden Rhythmus – erspürte. Sein kalter Körper begann, warm zu werden und sein gerade noch fahl bleiches Gesicht gewann an Farbe. Langsam, ganz langsam schlug er die Augen auf.

Unwirsch rieb ich mir mit dem Handrücken die Tränen aus dem Gesicht und beugte mich über Flynn, der mich so intensiv ansah, als würde er mir direkt in die Seele hineinblicken. Dann legte er behutsam die Hände um mein Gesicht. Ich begann aus Erleichterung, erneut zu weinen. Ich konnte mein Glück kaum fassen. Er lebte. Und er war voll und ganz er selbst.

»Sch«, machte er besänftigend. Seine Daumen strichen über meine Wangen. »Sch, Nilah. Hey«, er versuchte, sich aufzurichten, stöhnte aber vor Schmerz auf, »wieso weinst du?«, fragte er mit schwerer Stimme. Sorge lag gleichermaßen wie Wut in seinem Blick, als er die Wunde an meiner Schläfe und die Würgemale an meinem Hals entdeckte. »Wer im Namen aller Aufspürer, Beschützer, Heiler und Kämpfer hat dir das angetan?!«

Ich nahm seine Hand und küsste sie.

»Es ist vorbei, Flynn«, flüsterte ich. »Jetzt wird alles gut.«

Flynn griff sich an den Kopf. Er wirkte desorientiert.

»Der Traum«, murmelte er.

»Ja, ich hatte ihn auch. Ich habe ihn schon mein ganzes Leben lang.«

»*Du* warst in diesem Traum.« Flynn schüttelte ungläubig den Kopf. »Du hast mich gerettet. Du hast mich zurückgeholt.«

Und plötzlich verstand ich. Es war nie ein Traum gewesen. Vielmehr war es eine Prophezeiung, die mich darauf vorbereitet hatte, Flynn aus der Zwischenwelt von Leben und Tod herauszuholen. Wie sehr hatte ich diesen Traum gehasst, wie sehr hatte ich ihn gefürchtet – dabei war er die ganze Zeit über ein Geschenk gewesen. Ein Geschenk an mich. Und mein Geschenk an Flynn würde folgen. Ich sah ihn an. Sollte ich es jetzt tun? Irgendetwas ließ mich zögern. Ich konnte ihn nicht gehen lassen. Nicht, nachdem ich ihn gerade erst um ein Haar verloren hätte.

Flynn versuchte erneut, sich aufzusetzen, hielt aber vor Schmerz die Luft an und sackte leichenblass zurück auf das Bett. Er war noch zu entkräftet. Ich nahm seine Hand. Der große, starke Flynn Gideon, der sich selbst keine Schwäche zugestand, da er nie hatte schwach sein dürfen. Ich legte meine andere Hand an seine Wange und drehte sein Gesicht in meine Richtung, sodass er mir direkt in die Augen sehen musste. Sein Blick war schwer von Verzweiflung und Frustration.

Heute darfst du schwach sein, Flynn Gideon. Genese und ruhe, solange du es brauchst!

Ein Ausdruck der absoluten Entspanntheit huschte augenblicklich über sein Gesicht, als er die Augen schloss und ins Kissen sank. Sogar ein zartes Lächeln umspielte seine Lippen. Im selben Moment verspürte ich einen stechenden Schmerz im Magen. Ich sprang auf, riss wahllos eine der Türen im Haus auf und entdeckte mit Erleichterung das Badezimmer. Keuchend vor Schmerz und Übelkeit fiel ich vor der Toilette auf die Knie, riss sie auf und übergab mich, während mein ganzer Körper von krampfartigen Schmerzen geschüttelt wurde. Es schien eine halbe Ewigkeit zu dauern, bis der Schmerz und der Drang, mich zu erbrechen, langsam schwand. Völlig erschöpft rappelte ich mich auf, wusch mich und betätigte die Spülung. Was geschah mit mir? Mein Körper schien regelrecht zu zerfallen, je öfter ich meine Gabe einsetzte. Sie machte mich nicht stärker, sondern immer schwächer und schwächer.

Als ich zu Flynn zurückkehrte, saß der Oberheiler an seinem Bett. Ich war erstaunt. Ich hatte weder die Türe noch die Schritte des kindsgroßen Mannes gehört.

»Du solltest vorsichtig sein mit dem Einsetzen deiner Gabe«, sagte er sanft, ohne den Blick von Flynn abzuwenden. »Sie kostet dich zurzeit mehr Kraft als normalerweise.«

»Weil ich so weit gelaufen bin und Blut verloren habe?«, schlussfolgerte ich. Ich setzte mich neben ihn.

Er antwortete nicht. Flynn war wach, machte aber keinerlei Anstalten mehr, aufzustehen. Als er mich bemerkte, lächelte er milde. Er wirkte, als hätte er eine ganze Menge Schlaftabletten geschluckt.

»Was ist mit Merlias?«, fragte er ruhig.

»Dem geht es gut.« Ich konnte ihm nicht in die Augen sehen. »Wenn du dich ganz erholt hast, gehen wir nach Hause, dann kannst du dich selbst davon überzeugen.«

»Das heißt, du bleibst bei uns?«

»Natürlich bleibe ich bei euch.« Ich rang mir ein Lächeln ab, obwohl mir nach Weinen zumute war. Es tat weh, ihn zu belügen, doch ich hatte keine Wahl.

»Ich habe deinen Namen und die Adresse des Hauses auf einen Zettel geschrieben, bevor ich losgeeilt bin.«

Flynn lächelte. »Ich wollte nicht, dass du vergebens wartest.«

Ich nickte mit Tränen in den Augen.

»Aber wie hast du mich bloß gefunden?«, fragte er.

Der Oberheiler holte währenddessen ein Glas mit einer nach Kräutern riechenden Tinktur aus dem Schrank und betupfte Flynns Wunden damit. Er hatte unzählige davon am Oberkörper. Der Wald hatte ihm ganz schön zugesetzt. Ich musste den Blick abwenden.

»Ich war nicht alleine, als ich dich gesucht habe«, antwortete ich leise. »Ich hatte Damien. Und … und ich hatte Quentin.« Das alleinige Aussprechen seines Namens hinterließ einen bitteren Geschmack auf meiner Zunge. Meine Gedanken überschlugen sich. Quentin! »Ich … ich muss kurz etwas erledigen!« Ächzend vor Schmerz und Übelkeit stemmte ich mich auf.

Und anderen Umständen, und dessen war ich mir bewusst, hätte Flynn mir angemerkt, dass etwas nicht stimmte. Eine tiefe Unruhe hätte von ihm Besitz ergriffen, sodass er versucht hätte, mir zu folgen. Doch er hatte den Befehl erhalten, Ruhe zu bewahren und zu genesen, und er leistete diesem Befehl Folge. So blieb er seelenruhig liegen und ließ sich vom Oberheiler weiterhin behandeln, als ich aus dem Haus stürmte.

Barfuß lief ich den sandigen Weg entlang, vorbei an Häusern, die allesamt gleich aussahen und vorbei an vielen Antari, die in Grüppchen zusammenstanden und auffallend bunte Kleidung trugen. Mein Magen hatte sich inzwischen beruhigt und ich verspürte Hunger und Durst, aber das musste warten.

Nachdem ich einige Meter gelaufen war, stieß ich beinahe mit Yaro und Juniper zusammen, die den Sandweg zwischen den Häusern entlangjoggten. Als wäre es nicht gruselig genug, dass ihre Bewegungen exakt gleich waren, hielten sie auch noch im selben Moment an und legten zeitgleich den Kopf schief.

»Wo ist Quentin?«, fragte ich.

»Er hat alles gestanden, Nilah«, antwortete Yaro mit zuckersüßer Stimme.

»Das war nicht meine Frage.« Ich verengte meine Augen zu schmalen Schlitzen und sah sie beide nacheinander drohend an. »Zwingt mich nicht, meine Gabe einzusetzen, um euch zum Antworten zu zwingen!«

»Beruhige dich, beruhige dich!« Yaro hob abwehrend die Hände. »Wir bringen dich zu ihm. Folge uns.«

Im Gleichschritt liefen sie los und ich folgte ihnen mit einigen Metern Abstand, als ich Junipers Stimme in meinem Kopf vernahm.

Du hasst uns, weil wir so hart zu dir waren. Aber wir waren hart zu dir, weil wir hart zu dir sein MUSSTEN. Alles Gute wird durch Härte geformt. Ohne diese Härte wärest du jetzt nicht die, die du bist. Du hättest niemals gelernt, deine Gabe zu kontrollieren, du hättest diesen Weg niemals bezwungen und du hättest Flynn niemals gefunden. Verschwende keine Energie für diesen Hass, Nilah.

»Wir sind da. Du kannst hineingehen, hier bei uns schließt niemand seine Türe ab.« Ihre Stimme war nun nicht mehr in meinem Kopf, sondern verließ auf ganz gewöhnliche Art und Weise ihren Mund. »Er ist in diesem Haus. Sollen wir dich begleiten?«

Wir tun das gerne.

»Nein.« Ich schüttelte den Kopf. »Nein, nicht nötig. Danke.«

»Wie du wünschst.« Sie deuteten gleichzeitig eine Verneigung an und verschwanden dann wieder im joggenden Gleichschritt hinter dem nächsten Häuserblock.

Tief einatmend wandte ich mich dem Haus zu, zu dem sie mich geführt hatten. Ich ballte die Hände zu Fäusten. Meine Wut wuchs ins schier Unermessliche. Quentin, dieser Verräter, dieser unfassbar bösartige, hinterhältige Verräter, trug die Schuld an Merlias' Tod und daran, dass auch Flynn beinahe gestorben wäre. Schnaubend vor Zorn riss ich die Tür auf und stürmte in das Haus.

Quentin hatte es sich auf dem Sofa bequem gemacht und spielte mit seiner Kette. Als er mich bemerkte, glitt ein zynisches Grinsen über sein Gesicht.

»Oh, Zauberauge! Was verschafft mir die Ehre?« Er zwinkerte mir zu und klopfte auf den Platz neben sich.

Ich schüttelte angewidert den Kopf. Dieser Kerl war unmöglich. Selbst jetzt versuchte er noch charmant zu sein!

»Wieso, Quentin?« Ich verschränkte die Arme vor der Brust. »Ich habe keine Lust, mit dir zu plaudern! Sag mir einfach, wieso? Wieso hast du das getan? Das ist alles, was ich wissen will. Du hast einen Umbra auf Merlias gehetzt, und einen auf Flynn. Du hast Flynn allein gen Dorf losziehen lassen, weil du wusstest, dass er es nicht schaffen würde, und damit hast du den Tod deines Vaters und den deines Bruders besiegelt. Wieso? WIESO?!«

»Man muss Opfer bringen, Zauberauge. Ein wahrer Anführer weiß das.« Er legte den Kopf schief und klopfte erneut auffordernd neben sich auf das Sofa. »Der Platz an meiner Seite ist noch frei. Interesse, Zauberauge? Wir würden es weit bringen als … *Partner.*«

Ich schnaubte vor Verachtung.

»Eher sterbe ich!«

»Das lässt sich einrichten«, entgegnete Quentin lässig und spielte betont auffällig mit dem Anhänger an seiner Kette.

Ich kniff die Augen zusammen. Diese Kette war mir nie zuvor aufgefallen.

»Was hast du da?«

»Oh, du meinst das?« Mit einem süffisanten Lächeln erhob er sich und zeigte mir den Anhänger. Es war ein winziges Reagenzglas, in dem ein schattenähnliches Etwas schwebte.

»Ein Umbra?«, brachte ich heiser hervor.

»Kluges Mädchen.« Quentin zwinkerte mir zu. »Ich hatte mal drei davon, nun ist es nur noch einer. Aber einer genügt, wenn du verstehst, was ich meine.« Er lachte. »Du ahnst gar nicht, wie viel man in der Welt herumkommt, wenn man Tom hin und wieder auf seinen Einkaufsfahrten begleitet und sich dann in der Stadt loseist, *um mal unter Menschen zu kommen*, wie ich ihm dann immer zu sagen pflegte. Übersinnliches gibt es nicht nur im Schwarzen Flügel und bei den Antari. Die Welt ist voll davon. Und es gibt überall Schwarz und Weiß, überall! Auch bei den Magiern. Einige bieten ihre Dienste an. Man muss nur wissen, wo und wann sie anzutreffen sind. Also habe ich mir diese netten kleinen Kreaturen gegönnt, im Wissen, dass sie eines Tages für mich arbeiten würden.« Beinahe liebevoll tippte er mit dem Fingernagel an das Reagenzglas.

»Du hast das also lange im Voraus geplant«, stellte ich tonlos fest.

»Es war unvermeidlich, Zauberauge! Von klein auf schon wollte ich den Schwarzen Flügel leiten. Und es sah gut aus, denn Flynn war nie geerdet genug für diese Aufgabe, und ich, als Merlias' einziger, leiblicher Sohn, war wie geschaffen dafür. Ich hatte so viele Änderungen im Kopf, so viele Visionen, Zauberauge.« Quentins Blick verdunkelte sich. »Aber dann kamst du.«

Ich schnappte nach Luft.

»Ich?! Quentin, ich hätte dir diesen Posten niemals streitig gemacht!«

»Ich weiß.« Quentin schnalzte mit der Zunge und begann, um mich herumzuschleichen. »Aber Vater sah dich und Flynn – der dir vom ersten Tag an verfallen war – als seine gemeinsamen Nachfolger an. Als Leiter des Schwarzen Flügels. Er wusste, dass ihr seine Arbeit so fortführen würdet, wie er sie begonnen hat. Dieser alte Narr.« Er lachte bitter auf. »Er hat Veränderungen schon immer gefürchtet. Uns immer klein gehalten. Konfrontationen mit den Menschen gemieden. Dabei waren sie es, die uns vertrieben haben damals, die uns zu einem zurückgezogenen Leben gezwungen haben!«

»Und das wolltest du ändern.« Ich schluckte. Ich hatte einen fürchterlich dicken Kloß im Hals.

»Ja, Zauberauge, ja.« Ein Funke Wahnsinn blitzte in Quentins Blick auf. »*Wir* sind die Menschen plus! *Die* sollten sich zurückziehen! Wir könnten so vieles erreichen, so vieles verändern, so vieles beherrschen – ja, vielleicht sogar den ganzen Planeten! Und dann gäbe es nur noch uns. Die Starken, die Überlegenen, die Übersinnlichen.« Er kam mir bedrohlich nahe, nahm seine Kette ab und ließ sie vor meinem Gesicht hin und her baumeln. Dann fuhr er mit leiserer Stimme fort: »Ich war so kurz davor, zu reagieren und meine Waffen einzusetzen. Aber dann bist du verschwunden, und all meine Probleme schienen sich in Luft aufzulösen. Flynn wurde mürrisch und undiszipliniert, ein unwürdiger Nachfolger, der sich niemandem mehr zugehörig fühlte. Alles lief so, wie ich es wollte. Ich musste nur noch auf Vaters altersbedingtes Ableben warten. Doch dann …«

Ich sog lautstark Luft ein. Ich wusste, was jetzt kam.

»Dann verkündete Flynn in bester Laune, dass er nun fahre, um dich zurückzuholen. Da hatte ich genug von alledem. Eigentlich ist es also deine Schuld, was geschehen ist.«

»Gib mir die Kette, Quentin!«, forderte ich ihn mit zitternder Stimme auf.

»Niemals!«

»Quentin, es ist vorbei! Die Symptome sind unverkennbar! Jeder im Schwarzen Flügel wusste, dass es ein Umbra war!«

»Aber niemand hätte mich verdächtigt«, widersprach Quentin. »Ich bitte dich, Zauberauge. Der charmante, hilfsbereite Mentor, der in tiefer Trauer den Verlust seiner Familie beweint? Vielleicht hätte ich es auf Cato Akuma geschoben, auf diesen merkwürdig stillen Joaquin aus der Kämpfer-Klasse, oder sogar auf dich, denn du hast oft genug unter Beweis gestellt, dass du schier unberechenbar bist.« Er grinste süffisant. Er dachte, er hätte gewonnen. Falsch gedacht.

Zornig ballte ich die Hände zu Fäusten.

»Ich habe glücklicherweise einen weiteren Umbra. Und der ist wie geschaffen für dich. So schwach wie du gerade bist, hat er dich in wenigen Stunden dahingerafft.«

»Bleib bloß weg von mir«, zischte ich.

»Dreh dich um«, verlangte er kühl.

Widerstrebend wandte ich ihm den Rücken zu.

»Gut, Zauberauge, sehr gut. Kein Blickkontakt. Wir wollen ja nicht, dass du auf dumme Ideen kommst.«

Ich hielt den Atem an. Kein Blickkontakt? Richtig, Quentin wusste nicht, dass gar kein Blickkontakt mehr nötig war für mich.

»Du hörst mir jetzt ganz genau zu«, fuhr er fort. Seine Stimme klang herablassend und stolz. »Du gehst zu Flynn, dann …«

Ich blendete seine Worte aus und schloss die Augen. Ein warmes Gefühl stieg in mir auf und durchflutete mich mit Energie und Stärke.

Zuallererst, Quentin Amino, gibst du mir deine Kette. Dann wirst du das Dorf der Antari verlassen. Du wirst in die Stadt gehen. Du gehst in ein Krankenhaus und sagst, dass du dein Gedächtnis verloren hast. Was der Wahrheit entsprechen wird. Du bist ein Mensch. Du bist ein ganz gewöhnlicher Mensch. Ab diesem Augenblick hältst du dich von allem fern, was übersinnlich ist.

Mit dem Gefühl der Wärme wich auch jegliche Kraft aus meinem Körper. Ich fiel auf die Knie und nahm nur noch schemenhaft aus dem Augenwinkel wahr, wie Quentin das Haus verließ, nachdem er mir die Kette übergeben hatte. Ich würde ihn nie wieder zu Gesicht bekommen. Krampfhaft hielt ich die Kette mit dem gefährlichen Anhänger fest, bis jemand kam und sie mir sanft aus der Hand nahm.

Die folgenden zwei Tage verbrachte ich in einem Bett und wurde vom Oberheiler und den anderen Antari liebevoll und gastfreundlich gepflegt. Sie versorgten meine Wunden, brachten mir köstliche Speisen und ließen mich nie allein. Dennoch fühlte es sich nicht an, als wäre ich hier zuhause. Mein Entschluss, Flynn die Freiheit zu schenken und dann zu den Menschen zurückzukehren, festigte sich.

Am dritten Tag fühlte ich mich fit genug, um das Haus zu verlassen und mit Damien einen kleinen Spaziergang durch das Dorf zu unternehmen. Wieder fiel mir die farbenfrohe Kleidung der Antari auf. Sie trugen bunte Saris, gemusterte Haarbänder und selbstgemachten Schmuck. Sie schienen frei und glücklich. An jeder Ecke duftete es nach Blumen und Kräutern. Alles war sehr intensiv und einerseits wunderschön. Andererseits gehörte ich nicht hierher, das spürte ich tief in meinem Inneren.

Damien hatte einen Arm um mich gelegt und sah mich alle paar Minuten von der Seite an, als wäre ich das zerbrechlichste Wesen, dem er jemals begegnet war. Er nahm das Versprechen, das er mir gegeben hatte, sehr ernst.

In diesem Moment kam Flynn uns entgegen. Ich war so überrascht, dass ich abrupt stehenblieb. Er sah atemberaubend aus. Groß, kräftig und gesund. Er strotzte vor Energie. Kein Vergleich zu dem bleichen, leblosen Flynn mit den eingefallenen Wangen, der er wenige Tage zuvor noch gewesen war. Mit auffallendem Missmut registrierte er die Nähe zwischen Damien und mir. Damien ließ mich sofort los.

»Flynn«, brachte ich nur hervor.

Weiter kam ich nicht, denn er eilte auf mich zu, umfasste meine Taille, hob mich hoch und küsste mich mit einer Verzweiflung und Leidenschaft, dass es mir kaum möglich war, mich ihm zu entziehen, um nach Luft zu ringen.

»Nilah, ich brauche dich«, wisperte er in mein Haar. »Ich habe dich immer gebraucht. Ich überlebe keine weitere Sekunde ohne dich. Bitte geh nie wieder fort.«

Mein Herz stand in Flammen. Flynn Gideon brauchte mich. Flynn Gideon liebte mich. Unwillkürlich begann ich, an meiner Entscheidung zu zweifeln. Vielleicht war ich alles, was er zum Leben brauchte. Vielleicht war er alles, was *ich* zum Leben brauchte.

»Lass uns nach Hause gehen«, sagte er sanft, hob mein Kinn an und küsste mich erneut, dieses Mal behutsamer und zärtlicher als zuvor.

Mir wurde ganz schwindlig.

»Okay«, hauchte ich.

»Ich kann es kaum erwarten, Merlias zu sehen.« Flynn atmete tief ein und wieder aus, während sein Blick gedankenverloren in die Ferne glitt. »Ich war so in Sorge um ihn. Ich glaube, dieser Umbra hat mir erst vor Augen geführt, wie wertvoll dieser alte Mann für mich ist. Merlias, der große, weiße Alba. Mein Mentor und Vater.« Flynn schüttelte den Kopf. »Nicht auszudenken, wenn er es nicht geschafft hätte.«

Ich senkte den Blick und betrachtete meine nackten Füße im Sand. Es war unmöglich, ihm in die Augen zu sehen und ihn weiterhin anzulügen. Seine falsche Erleichterung brach mir das Herz.

»Flynn«, begann ich behutsam.

»Ja?«

Ich blickte auf und sah in seine tiefen, karamellbraunen Augen, die so voller Hoffnung, Leidenschaft und Glück waren. Schon bald würde nichts mehr davon übrig sein. Er wäre ein gebrochener Mann, und das einzige, was ihn davor würde bewahren können, war ich.

»Lass uns einfach nach Hause gehen«, flüsterte ich.

»Das werden wir.« Flynn strahlte mich an. »Wir könnten fliegen, wenn du möchtest.«

Fliegen? Ich zögerte.

»Bist du schon stark genug dafür?«

»Für dich jederzeit.«

Ich sah mich um. Damien, der sich unauffällig einige Meter von uns entfernt hatte, blickte diskret in eine andere Richtung.

»Was ist mit ihm?«, fragte ich.

»Oh, er wird klarkommen.« In Flynns Blick blitzte etwas wie Eifersucht auf. »Er kann den Weg durch den Wald auch ein zweites Mal zu Fuß zurücklegen. Mit Quentin. Der muss doch auch irgendwo hier sein Unwesen treiben. Wahrscheinlich steigt er gerade ein paar hübschen, weiblichen Antari nach.« Flynn lachte.

»Ja. Wahrscheinlich«, sagte ich tonlos. Mein Blick glitt wieder zu Damien hinüber, der mir aufmunternd zunickte.

»Flynn hat recht«, sagte er, ohne mit dem Nicken aufzuhören. »Vielleicht können Yaro und Juniper mich … ähm … uns zum Schwarzen Flügel begleiten. Fliegt ruhig. Wir sehen uns dann dort.«

Flynn sah mich abwartend an. Ich schmiegte mich an ihn. Ein letzter gemeinsamer Flug schien mir ein würdiger Abschied zu sein. Ich nickte zaghaft.

Nachdem wir uns von den Antari verabschiedet und uns vielmals für ihre Hilfe bedankt hatten, brachen wir auf, um vor dem Einbruch der Dunkelheit am Schwarzen Flügel anzukommen. Mein Herz war schwer, doch ich versuchte, diesen letzten Flug mit all meinen Sinnen zu genießen. Seinen Geruch, seinen Blick, die Art, wie er mich hielt, als er seine Flügel ausbreitete und wir steil Richtung Himmel sausten.

So fernab von allen anderen Lebewesen und dem Erdboden fühlte ich mich dennoch sicher und geborgen wie nie zuvor. Der Tag war klar und kühl, und ich schmiegte mich so nah an Flynn, als würde ich ihn nie wieder loslassen wollen. Je näher wir dem Schwarzen Flügel kamen, umso schwerer wurde mein Herz, und als ich die Umrisse des Gebäudes in der Ferne erblickte, konnte ich die Tränen nicht länger zurückhalten. Ungebremst rannen sie mir über das Gesicht und tropften auf Flynns Arme.

»Sch«, machte er sanft und drückte mir einen Kuss auf den Kopf. »Alles ist gut, Nilah. Wir sind Zuhause.«

Er wusste nicht, weshalb ich weinte – woher hätte er es auch wissen sollen? Er schien zu denken, dass mir die

Ereignisse der letzten Tage noch schwer im Magen lagen, dabei war es doch die Zukunft, die mir Sorge bereitete.

Als wir landeten und er mich sanft auf dem Boden absetzte, riss Sadie bereits die Tür des Schwarzen Flügels auf und begann, auf uns zuzulaufen.

STOP! Gib mir Zeit. Ich brauche einen Moment, Sadie.

Sofort hielt sie inne und trat einige Schritte zurück. Der Schmerz im Unterbauch, als die Wärme und Stärke meiner Gabe wieder aus meinem Körper hinausglitt, ließ mich zusammenzucken. Flynn ergriff besorgt meinen Arm.

»Was ist mir dir?«

»Alles in Ordnung.« Ich biss die Zähne zusammen und sah ihn mit Tränen in den Augen an. »Kannst du mir bitte sagen, dass du mich liebst? Ein letztes Mal, bevor … bevor wir den Schwarzen Flügel betreten?«

Flynns Augen weiteten sich.

»Zweifelst du daran?« Er nahm meine Hände in seine und bedeckte sie mit Küssen. »Ich liebe dich, Nilah Taro. Ich liebe dich von ganzem Herzen. Du warst immer dazu bestimmt, mein Mädchen zu sein.«

»Und du, Flynn Gideon, warst immer dazu bestimmt, frei zu sein.« Ich schluchzte unwillkürlich auf. Es war so schwer, stark zu sein.

»Nilah, deine Augen«, flüsterte er besorgt. »Sie sind schwarz, wieso … wieso sind sie schwarz?«

Schwarz. Die Farbe der Trauer.

»Vertrau mir.« Ich nahm sein Gesicht in meine Hände, strich behutsam über seine Bartstoppeln und legte seine Stirn an meine.

Er schien verwundert, hielt aber still. Ich schloss die Augen. Wärme, Stärke und Macht ergriffen Besitz von mir, und ich ließ mich mitreißen. Ich zeigte ihm Umarmungen. Ich zeigte ihm Selbstliebe. Ich zeigte ihm ein Leben, dass er ohne den gewaltsamen Tod seiner Mutter, ohne Merlias und Quentin und ohne den Schwarzen Flügel gelebt hätte. Ein Leben in Freiheit, ein Leben in

Eintracht mit sich selbst und der Natur. Ich zeigte ihm, dass er den geschützten Teil des Waldes nicht verlassen und sich dem Schwarzen Flügel nicht nähern durfte. Und ich löschte nach und nach jede einzelne Erinnerung, die auch nur im Entferntesten mit mir zu tun hatte.

Als ich ihn losließ, hatte sich etwas in seinem Blick verändert. Distanziert musterten seine braunen Augen mich. Bevor auch meine allerletzten Kräfte mich verließen, konzentrierte ich mich erneut auf ihn.

Flieg, Flynn, flieg fort von hier. Und blick niemals zurück!

Ich sank auf die Knie, als er seine Flügel mit dem Geräusch eines Peitschenhiebs spreizte und abhob. Sadie und Milla stürzten zu mir und halfen mir auf. Ich keuchte. In meinem Inneren zog, ziepte und brannte es, und eine leichte Übelkeit stieg erneut in mir auf. Ich presste die Hände auf meinen Bauch. Millas Blick glitt auf meinen Bauch, in mein Gesicht, zurück auf meinen Bauch und wieder in mein Gesicht. Dann lächelte sie zaghaft. Plötzlich traf mich die Erkenntnis wie ein Blitz. Ich spürte, wie mir alle Farbe aus dem Gesicht wich. Wie hatte ich so dumm sein können? Nun ergab alles einen Sinn. Die Übelkeit, die Schmerzen im Unterbauch, die Müdigkeit …

»Milla, nein!«, keuchte ich.

Milla nickte.

»Nilah, doch!«

»Was ist mir ihr?«, fragte Sadie völlig verwirrt. »Wurde sie etwa auch vergiftet?«

»Nein, ihr geht es gut«, antwortete Milla sanft. »Es geht beiden gut.«

»BEIDEN?«, echote Sadie fast kreischend.

Ich trat an ihnen vorbei, legte den Kopf in den Nacken und die Hände schützend auf meinen Bauch. Sehnsüchtig blickte ich in den Himmel hinauf.

»Flieg, Flynn Gideon, flieg unter einem Himmel aus tausend Sternen. Ein Teil von dir bleibt hier.«

Epilog

NATANIEL

»Regel Nummer eins«, ich verteilte lange, graue Handschuhe an meine neuen Schüler, »berühre niemals den Mentor. Es sei denn, euer oder mein Leben hängt davon ab. Regel Nummer zwei: Bleibe im Wald immer auf dem Pfad!« Mit langsamen, festen Schritten trat ich durch den Klassenraum. »Regel Nummer drei: Gehorche deinem Mentor.«

Nataniel hockte auf der Fensterbank, ließ seine Beine herabbaumeln und sprach die Regeln im Flüsterton mit. Wie er so dasaß mit seinen inzwischen kinnlangen, roten Haaren und den schwarzen Flügeln, die er voller Stolz trug, war er ein Ebenbild seines Vaters. Nur die strahlend grünen Augen, die je nach Gemütszustand die Farbe wechselten, hatte er von mir.

An einem unweit entfernten Ort lebte derweil ein Mann mit rotem Haar und großem Herzen. Er war ein besonderer Mann, mutig und tapfer, und weiser als viele andere, die ihr Leben schon viel länger lebten. Und sein Name war Flynn Gideon.

»Regel Nummer vier.« Ich biss mir verärgert auf die Unterlippe, als die Tür aufsprang und Damien eintrat.

»Onkel Damien!« Nate lief auf ihn zu, sprang ihm in die Arme und klammerte sich fest wie ein Äffchen.

Ich seufzte. So oft hatte ich Damien schon gesagt, dass er meine Autorität untergrub, wenn er einfach in meinen Unterricht platzte. Und das sollte nicht ausgerechnet schon in der Silvesternacht geschehen, in der die Schüler und ich zum ersten Mal aufeinandertrafen. Sie sollten Respekt erlernen, Disziplin und Ehrfurcht.

Rückwärts trat Damien mit Nate auf dem Arm aus dem Raum.

»Ich lasse ihn ein bisschen fliegen«, sagte er. »Mein Patenkind braucht frische Luft.«

»Oh ja«, jubelte Nate.

»In Ordnung. Aber halte dich von Greifvögeln fern, Nataniel!« Seufzend wandte ich mich wieder den drei neuen Schülern zu. »Zurück zu Regel Nummer vier ...«

Flynn Gideon liebte seine Freiheit, und er liebte das Fliegen. Er flog bei Tag, bei Nacht und am liebsten unter einem Himmel aus tausend Sternen. Er flog, wenn es warm war und wenn es kalt wurde. Doch tief in seinem Inneren hielt sich hartnäckig das Gefühl, dass irgendetwas in seinem Leben fehlte. Etwas, das einst da gewesen war. Es war ein merkwürdiges Gefühl. Es war kalt und beängstigend, und es fühlte sich an, als wenn er etwas sehr, sehr Wichtiges vergessen hätte. Jedes Mal, wenn er versuchte, sich zu erinnern, bekam er unfassbar starke Kopfschmerzen, die ihn am Fliegen und Denken hinderten. Es schien fast so, als würde irgendetwas oder irgendjemand mit aller Macht verhindern wollen, dass er sich erinnerte.

Nachdem ich meine drei neuen Schüler in ihren wohlverdienten Schlaf entlassen hatte – ihre erste Nacht im Schwarzen Flügel – blickte ich gedankenverloren aus dem Fenster. Es war dunkel, aber der Mond ließ den Wald in einem weißlichen Lichterschein erstrahlen. Ich konnte meinen Sohn nirgendwo entdecken, aber ich vertraute Damien. Und ich vertraute Nataniel.

Nataniel hatte so viel von Flynn an sich, und dennoch war er jemand eigenes, jemand besonderes, jemand, den es nie zuvor gegeben hatte.

Wenn ich an seine Geburt zurückdachte, bekam ich immer noch eine Gänsehaut. Wie Milla in mir in den Arm gelegt hatte, und wir allesamt – Milla, Damien, Sadie und ich – vor Staunen und Ehrfurcht geschwiegen hatten.

Er war mit 50 Zentimeter Körpergröße geboren worden. Mit zarten dreieinhalb Kilogramm Körpergewicht. Mit zehn Fingerchen, zehn kleinen Zehen und einem schwarzen Flügelpaar, das sich bei jedem Atemzug, den er tat, aufstellte und wieder anlegte. Hätte ich es nicht mit eigenen Augen gesehen, hätte ich es nicht geglaubt. Denn nie zuvor war ein Antari mit Flügeln geboren worden – sie wuchsen normalerweise erst in der Pubertät.

Später sollte sich herausstellen, dass Nataniel nicht nur diese eine Besonderheit hatte. Er hatte fliegen können, bevor er gelaufen war. Er war mit seinen vier Jahren das intelligenteste, weiseste Kind, dem ich je begegnet war. Er bereicherte das Leben im Schwarzen Flügel auf so viele Weisen.

Mit zusammengekniffenen Augen blickte ich in die Ferne. Im Mondlicht schwebte etwas durch die Luft. Aber das war doch nicht Nataniel? Ich hielt die Luft an.

Flynn Gideon hatte die Orientierung verloren. Es hatte begonnen zu regnen, und wie immer, wenn es regnete, war der Drang, sich zu erinnern, besonders groß. Irgendetwas löste der Regen in ihm aus. Der unfassbar starke Kopfschmerz setzte wieder ein. Aber statt wie normalerweise mit dem Nachdenken aufzuhören und zu landen, flog Flynn weiter. Immer weiter und weiter, weit über das, was er kannte, hinweg und weit über seine Schmerzgrenze hinaus, bis er in der Ferne die Umrisse eines Gebäudes erspähte. Es traf ihn wie einen Schlag – er kannte dieses Gebäude. Doch woher?

Der Schmerz wurde so stark, dass er die Kontrolle verlor. Er stürzte ab, prallte mit dem Kopf gegen einen Baum und blieb benommen am Boden liegen, am Rande des Waldes und nur wenige Meter vom Schwarzen Flügel entfernt. Als er keuchend die Augen aufschlug, beugte sich ein kleiner Junge mit rotem Haar und unglaublich intensiven, grünen Augen über ihn. An seinem Rücken prangte ein Flügelpaar.

Nie zuvor war ich so schnell aus dem Klassenraum hinausgelaufen. Ich ließ die Tür offenstehen, rannte über den Gang, erreichte die schwarze Marmortreppe und nahm immer zwei Stufen auf einmal. Mit rasendem Herzen lief ich durch den großen Saal.

»Bist du okay?« Der kleine Junge lächelte. »Meine Mama sagt immer, ich soll nicht mit Fremden sprechen. Aber sie sagt auch, ich soll denjenigen helfen, die Hilfe brauchen.«

»Deine Mutter scheint eine kluge Frau zu sein«, raunte Flynn leise. Der Schmerz in seinem Kopf war immer noch da.

»Du hast Flügel. Wie ich. Das ist toll.« Der Junge redete wie ein Wasserfall. »Ich heiße übrigens Nataniel. Nataniel Flynn Taro. Aber du kannst Nate sagen.«

»Nataniel. Flynn. Taro.« Flynn betonte jeden einzelnen Namen. Und plötzlich fühlte es sich an, als würde ein Knoten platzen, ganz tief in seinem Inneren. Und all das, was verborgen gewesen war, kehrte mit einer solchen Wucht zurück, dass er nach Luft rang. Sorge, Angst, Liebe, Schmerz und Wut überrannten ihn förmlich. Wieso bloß, wieso? Wie hatte Nilah ihm das bloß antun können? Er war zu einem Leben gezwungen worden, das er nie gewählt hätte, und mit jedem Atemzug, den er tat, wurden der Schmerz und die Ohnmacht darüber größer. Er konnte es kaum ertragen. Es gab nur ein Gefühl, das stärker war als all dies – das tiefe Bedürfnis, sie zu sehen. Sofort.

»NATANIEL!« Ich erreichte die Tür, riss sie auf und stürmte aus dem Schwarzen Flügel hinaus. »NATANIEL!«

»Es tut mir leid, Nilah.« Aus der Ferne lief mir Damien entgegen. »Ich habe ihn aus den Augen verloren und …« Er erstarrte, als er meinem Blick folgte. »Oh mein Gott.«

Ich schlug die Hände vor den Mund. Ich konnte es nicht fassen. Nate half Flynn auf. Gemeinsam kamen die beiden auf uns zu. Der Boden unter meinen Füßen schien nachzugeben. Ich musste mich zwingen, weiter zu atmen.

»Aber …«, stammelte ich. »Aber ich dachte, du fliegst über den Schattenwald und … und unter einem Himmel aus tausend Sternen und …«

Flynn unterbrach mich, indem er mir einen Finger auf die Lippen legte.

»Ich *bin* geflogen«, sagte er leise. »All die Jahre bin ich geflogen. Aber Fliegen, Nilah Taro – Fliegen ist nichts im Vergleich dazu, dich zu küssen.«

Die Regeln der Kämpfer

1) Berühre niemals den Mentor. Es sei denn, dein oder sein Leben hängt davon ab.
2) Bleibe im Wald immer auf dem Pfad.
3) Gehorche deinem Mentor.
4) Behandle deinen Körper zu jedem Zeitpunkt mit Achtung, du hast nur den einen.
5) Sprich nur, wenn du dazu aufgefordert wirst.
6) Trainiere! Trainiere stets, hart und konsequent – deinen Körper und deinen Geist.
7) Bleibe der Klasse, der du zugeteilt wurdest, treu – vom ersten Tag an bis zum letzten. Du bist ein/e Kämpfer/in – für immer!
8) Behandle deine Lehrer und Kameraden mit Fairness, Höflichkeit und Respekt. Zuwiderhandlungen können zum Schulverweis führen.
9) Akzeptiere den Schwarzen Flügel als das einzig wahre und wichtigste Zuhause, das du jemals hattest.
10) Lege jede deiner Schwächen ab oder wandle sie zu einer Stärke um – du gehörst zur Elite, verinnerliche das!
11) Hüte das Geheimnis des Schwarzen Flügels und trage niemals auch nur ein Wort davon in die Außenwelt.
12) Trage und behandle deinen Anzug mit Würde, Stolz und Reinlichkeit.
13) Gib niemals auf. Aufgeben gehört nicht zu den Optionen eines Kämpfers.
14) Stehlen und Lügen werden nicht geduldet und führen zum sofortigen Verweis aus der Akademie.
15) Sei stets pünktlich.
16) Hinterfrage nichts, was du nicht zu hinterfragen hast.

Über die Autorin

Ines Vitouladitis, geboren 1987, entdeckte schon in frühster Kindheit ihre Liebe zum Schreiben. Als Teil der Jungautorengruppe »Die Stifthelden« lassen sich ihre kreativen Werke bereits in der Lyrikanthologie »Traumweltenbummler – Am Ufer der Gedanken« (Lerato-Verlag, 2007) und in der Prosa-Anthologie »Bis der Morgen graut« (Lerato-Verlag, 2008) finden. Die wahre Leidenschaft der angehenden Kinderpflegerin entfacht jedoch die Fantasy-Literatur. Ihr Debütroman und Auftakt der Romantasy-Trilogie »Nilah Taro« spielt mit der Sehnsucht nach einer mitreißenden Liebesgeschichte in einer übersinnlichen Welt.

Weitere Titel im Wortschatten Verlag

IMPACT - Verborgene Kräfte

Christopher Baar

Science-Fiction, Fantasy

Nach dem Klimawandel und einer atomaren Katastrophe ist Kreas der letzte bewohnbare Kontinent der Erde. Die herrschende Strahlung sorgt für Mutationen, die außergewöhnliche Fähigkeiten und scheußliche Mutationen gleichermaßen zur Folge haben. Zum Schutz vor der Strahlung haben die Menschen die Nullmembran, eine künstliche Ozonschicht, errichtet. Aline lebt in der Hauptstadt von Kreas. Gemeinsam mit ihrem besten Freund Matt trainiert sie, um der militärischen Spezialeinheit Alpha-Squad beizutreten, dessen Aufgabe es ist, das verstrahlte Land außerhalb der Nullmembran zu erkunden. Wird sich Alines Traum, die Nullmembran hinter sich zu lassen, erfüllen?

ISBN 978-3-96964-004-3

Erbin des Chaos

K.K. Summer

Fantasy, Mythologie, Romance

Mitten im Wald führt Raik mit seinem Vater ein zurückgezogenes Leben, bis er eines Nachts ein verletztes Mädchen findet und es bei sich aufnimmt. Ihm wird schnell klar, dass Fenni kein gewöhnliches Mädchen ist und erfährt schließlich ihr Geheimnis: Sie ist der Fenriswolf, die älteste Tochter Lokis und somit die Erbin des Chaos. All die Geschichten, die er in seiner Kindheit über die nordische Mythologie gelesen hat, sind also wahr …

ISBN 978-3-96964-000-5